三國演義

桃園結義

原著 羅貫中
編撰 王暢

圖說 Classic 經典 Romance of Three Kingdoms

07

好讀出版

歷史的天空群星璀璨

主編 王暢

一部中國古典小說史，經過歷史的淘洗沉澱，遺留下四顆燦爛奪目的珍珠：這便是現代以來學界和民間公認的四大名著，包括《三國演義》、《西遊記》、《水滸傳》和《紅樓夢》。四者當中，《三國演義》誕生最早，距今已六百餘年，它處於中國古代章回體長篇小說從草創走向成熟的階段，而《紅樓夢》則誕生最晚，至今不過二百五十年左右，在它產生的年代，章回體這一文學樣式早已爛熟，而《紅樓夢》也被視為中國古典長篇小說的高峰。不過從在社會上造成的廣泛影響看，最早面世、因而被一些人視作不免粗糙的《三國演義》卻絲毫不遜色於其他三大名著，如果檢閱各類戲曲臉譜、年畫、剪紙、皮影、木偶雕刻等民間藝術書籍，甚至很容易發現取材於《三國演義》故事題材的明顯多於取材自另外三部名著的。至於實物形態的物質文化遺產，例如遺址、文物、建築等，更以與《三國演義》相關的為最多。因此，完全可以大膽作出結論說，在四大名著中，《三國演義》的「群眾基礎」最廣泛，歷史遺存最繁多，民間影響最深遠。

老百姓為什麼愛看《三國》？原因可能多種多樣，但最根本的一點，我認為是源自三國歷史本身的魅力。《三國演義》能得到廣大讀者的青睞，在很大程度上可以視為一種歷史的饋贈。中國人向來「好古」，中國文化一個很重要的傳統即是文史不分，從兩千一百多年前的史學巨著《史記》誕生至今，優秀的歷史著作和歷史小説從來都是人們津津閱讀的類型和縱情談論的話題。《三國演義》作為中國最優秀的歷史小説，自然擁有最廣大的讀者群。關於這一點，明代人蔣大器對《三國演義》的經典論述——「文不甚深，言不甚俗；事紀其實，亦庶幾乎史。」——其實早已作出了對祕密的揭示。「文不甚深，言不甚俗」説的是《三國演義》的語言表達，但這顯然不是它吸引讀者的根本原因，因為對於廣大百姓來説，更為淺顯通俗的白話歷史小説汗牛充棟，他們何必要去讀這半文不白的《三國》？顯然，更重要的是後面兩句，「事紀其實，亦庶幾乎史」，這説的是內容取材和寫法——從史書中取材，以紀實的筆法寫出，雖是小説，卻近似於歷史。用清代學者章學誠另一句更為經典的評價，就是《三國演義》是在大量取材於歷史的基礎上加以

虛構，其比例是「七實三虛」。當然，這虛實如何搭配才能產生最好的效果？要以假亂真，讓讀者「或不免並信虛者為真」（魯迅語），完全追隨作者的思路，體會作者的呼吸，陶醉於書中的一點一滴，那就得看作者的本事了。在這上面，原書作者羅貫中和通行本改定者清初的毛宗崗，兩人皆展現出了個人博大精深的學識和卓越非凡的才情。中國的歷史小說中，對歷史的忠實程度各各有別，從「一實九虛」到「九實一虛」都不乏其例，而唯有「七實三虛」的《三國演義》最受歡迎，這一方面說明了作品取得的傑出藝術成就，另一方面也反映了民眾在「好古」、熱心追尋歷史真實的同時，同樣擁有一份充滿幻想和浪漫主義、英雄主義的歷史情懷。

在中國悠久的歷史和頻繁的朝代更替中，天下分分合合，亂世治世輪轉，每一個歷史時期都有所謂的演義小說對之加以描繪，而以「說三分」最為洋洋大觀。這是由於，正如清代著名才子金聖歎所言，歷朝歷代中，「從未有六十年中，興則俱興，滅則俱滅，如三國爭天下之局之奇者也。」歷史的奇局成就了小說的奇觀，其中引人注目的一點便是《三國演義》的讀者範圍特別廣泛，「今覽此書之奇，足以使學士讀之而快，委巷不學之人讀之而亦快；英雄豪傑讀之而快，凡夫俗子讀之而亦快也。」

歷來讀《三國》者，往往會取一個特別的角度：人才。時至今日，「三國人才學」更被不少公司管理人員視為必修課。其實，這一傳統是三百年以前由《三國演義》的改定者和評點者毛宗崗所開創的。毛宗崗在《讀三國志法》中提到：「古史甚多，而人獨貪看《三國志》者，以古今人才之聚未有盛於三國者也。」其中最著名的人才有三個，「吾以為三國有三奇，可稱三絕：諸葛孔明一絕也，關雲長一絕也，曹操亦一絕也」，三人分別是古往今來賢相中「名高萬古」、名將中「絕倫超群」、奸雄中「智足以攬人才而欺天下」之「第一奇人」。除此以外，各方面的傑出人才簡直數不勝數：運籌帷幄如徐庶、龐統，行軍用兵如周瑜、陸遜、司馬懿，料人料事如郭嘉、程昱、荀彧、賈詡、顧雍、張昭，武功將略如張飛、趙雲、黃忠、嚴顏、張遼、徐晃、徐盛、朱桓，衝鋒陷陣如馬超、馬岱、關興、張苞、許褚、典韋、張郃、夏侯惇、黃蓋、周泰、甘寧、太史慈、丁奉，兩才相當如姜維、鄧艾及羊祜、陸抗，道學如馬融、鄭玄，文藻如蔡邕、王粲，穎捷如曹植、楊修，早慧如諸葛恪、鍾會，應對如秦宓、張松，舌辯如李恢、闞澤，不辱君命如趙諮、鄧芝，飛書馳檄如陳琳、阮瑀，治繁理劇如蔣琬、董允，揚譽蜚聲如馬良、荀爽，好古如杜預，博物如張華……這些通常分見於各朝各代、須千百年才能出齊的風流人物，卻齊齊在三國湧現，使得三國成了「人才一大都會」，「收不勝收，接不暇接，吾於《三國》有觀止之歎矣。」（按：毛宗崗此處所說的《三國》指《三國志通俗演義》，即《三國演義》。）

《三國演義》寫到的人物有一千多個，能被視為優秀人才的至少超過二百。這些人雖然各為其主，才智各異，品行不一，但絕大多數都懷有雄心壯志，且能埋頭苦幹，為了自己的理想，鞠躬盡瘁，死而後已，令人油然而生一份感動與敬意。他們以歷史為舞臺，與命運作抗爭，雖然「紛紛世事無窮盡，天數茫茫不可逃」（第一百二十回），加上各自性格中難以避免的悲劇性因素，最終只落得個「鼎足三分已成夢」（第一百二十回）、「是非成敗轉頭空」（書首）的結局，然而他們的生命畢竟熾烈燃燒過，而燃燒著的生命是美麗的。從後世看來，他們——包括其中最傑出的諸葛亮、曹操等人——不過是歷史天際的流星，然而當其燃燒的時候，卻發出過炫目的光芒。群星璀璨，照亮了歷史的天空，也點燃了後人的心靈。如果說，本書在歷史觀上仍然沒有擺脫「分久必合，合久必分」的循環論和一定程度上的宿命論，那麼，它在人生觀上，則無疑是提倡一種「天行健，君子以自強不息」的有所為的、甚至是知其不可為而為之的積極入世精神。或許這，正是千載而下人們仍然能夠從書中吸取的核心價值。

最後，感謝本書責任編輯陳詩恬小姐，以及處理圖片版權事務的何敬茹小姐給予的細緻而友好的合作。在本書編輯過程中，自始至終得到了侯桂新先生的大力支持；他運用編輯本【圖說經典】系列之《紅樓夢》收穫的寶貴經驗，在某些環節上對本書的編輯提供了關鍵性的幫助，此情此景，當銘感於心。

如何閱讀本書

列出各回回目
便於索引翻閱

名家評點：
選收不同名家之評點，
隨文直書於奇數頁最左側，
並於文中以◎記號標號，
以供對照

精緻彩圖：
名家繪圖、相關照片等精緻彩圖，
使讀者融入小說情境

第一回　宴桃園豪傑三結義　斬黃巾英雄首立功

詞曰：

滾滾長江東逝水。浪花淘盡英雄。是非成敗轉頭空，青山依舊在，幾度夕陽紅。白髮漁樵江渚上※1，慣看秋月春風。一壺濁酒喜相逢，古今多少事，都付笑談中。

話說天下大勢，分久必合，合久必分。周末七國分爭，并入於秦。乃秦滅之後，楚、漢分爭，又并入於漢。漢朝自高祖斬白蛇而起義，一統天下，後來光武中興，傳至獻帝，遂分爲三國。推其致亂之由，殆※2始於桓、靈二帝。◎1

桓帝禁錮善類※3，崇信宦官。及桓帝崩※4，靈帝即位，大將軍竇武、太傅陳蕃，共相輔佐；時有宦官曹節等弄權，竇武、陳蕃謀誅之，作事不密，反爲所害，中涓※5自此愈橫。

建寧二年四月望日※6，帝御※7溫德殿，方陞座，殿角狂風驟起，只見一條大青蛇從梁上飛將下來，蟠於椅上。◎2帝驚倒，左右急救入宮。百官俱奔避。須臾蛇不見了，忽然大雷大雨，加以冰雹，落到半夜方止，壞卻房屋無數。建寧四年二月，洛陽地震，又海水泛溢，沿海居民，盡被大浪捲入海中。光和元年，雌雞化雄。六月朔※8，黑氣十餘丈飛入溫德殿中；秋七月，有虹見於玉堂；五原山岸，盡皆崩裂；種種不祥，非止一端。◎3帝下

◆長江三峽之一的西陵峽，江水、青山、夕陽和漁舟共同見證了三國歷史的興衰。（傳光／fotoe提供）

◆蔡邕（133～192），字伯喈，陳留圉（今河南杞縣南）人。東漢文學家、書法家。後因感董卓知遇之恩，哭董卓之死，被王允下令縊死，死非其所。（葉雄繪）

〈評點〉

◎1：出師表曰：嘆息痛恨於桓靈，故從桓靈說起，桓靈不用十常侍，則東漢可以不爲三國；劉禪不用黃皓，則蜀漢可以不爲晉國，此一部大書前後照應處。（毛宗崗）

◎2：白蛇斬而漢興，青蛇見而漢危，青蛇白蛇遙遙相對。惟虺惟蛇，女子之祥，寺人正女子一類也，故有此兆。（毛宗崗）

◎3：亂世景象自是如此，不足異也。（李贄）

注釋

※1：漁：打魚人。樵：砍柴人。渚：水中間的小塊陸地。
※2：大概，恐怕。
※3：禁錮：禁止人做官或參與政治。善類：好人，指當時反對宦官專權的士大夫。
※4：死。古代帝王或皇后去世叫「崩」。
※5：宦官。即太監。
※6：農曆每月十五日。
※7：皇帝衣食住行的行動都叫御：御某殿，即登某殿。
※8：農曆的每月初一。

詳細注釋：
解釋艱難字詞，
隨文橫書於頁面的下方欄位，
並於文中以※記號標號，以供對照

閱讀性高的原典：
將一百二十回原典
分爲六大分冊，
版面美觀流暢、閱讀性強

詳細圖說：
說明性和評點性的圖說，
提供讓讀者理解

目錄

桃園結義

第一回　宴桃園豪傑三結義　斬黃巾英雄首立功

詞曰：

滾滾長江東逝水。浪花淘盡英雄。是非成敗轉頭空，青山依舊在，幾度夕陽紅。白髮漁樵江渚上※1，慣看秋月春風。一壺濁酒喜相逢，古今多少事，都付笑談中。

話說天下大勢，分久必合，合久必分。周末七國分爭，并入於秦。乃秦滅之後，楚、漢分爭，又并入於漢。漢朝自高祖斬白蛇而起義，一統天下，後來光武中興，傳至獻帝，遂分爲三國。推其致亂之由，殆※2始於桓、靈二帝。◎1

桓帝禁錮善類※3，崇信宦官。及桓帝崩※4，靈帝即位，大將軍竇武、太傅陳蕃，共相輔佐；時有宦官曹節等弄權，竇

◆長江三峽之一的西陵峽，江水、青山、夕陽和漁舟共同見證了三國歷史的興衰。（傳光／fotoe提供）

◆蔡邕（133～192），字伯喈，陳留圉（今河南杞縣南）人。東漢文學家、書法家。後因感董卓知遇之恩，哭董卓之死，被王允下令縊死，死非其所。（葉雄繪）

武、陳蕃謀誅之，作事不密，反爲所害，中涓※5自此愈橫。

建寧二年四月望日※6，帝御※7溫德殿，方陞座，殿角狂風驟起，只見一條大青蛇從梁上飛將下來，蟠於椅上。◎2帝驚倒，左右急救入宮。百官俱奔避。須臾蛇不見了，忽然大雷大雨，加以冰雹，落到半夜方止，壞卻房屋無數。建寧四年二月，洛陽地震，又海水泛溢，沿海居民，盡被大浪捲入海中。光和元年，雌雞化雄。六月朔※8，黑氣十餘丈飛入溫德殿中；秋七月，有虹見於玉堂；五原山岸，盡皆崩裂；種種不祥，非止一端。◎3帝下

〈評點〉

◎1：出師表曰：嘆息痛恨於桓靈，故從桓靈說起，桓靈不用十常侍，則東漢可以不爲三國；劉禪不用黃皓，則蜀漢可以不爲晉國，此一部大書前後照應處。（毛宗崗）

◎2：白蛇斬而漢興，青蛇見而漢危，青蛇白蛇遙遙相對。惟虺惟蛇，女子之祥，寺人正女子一類也，故有此兆。（毛宗崗）

◎3：亂世景象自是如此，不足異也。（李贄）

注釋

※1：漁：打魚人。樵：砍柴人。渚：水中間的小塊陸地。

※2：大概，恐怕。

※3：禁錮：禁止人做官或參與政治。善類：好人，指當時反對宦官專權的士大夫。

※4：死。古代帝王或皇后去世叫「崩」。

※5：宦官。即太監。

※6：農曆每月十五日。

※7：皇帝衣食住行的行動都叫御；御某殿，即登某殿。

※8：農曆的每月初一。

詔，問群臣以災異之由，議郎蔡邕上疏，以爲蜺※9墮雞化，乃婦寺干政※10之所致。言頗切直。帝覽奏，歎息！因起更衣，曹節在後竊視，悉宣告左右，遂以他事陷邕於罪，放歸田里。後張讓、趙忠、封諝、段珪、曹節、侯覽、蹇碩、程曠、夏惲、郭勝十人，朋比爲奸，號爲十常侍。帝尊信張讓，呼爲阿父，朝政日非，以致天下人心思亂，盜賊蜂起。

時鉅鹿郡有兄弟三人，◎4一名張角，一名張寶，一名張梁。那張角本是個不第秀才，因入山採藥，遇一老人，碧眼童顏，手執藜杖，喚角至一洞中，以天書三卷授之曰：「此名太平要術，汝得之，當代天宣化，普救世人。若萌異心，必獲惡報！」角拜問姓名，老人曰：「吾乃南華老仙也。」言訖化陣清風而去。◎5角得此書，曉夜攻習，能呼風喚雨，號爲太平道人。

中平元年，正月內，疫氣流行，張角散施符水爲人治病，自稱大賢良師。角有徒弟五百餘人，雲遊四方，皆能書符念咒。此後徒眾日多，角乃立三十六方，大方萬餘人，小方六七千，各立渠帥※11，稱爲將軍。訛言：「蒼天已死，黃天當立。」◎6又云：「歲在甲子，天下大吉。」令人各以白土書甲子二字於家中大門上。

◆張角（？～184），東漢末太平道創始人，黃巾起義領袖。原為不第秀才，自號南華老仙，利用民間迷信，聚集徒衆數十萬。（葉雄繪）

青、幽、徐、冀、荊、揚、兗、豫八州之人，家家侍奉大賢良師張角名字。

角遣其黨馬元義，暗齎金帛，結交中涓封諝以爲內應。角與二弟商議曰：「至難得者民心也。今民心已順，若不乘勢取天下，誠爲可惜！」遂一面私造黃旗，約期舉事；一面使弟子唐州馳書報封諝，唐州乃徑赴省中※12告變。帝召大將軍何進，調兵擒馬元義斬之。次收封諝等一干人下獄。張角聞知事露，星夜舉兵，自稱天公將軍，張寶稱地公將軍，張梁稱人公將軍。◎7申言於眾曰：

「今漢運將終，大聖人出，汝等皆宜順天從正，以樂太平。」

四方百姓，裹黃巾從張角反者四、五十萬。賊勢浩大，官軍望風而靡。何進奏帝火速降詔，令各處備禦，討賊立功，一面遣中郎將盧植、皇甫嵩、朱儁，各引精兵，分三路討之。

且說張角一軍，前犯幽州界分，幽州太守劉焉，乃江夏竟陵人氏，漢魯恭王之後也。當時聞得賊兵將至，召校尉鄒靖計議。靖曰：「賊兵眾，我兵寡，明公宜作速招軍應敵。」劉焉然其說，隨即出榜招募義兵。榜文行到涿縣，引出涿縣中一個

〈評點〉

◎4：以此兄弟三人，引出桃園兄弟三人來。（毛宗崗）

◎5：此事誰見來？乃張角自言之，而人遂言之耳。（李漁）

◎6：造語不通之極如此，秀才宜其不第也。（毛宗崗）

◎7：隱然鼎足爲三國引子。（毛宗崗）

注釋

※9：副虹。古人認爲色彩鮮明的內環叫虹，雄性；色彩暗淡的外環叫蜺，雌性。

※10：婦指皇太后、皇后、皇帝乳母一類人，寺是寺人（侍人），即宦官。干政，干預政事，掌握實權。

※11：首領。

※12：皇帝的居處叫禁中，政府長官辦公的地方叫省中，合稱禁省，也用以泛指宮禁。

英雄。

那人不甚好讀書，◎8性寬和，寡言語，喜怒不形於色，素有大志，專好結交天下豪傑。生得身長八尺※13，兩耳垂肩，雙手過膝，目能自顧其身，面如冠玉，唇若塗脂。中山靖王劉勝之後，漢景帝閣下玄孫，姓劉名備，字玄德。◎9昔劉勝之子劉貞，漢武時封涿鹿亭侯，後坐酎金失侯※14，因此遺這一枝在涿縣。

玄德祖劉雄，父劉弘。弘曾舉孝廉※15，亦嘗作吏，早喪。玄德幼孤，事母至孝，家貧，販履織蓆爲業。家住本縣樓桑村。其家之東南，有一大桑樹，高五丈餘，遙望之童童如車蓋。相者云：「此家必出貴人。」玄德幼時，與鄉中小兒戲於樹下，曰：「我爲天子，當乘此車蓋。」◎10叔父劉元起奇其言曰：「此兒非常人也。」因見玄德家貧，常資給之。年十五歲，母使游學，嘗師事鄭玄、盧植，與公孫瓚等爲友。◎11及劉焉發榜招軍時，玄德年已二十八歲矣。

當日見了榜文，慨然長嘆。隨後一人厲聲言曰：「大丈夫不與國家出力，何故長嘆？」

◆販履圖。劉備雖是漢室宗親，但因家貧，少時不得不經商為業，自力更生。他的這段歷史後來受到袁術等人的嘲笑。（鄧嘉德繪）

玄德回視其人，身長八尺，豹頭環眼，燕頷虎鬚，聲若巨雷，勢如奔馬。玄德見他容貌異常，問其姓名。其人曰：

「某姓張名飛，字翼德，世居涿郡，頗有莊田，賣酒屠豬，專好結交天下豪傑。◎12適纔見公看榜而嘆，故此相問。」

玄德曰：「我本漢室宗親，姓劉名備。今聞黃巾倡亂，有志欲破賊安民，恨力不能，故長嘆耳！」飛曰：「吾頗有資財，當召募鄉勇，與公同舉大事如何？◎13」玄德甚喜，遂與同入村店中飲酒。

正飲間，見一大漢推著一輛車子，到店門首歇了，入店坐下，便

〈評點〉

◎8：不樂讀書便是英雄矣。（李贄）

◎9：於此處大書特書，就明以正統歸之。（李漁）

◎10：自然露出。（李贄）

◎11：以上是玄德一篇小傳。（毛宗崗）

◎12：與玄德有同好。（毛宗崗）

◎13：畢竟有資財者易于舉大事。（毛宗崗）

◆劉備（161～223），字玄德，河北涿縣人，漢景帝之子中山靖王劉勝的後代，三國蜀漢開國君王。在群雄爭戰中，以「仁義」相標榜，並利用皇叔身份吸引人才，逐漸壯大起來。（葉雄繪）

注釋

※13：古人的尺度比現在的小，漢尺約相當於今尺的七、八寸。

※14：坐，這裡作犯法解釋。漢代法制，皇帝祭祀宗廟時諸侯要獻金助祭，叫做酎金。這句話是說犯了沒有按照規定繳納酎金的法制，被削去侯位。

※15：漢代選拔士人做官的一種制度：地方官向朝廷推薦孝敬父母而清廉的人。被推薦的人得到官職，也叫舉孝廉。

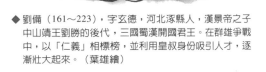

◆張飛（？～221），字翼德，河北涿郡人，劉備義弟，蜀漢五虎大將之一。原為屠豬賣酒之輩，性情天然可愛，深受普通百姓讀者喜歡。（葉雄繪）

喚酒保快斟酒來吃，我待趕入城去投軍。玄德看其人，身長九尺，髯長二尺，面如重棗，唇若塗脂，丹鳳眼，臥蠶眉，相貌堂堂，威風凜凜。玄德就邀他同坐，叩其姓名。其人曰：

「吾姓關名羽，字壽長，後改雲長，河東解良人也。因本處勢豪倚勢凌人，被吾殺了◎14，逃難江湖，五六年矣！今聞此處招軍破賊，特來應募。」

玄德遂以己志告之，雲長大喜。同到張飛莊上，共議大事。飛曰：「吾莊後有一桃園，花開正盛，明日當於園中祭告天地，我三人結爲兄弟，協力同心，然後可圖大事。」玄德、雲長齊聲應曰：「如此甚好。」

次日，於桃園中備下烏牛、白馬、祭禮等項，三人焚香再拜而設誓曰：「念劉備、關羽、張飛，雖然異姓，既結爲兄弟，則同心協力，救困扶危，上報國家，下安黎庶。不求同年、同月、同日生，只願同年、同月、同日死。◎15皇天后土，實鑒此心。背義忘恩，天人共戮。」誓畢，拜玄德爲兄，關羽次之，張飛爲弟。祭罷天地，復宰牛設酒，聚鄉中勇士，得三百餘人，就桃園中痛飲一醉。

來日收拾軍器，但恨無馬匹可乘，正思慮間，人報有兩箇客人，引一夥伴當，趕一群馬投莊上來。玄德曰：「此天佑我也。」三人出莊迎接，原來二客乃中山大商，一名張世平，一名蘇雙。每年往北販馬，近因寇發而回。玄德請二人到莊，置酒款待，訴說欲討賊安民之意，二客大喜，願將良馬五十匹相送。又贈金銀五百兩，鑌鐵一千斤，以資器用。

玄德謝別二客，便命良匠打造雙股劍，雲長造青龍偃月刀，又名冷豔鋸，重八十二斤；張飛造丈八點鋼矛，各置全身鎧甲，共聚鄉勇五百餘人，來見鄒靖，鄒靖引見太守劉焉。三人參見畢，各通姓名。玄德說起宗派，劉焉大喜，遂

〈評點〉

◎14：能殺倚勢欺人之豪霸便是聖人，便是佛，所以今日華夷並仰，老幼俱親也。（李贄）

◎15：千古盟書，第一奇語。（毛宗崗）

◆關羽（161～219），字雲長，原字長生，河東解良（山西省運城市常平鄉）人。劉備義弟，蜀漢五虎大將之一。後世尊為武聖、義聖，實則個性存在明顯缺陷。（葉雄繪）

認玄德爲姪。

不數日，人報黃巾賊將程遠志，統兵五萬，來犯涿郡，劉焉令鄒靖引玄德等三人統兵五百，前去破敵，玄德等欣然領軍前進，直至大興山下，與賊相見。賊眾皆披髮，以黃巾抹額，當下兩軍相對，玄德出馬，左有雲長，右有翼德，揚鞭大罵：「反國逆賊，何不早降？」程遠志大怒，遣副將鄧茂出戰。張飛挺丈八蛇矛直出，手起處刺入鄧茂心窩，翻身落馬。◎16程遠志見折了鄧茂，拍馬舞刀，直取張飛。雲長舞動大刀，縱馬飛迎。程遠志見了，早吃一驚，措手不及，被雲長刀起處揮爲兩段。後人有詩讚二人曰：

「英雄發穎在今朝，一試矛兮一試刀，初出便將威力展，三分好把姓名標。」

眾賊見程遠志被斬，皆倒戈而走。玄德揮軍追趕，投降者不計其數，大勝而

◆桃園三結義。結義的本質，更多出自政治需要，而非情感需求。從此，劉、關、張抱成一團，共同開始了政治軍事活動，他們的命運緊緊地連在一起。（葉雄繪）

回。劉焉親自迎接，賞勞軍士。

次日，接得青州太守龔景牒文，言黃巾賊圍城，將陷，乞賜救援。劉焉與玄德商議。玄德曰：「備願往救之。」劉焉令鄒靖將兵五千，同玄德、關、張，投青州來。賊眾見救兵至，分兵混戰，玄德兵寡不勝，退三十里下寨。◎17玄德謂關張曰：「賊眾我寡，必出奇兵，方可取勝。」乃分關公引一千軍伏山左，張飛引一千軍伏山右，鳴金為號，齊出接應。◎18次日玄德與鄒靖引軍，

◆桃園習武圖。關羽、張飛的兵器幾乎和他們的武藝一樣著名。（鄧嘉德繪）

〈評點〉

◎16：此處形容關、張用勇也。（李贄）

◎17：前以五百而大勝，此以五千而小卻，寫得變幻，若每戰必寫獲捷，便不成文字矣。（毛宗崗）

◎18：關、張以勇勝，玄德以謀勝，三人各露一斑矣。（李漁）

鼓譟而進。賊眾迎戰，玄德引軍便退。賊眾乘勢追趕，方過山嶺，玄德軍中一齊鳴金，左右兩軍齊出，玄德麾軍回身，復殺，三路夾攻，賊眾大潰。直趕至青州城下，太守龔景亦率民兵出城助戰，賊勢大敗，剿戮極多，遂解青州之圍。後人有詩讚玄德曰：

「運籌決算有神功，二虎還須遜一龍。初出便能垂偉績，自應分鼎在孤窮。」

龔景犒軍畢，鄒靖欲回。玄德曰：「近聞中郎將盧植與賊首張角戰於廣宗，備昔曾師事盧植，欲往助之。」◎[19]於是鄒靖引軍自回，玄德與關、張引本部五百人投廣宗來。至盧植軍中入帳施禮，具道來意。盧植大喜，留在帳前聽調。

時張角賊眾十五萬，植兵五萬，相拒於廣宗，未見勝負。植謂玄德曰：「我今圍賊在此，賊弟張梁、張寶在潁川與皇甫嵩、朱雋對壘，汝可引本部人馬，我更助汝一千官軍，前去潁川打探消息，約期剿捕。」玄德領命引軍，星夜投潁川來。

◆斬黃巾英雄首立功。劉備、關羽、張飛在涿郡大敗黃巾軍，陣斬黃巾起義軍副將鄧茂及大將程遠志，黃巾軍投降者不計其數。（fotoe提供）

時皇甫嵩、朱儁領軍拒賊，賊戰不利，退入長社，依草結營。嵩與儁計曰：「賊依草結營，當用火攻之。」◎[20]遂令軍士每人束草一把，暗地埋伏，其夜大風忽起，二更以後，一齊縱火，嵩與儁各引兵攻戰，賊寨火焰張天，賊眾驚慌，馬不及鞍，人不及甲，四散奔走。殺到天明，張梁、張寶引敗殘軍士，奪路而走。

忽見一彪軍馬，盡打紅旗，當頭來到，截住去路。◎[21]爲首閃出一將，身長七尺，細眼長髯，官拜騎都尉，沛國譙郡人也，姓曹名操，字孟德。操父曹嵩，本姓夏侯氏，因爲中常侍曹騰之養子，故冒姓曹。曹嵩生操，小字阿瞞，一名吉利。操幼時好遊獵，喜歌舞，有權謀，多機變。操有叔父，見操遊蕩無度，嘗怒之，◎[22]言於曹嵩，嵩責操。操忽心生一計，見叔父來，詐倒於地，作中風之狀。叔父驚告嵩，嵩急視之，操故無恙。嵩曰：「叔言汝中風，今已愈乎？」操曰：「兒

〈評點〉

◎19：不忘師，壯甚壯甚。（李漁）

◎20：三國中頭一次用火攻。（李漁）

◎21：讀至此，必謂是玄德、關、張來矣，不意竟不是，奇絕。（毛宗崗）

◎22：玄德之叔父奇其姪，曹操之叔父怒其姪，都是好叔父。（毛宗崗）

◆曹操（155～220），字孟德，沛國譙（今安徽亳縣）人。三國時著名的政治家、軍事家和文學家，建安二十一年（216年）封為魏王，曹丕稱帝後追諡為魏武帝。他是歷史上的大英雄，而被本書塑造成「奸雄」，從此有了「白臉曹操」的形象。（葉雄繪）

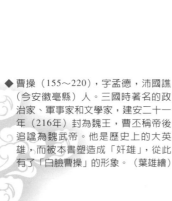

自來無此病，因失愛於叔父，故見罔耳！」◎23嵩信其言。後叔父但言操過，嵩並不聽，因此操得恣意放蕩。

時人有橋玄者，謂操曰：「天下將亂，非命世之才不能濟。能安之者，其在君乎？」

南陽何顒見操，言：「漢室將亡，安天下者，必此人也。」◎24

汝南許劭，有知人之名，操往見之。問曰：「我何如人？」劭不答。又問，劭曰：「子，治世之能臣，亂世之奸雄也！」操聞言大喜。◎25

年二十，舉孝廉，爲郎※16，除洛陽北都尉。初到任，即設五色棒十餘條於縣之四門，有犯禁者，不避豪貴，皆責之。中常侍蹇碩之叔提刀夜行，操巡夜拏住，就棒責之。由是內

◆裝病誣叔。本書中曹操一出場就充滿了狡詐。（鄧嘉德繪）

外莫敢犯者，威名頗震。後爲頓丘令。◎26因黃巾起，拜爲騎都尉，引馬步軍五千，前來潁川助戰。正值張梁、張寶敗走，曹操攔住大殺一陣，斬首萬餘級，奪得旗旛、金鼓、馬匹極多。張梁、張寶死戰得脫。操見過皇甫嵩、朱儁，隨即引兵追襲張梁、張寶去了。

◎27卻說玄德引關、張來潁

◆盧植（？～192），字子幹，河北涿郡人，東漢經學家。古代文人身份地位較高者，常常也參與武事。（葉雄繪）

〈評點〉

◎23：欺其父，欺其叔，他日安得不欺其君乎？玄德孝其母，曹瞞欺其父，邪正便判。（毛宗崗）

◎24：安天下此人，亂天下亦此人。（李漁）

◎25：稱之爲奸雄而大喜，大喜便是眞正奸雄。（毛宗崗）

◎26：百忙中，夾敘曹操一篇小傳奇。（毛宗崗）

◎27：寫曹操忽然飛來，忽然飛去，奇絕。（毛宗崗）

注釋

※16：官名，一般是殿廷侍從之職。漢代有中郎、侍郎、郎中等官，統稱爲郎，往往作爲初入仕途、轉任其他重要官職的階梯。

川，聽得喊殺之聲，又望見火光燭天，急引兵來時，賊已敗散。玄德見皇甫嵩、朱儁，具道盧植之意。嵩曰：「張梁、張寶，勢窮力乏，必投廣宗去依張角。玄德可即星夜往助。」

玄德領命，遂引兵復回。到得半路，只見一簇軍馬，護送一輛檻車，車中之囚，乃盧植也。玄德大驚！滾鞍下馬，問其緣故。植曰：「我圍張角，將次可破，因角用妖術，未能即勝。朝廷差黃門※17左豐前來打探，問我索取賄賂，我答曰：『軍糧尚缺，安有餘錢奉承天使？』左豐挾恨回奏朝廷，說我高壘不戰，惰慢軍心，因此朝廷震怒，遣中郎將董卓來代將我兵，◎28取我回京問罪。」

張飛聽罷大怒，要斬護送軍人，以

◆難消我氣圖。張飛愛恨分明，快人快語，性情暴烈。（鄧嘉德繪）

救盧植。玄德急止之，曰：「朝廷自有公論，汝豈可造次？」◎29軍士簇擁盧植去了。關公曰：「盧中郎已被逮，別人領兵，我等去無所依，不如且回涿郡。」玄德從其言，遂引軍北行。

行無二日，忽聞山後喊聲大震。玄德引關、張縱馬上高岡望之，見漢軍大敗，後面漫山塞野，黃巾蓋地而來，旗上大書「天公將軍」。玄德曰：「此張角也，可速戰。」三人飛馬引軍而出。張角正殺敗董卓，乘勢趕來，忽遇三人衝殺，角軍大亂，敗走五十餘里。三人救了董卓回寨。卓問：「三人現居何職？」玄德曰：「白身。※18」卓甚輕之，不爲禮。◎30玄德出，張飛大怒！曰：「我等親赴血戰，救了這廝，他卻如此無禮，若不殺之，難消我氣！」便要提刀入帳，來殺董卓。◎31正是：

「人情勢利古猶今，誰識英雄是白身，安得快人如翼德，盡誅世上負心人。」

畢竟董卓性命如何？且聽下文分解……

〈評點〉

◎28：此處先伏董卓一筆。（李漁）

◎29：已見關、張粗細之分。（李漁）

◎30：可笑。可惡。（毛宗崗）

◎31：見盧植受屈便要救，見董卓無禮便要殺，略無一毫算計，寫翼德眞是當時第一快人。（毛宗崗）

注釋

※17：原是宮廷的禁門，一般用作宦官、太監的代稱。東漢時多用閹人充黃門侍郎、小黃門、黃門令、中黃門等官，掌管侍從皇帝、傳遞文書、聯繫內外及跪拜贊禮等事，由於爲皇帝所親信，權勢很大。

※18：平民，沒有官職或功名的人。

第二回 張翼德怒鞭督郵 何國舅謀誅宦豎

且說董卓，字仲穎，隴西臨洮人也。官拜河東太守，自來驕傲。◎1當日輕慢了玄德，張飛性發，便欲殺之。玄德與關公急止之曰：「他是朝廷命官，豈可擅殺？」飛曰：「若不殺這廝，反要在他部下聽令，其實不甘！二兄便要住在此，我自投別處去也。」◎2玄德曰：「我三人義同生死，豈可相離？不若都投別處去便了。」飛曰：「若如此，稍解吾恨！」於是三人連夜引軍來投朱儁。儁待之甚厚，合兵一處，進討張寶。

是時曹操自跟皇甫嵩討張梁，大戰於曲陽。這裏朱儁進攻張寶。張寶引賊眾八九萬，屯於山後，儁令玄德爲其先鋒，與賊對敵。張寶遣副將高昇出馬搦戰，玄德使張飛擊之。飛縱馬挺矛，與昇交戰，不數合，刺昇落馬。玄德麾軍直衝過去，張寶就馬上披髮仗劍，作起妖法，只見風雷大作，一股黑氣，從天而降，黑氣中似有無限人馬殺來。◎3玄德連忙回軍，軍中大亂，敗陣而歸。與朱儁計議。儁曰：「彼用妖術，我來日可宰豬、羊、狗血，令軍士伏於山頭，候賊趕來，從高坡上潑之，其法可解。」玄德聽令，撥關公、張飛各引軍一千，伏於山後高岡之上，盛

◆董卓（？～192），字仲穎，隴西臨洮（今甘肅岷縣）人。東漢末權臣，曾任中郎將，官至相國。西元189年，董卓廢掉少帝劉辯，立劉協為帝（漢獻帝），後被各諸侯討伐而遷都長安。常被視作亂臣賊子的典型。（葉雄繪）

豬、羊、狗血并穢物準備。

次日，張寶搖旗擂鼓，引軍搦戰，玄德出迎。交鋒之際，張寶作法，風雷大作，飛沙走石，黑氣漫天，滾滾人馬，自天而下。玄德撥馬便走，張寶驅兵趕來，將過山頭，關、張伏軍放起號砲，穢物齊潑，但見空中紙人、草馬，紛紛墜地；風雷頓息，砂石不飛。張寶見解了法，急欲退軍，左關公，右張飛，兩軍都出，背後玄德、朱儁一齊趕上，賊兵大敗。玄德望見地公將軍旗號，飛馬趕來，張寶落荒而走，玄德發箭中其左臂。張寶帶箭逃脫，走入陽城，堅守不出。

朱儁引兵圍住陽城攻打，一面差人打探皇甫嵩消息。探子回報，具說皇甫嵩大獲勝捷，朝廷以董卓屢敗，命嵩代之。嵩到時，張角已死。張梁統其眾，與我軍相拒，被皇甫嵩連勝七陣，斬張梁於曲陽。發張角之棺，戮尸梟首※1，送往京師，餘眾俱降朝廷。加皇甫嵩為車騎將軍，領冀州牧。皇甫嵩又表奏盧植有功無罪，朝廷復盧植原官。曹操亦以有功，除濟南相。即日將班師赴任。◎4朱儁聽說，催促軍馬，悉力攻打陽城。賊勢危急，賊將嚴政刺殺張寶，獻首投降。朱儁遂平數郡，

〈評點〉

◎1：一味驕傲，便算不得奸雄，便不及曹操。（毛宗崗）

◎2：確是怒後憤急語，不然三人義同生死，何出此言。（毛宗崗）

◎3：前張角妖術，只在盧植口中虛點一句，今張寶妖術卻用實敘，都好。（毛宗崗）

◎4：一場大事，只就探子回報帶筆寫出，一邊實敘，一邊虛敘，參差盡致。（毛宗崗）

注釋

※1：懸頭示眾。

上表獻捷。

時有黃巾餘黨三人，趙弘、韓忠、孫仲，聚眾數萬，望風燒劫，稱與張角報仇。朝廷命朱雋即以得勝之師討之。雋奉詔，率軍前進。時賊據宛城，雋引兵攻之，趙弘遣韓忠出戰。雋遣玄德、關、張攻城西南角，韓忠盡率精銳之眾來西南角抵敵；朱雋自縱鐵騎二千，逕取東北角。賊恐失城，急棄西南而回，玄德從背後掩殺，賊眾大敗，奔入宛城。朱雋分兵四面圍定，城中斷糧，韓忠使人出城投降，雋不許。

玄德曰：「昔高祖之得天下，蓋爲能招降納順，公何拒韓忠耶？」

雋曰：「彼一時，此一時也。昔秦項之際，天下大亂，民無定主，故招降、賞附※2以勸來耳。今海內一統，惟黃巾造反，若容其降，無以勸善，使賊得利恣意劫掠，失利便投降，此長寇之志，非良策也。」◎5

玄德曰：「不容寇降是矣。今四面圍如鐵桶，賊乞降不得，必然死戰。萬人一心，尚不可當；況城中有數萬死命之人乎？不若撤去東南，獨攻西北，賊必棄城而走，無心戀戰，可即擒也。」◎6雋然之。隨撤東南二面軍馬，一齊攻打西北。韓忠果引軍棄城而奔，雋與玄德、關、張，率三軍掩殺，射死韓忠。餘皆四散奔走。

正追趕間，趙弘、孫仲引賊眾到，與雋交戰。雋見弘勢大，引軍暫退，弘乘勢復奪宛城。

雋離城十里下寨，方欲攻打，忽見正東一彪人馬到來。爲首一將，生得廣額闊面，虎體熊腰，吳郡富春人也。姓孫名堅，字文臺，乃孫武子之後。年十七歲，與父至錢塘，見海賊十餘人，劫取商人財物，於岸上分贓，堅謂父曰：「此賊可擒也。」遂奮力提刀上岸，揚聲大叫，東西指揮，如捉人狀。賊以爲官兵至，盡棄財物奔走，堅趕上殺一賊，◎7由是郡縣知名，薦爲校尉。後會稽妖賊許昌造反，自稱陽明皇帝，聚眾數萬，堅與郡司馬招募勇士千餘人，會合州郡破之，斬許昌，并其子許韶。刺史臧旻上表奏其功，除堅爲鹽瀆丞。又除盱眙丞，下邳丞。◎8今見黃巾寇起，聚集鄉中少年、及諸商旅，并淮泗精兵一千五百餘人，前來接應。◎9朱雋大喜，便令堅攻打南門，玄德打北門，朱雋打西門，留東門與賊走。孫堅首先登城，斬賊二十餘人，賊眾奔潰。趙弘飛馬挺槊，直取孫堅，堅從城上飛身，奪弘槊，刺弘下馬，

〈評點〉

◎5：此是兵家正用。（李漁）

◎6：此是兵家奇用。（李漁）

◎7：亦是自幼便奇。（毛宗崗）

◎8：有此大功，只除一丞，可笑。（毛宗崗）

◎9：孫堅爲吳國孫權之父，故百忙中特爲立一小傳。（毛宗崗）

注釋

◆孫堅（155～191），字文台，吳郡富春（今浙江富陽）人，東漢末期名將，孫策、孫權之父，軍事家孫武的後人。三國東吳事業的奠基者。孫氏父子三人，孫堅、孫策都英年早逝，但對江東事業的發展功不可沒。（葉雄繪）

※2：獎賞歸附的人。

卻騎弘馬飛身往來殺賊。◎10孫仲引賊突出北門，正遇玄德，無心戀戰，只待奔逃。玄德張弓一箭，正中孫仲，翻身落馬。朱雋大軍隨後掩殺，斬首數萬級，降者不可勝計，南陽一路十數郡皆平。雋班師回京，詔封爲車騎將軍、河南尹。雋表奏孫堅、劉備等功。堅有人情，除別郡司馬，上任去了。◎11惟玄德聽候日久，不得除授。

三人鬱鬱不樂，上街閒行，正值郎中張鈞車到，玄德見之，自陳功績，鈞大驚，隨入朝見帝。曰：「昔黃巾造反，其原皆由十常侍。賣官鬻爵，非親不用，非讎不誅，以致天下大亂。今宜斬十常侍，懸首南郊，遣使者布告天下，有功者重加賞賜，則四海自清平也。」十常侍奏帝曰：「張鈞欺主。」帝令武士逐出張鈞！十常侍共議：「此必破黃巾有功者，不得除授，故生怨言，權且教省家銓注※3微名，待後卻再理會未晚。」因此，玄德除授中山府安喜縣尉，尅日※4赴任。

玄德將兵散回鄉里，止帶親隨二十餘人，與關、張來安喜縣中到任。◎12署縣事一月，與民秋毫無犯，民皆感化。到任之後，與關、張食則同桌，寢則同牀，如玄德在稠人廣坐，關、張侍立，終日不倦。◎13到縣未及四月，朝廷降詔，凡有軍功爲長吏者，當沙汰。玄德疑在遣中。◎14適督郵行部至縣，玄德出郭迎接，見督郵施禮。督郵坐於馬上，惟微以鞭指回答。關、張二公俱怒。及到館驛，督郵南面高坐，玄德侍立階下，良久，督郵問曰：

「劉縣尉是何出身？」◎15

玄德曰：「備乃中山靖王之後，自涿郡剿戮黃巾，大小三十餘戰，頗有微功，因得除今職。」

督郵大喝曰：「汝詐稱皇親，虛報功績，自今朝廷降詔，正要沙汰這等濫官汙吏。」

玄德諾諾連聲而退。歸到縣中，與縣吏相議。吏曰：「督郵作威，無非要賄賂耳！」◎16玄德曰：「我與民秋毫無犯，那得財物與他？」

次日督郵先提縣吏去，勒令指稱縣尉害民，玄德幾番自往求免，俱被門役阻住，不肯放參。

〈評點〉

◎10：寫得孫堅如此英雄，可見仲謀分鼎，亦非易易。（毛宗崗）
◎11：天下事都要人情，從來如此，何怪今日。（李贄）
◎12：直教英雄氣短。（李漁）
◎13：今復有此縣尉否？今復有此交誼否？（李贄）
◎14：無人情者如此吃虧，爲之一嘆。（毛宗崗）
◎15：所問與董卓如出一口，勢利小人，大都如是。（毛宗崗）
◎16：此等機關，還是縣吏精通。（毛宗崗）

◆武漢龜山三國城的劉備、關羽、張飛塑像。（劉兆明／fotoe提供）

注釋

※3：銓：量功授官。注：註冊。
※4：約定或限定日期。

卻說張飛飲了數盃悶酒，乘馬從館驛前過，◎17見五六十老人，皆在門前痛哭。飛問其故，眾老人答曰：「督郵逼勒縣吏，欲害劉公，我等皆來苦告，不得放入，反遭把門人趕打。」張飛大怒，睜圓環眼，咬碎鋼牙，滾鞍下馬，逕入館驛，把門人那裏阻擋得住，直奔後堂。見督郵正坐廳上，將縣吏綁倒在地。飛大喝：「害民賊認得我麼？」◎18督郵未及開言，早被張飛揪住頭髮，扯出館驛，直到縣前馬椿上縛住，攀下柳條，去督郵兩腿上著力鞭打。一連打折柳條十數枝。◎19玄德正納悶間，聽得縣前喧鬧，問左右。答曰：「張將軍綁一人在縣前痛打！」玄德忙去觀之，見綁縛者，乃督郵也。玄德驚問其故。

飛曰：「此等害民賊，不打死等甚？」◎20

督郵告曰：「玄德公救我性命！」◎21

玄德終是仁慈的人，急喝張飛住手。旁邊轉過關公來，曰：「兄長建許多大功，僅得縣尉，今反被督郵侮辱，吾思枳棘叢中，非棲鸞鳳之所※5，不如殺卻督郵，棄官歸鄉，別圖遠大之計。」玄德乃取印綬挂於督郵之頸，責之曰：「據汝害民，本當殺卻，今姑饒汝命。吾繳還印綬，從此去矣！」◎22

督郵歸告定州太守，太守申文省府，差人捕捉。玄德、關、張三人往代州投劉

◆戲曲臉譜《打督郵》之督郵。漢末貪官，勾大白臉，示其奸詐貪婪。（田有亮繪）

恢。恢見玄德乃漢室宗親，留匿在家不題。

卻說十常侍既握重權，互相商議，但有不從己者誅之。趙忠、張讓差人問破黃巾將士索金帛，不從者奏罷職；皇甫嵩、朱雋皆不肯與，趙忠等俱奏罷其官。帝又封趙忠等為車騎將軍，張讓等十三人皆封列侯，◎23朝政愈壞，人民嗟怨，於是長沙賊區星作亂，漁陽張舉、張純反，舉稱天子，純稱大將軍。表章雪片告急，十常侍皆藏匿不奏。

一日，帝在後園與十常侍飲宴，諫議大

〈評點〉

◎17：來了！督郵作威時，定然不知有老張。（毛宗崗）

◎18：快人快事，妙在絕無商量。（毛宗崗）

◎19：快人，快人！世上如何少得如此快人。（李贄）

◎20：快人快語，絕無商量。（毛宗崗）

◎21：痛快，痛快，此時方認得玄德公麼？（李漁）

◎22：如此繳印辭官法，絕奇絕趣。（毛宗崗）

◎23：此是何等世界！可恨，可歎！（李贄）

◆鞭督郵。張飛把自己的行為看作為民除害，而老百姓也確實非常喜歡這一段故事，他們痛恨貪官污吏，把督郵視為出氣筒，因此張飛的行為大快人心。（鄧嘉德繪）

注釋

※5：枳、棘：兩種多刺的灌木，比喻壞人和惡劣的環境。棲：停息。鸞鳳：益鳥，比喻英雄好漢。

◆現代壁畫《鞭打督郵》。河北涿州張飛廟。（Legacy images 提供）

夫劉陶，逕到帝前大慟。帝問其故。陶曰：「天下危在旦夕，陛下尚自與閹宦共飲耶？」

帝曰：「國家承平，有何危急？」

陶曰：「四方盜賊並起，侵掠州郡，其禍皆由十常侍賣官害民，欺君罔上，朝廷正人皆去，禍在目前矣！」

十常侍皆免冠跪伏於帝前。曰：「大臣不相容，臣等不能活矣！願乞性命歸田里，盡將家產以助軍資。」言罷痛哭。帝怒謂陶曰：「汝亦爲近侍之人，何獨不容朕耶？」呼武士推出斬之。劉陶大呼：「臣死不足惜，可憐漢室天下，四百餘年，到此一旦休矣！」

武士擁陶出，方欲行刑，一大臣喝住曰：「勿得下手待我諫去。」眾視之，乃司徒陳躭。逕入宮中，來諫帝曰：

「劉諫議得何罪而受誅？」

帝曰：「毀謗近臣，冒瀆朕躬。」躭曰：「天下人民欲食十常侍之肉，陛下敬之如父母，身無寸功，皆封列侯，況封諝等結連黃巾，欲爲內亂，陛下今不自省，社稷※6立見崩摧矣！」

帝曰：「封諝作亂，其事不明；十常侍中，豈無一二忠臣？」

陳耽以頭撞階而諫。帝怒，命牽出，與劉陶皆下獄。是夜十常侍即於獄中謀殺之。假帝詔以孫堅爲長沙太守，討區星。

不五十日，報捷，江夏平。詔封堅爲烏程侯，封劉虞爲幽州牧，領兵往漁陽征張舉、張純。代州劉恢以書薦玄德於虞，虞大喜，令玄德爲都尉，引兵直抵賊巢，

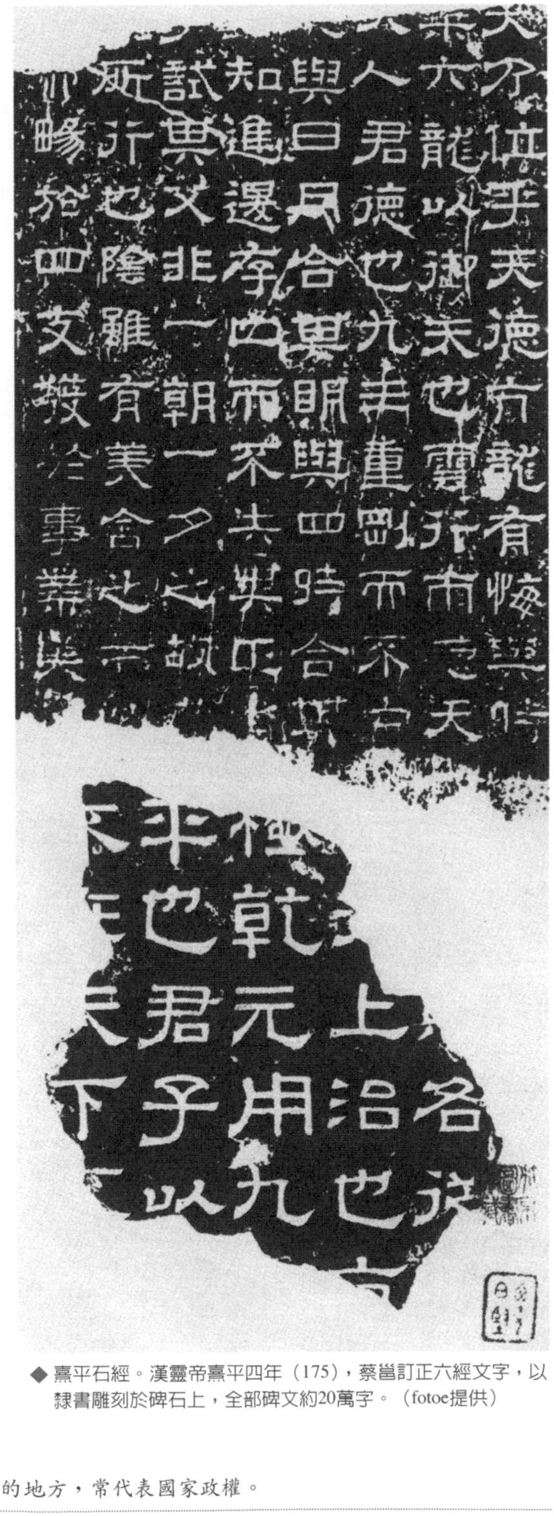

◆熹平石經。漢靈帝熹平四年（175），蔡邕訂正六經文字，以隸書雕刻於碑石上，全部碑文約20萬字。（fotoe提供）

注釋

※6：帝王祭土地神和穀神的地方，常代表國家政權。

與賊大戰數日，挫動銳氣。張純專一凶暴，士卒心變，帳下頭目刺殺張純，將頭納獻，率眾來降。張舉見勢敗，亦自縊死，漁陽盡平。劉虞表奏劉備大功，朝廷赦免鞭督郵之罪，◎24除下密丞，遷高堂尉。公孫瓚又表劉玄德前功，薦為別部司馬，守平原縣令。玄德在平原，頗有錢糧軍馬，重整舊日氣象。劉虞平寇有功，封太尉。

中平六年，夏四月，靈帝病篤，召大將軍何進入宮，商議後事。那何進起身屠家，因妹入宮為貴人，生皇子辯，遂立為皇后。進由是得權重任。帝又寵幸王美人，生皇子協，何后嫉妬，鴆殺※7王美人。皇子協養於董太后宮中。董太后乃靈帝之母，解瀆亭侯劉萇之妻也。初因桓帝無子，迎立解瀆亭侯之子，是為靈帝。靈帝入繼大統，遂迎養母氏於宮中，尊為太后。

董太后嘗勸帝立皇子協為太子，帝亦偏愛協，欲立之；當時病篤，中常侍蹇碩奏曰：「若欲立協，必先誅何進，以絕後患。」帝然其說，因宣進入宮。進至宮門，司馬潘隱謂進曰：「不可入宮，蹇碩欲謀殺公。」進大驚，急歸私宅，召諸大臣，欲盡誅宦官。座上一人挺身出曰：「宦官之勢，起自沖質之時，朝廷滋蔓極廣，安能盡誅？倘機不密，必有滅族之禍，請細詳之。」進視之，乃典軍校尉曹操也。進叱曰：「汝小輩安知朝廷大事？」◎25

正躊躇間，潘隱至，言：「帝已崩！今蹇碩與十常侍商議，祕不發喪，矯詔宣何國舅入宮，欲絕後患，冊立皇子協爲帝。」說未了，使命至，宣進速入，以定後事。操曰：「今日之計，先宜正君位，然後圖賊。」進曰：「誰敢與吾正君討賊？」一人挺身出曰：「願備精兵五千，斬關入內，冊立新君，盡誅閹豎，掃清朝廷，以安天下。」◎26進視之，乃司徒袁逢之子，袁隗之姪，名紹，字本初，現爲司隸校尉。何進大喜，遂點御林軍五千，紹全身披挂，何進引何顒、荀攸、鄭泰等大臣三十餘員，相繼而入，就靈帝柩前，扶立太子辯即皇帝位。

百官呼拜已畢，袁紹入宮收蹇碩。碩慌走入御園花陰下，爲中常侍郭勝所殺。碩所領禁軍，盡皆投順。紹謂何進曰：「中官結黨。今日可乘勢盡誅之。」張讓等知事急，慌入告何后曰：「始初設謀陷害大將軍者，止蹇碩一人，並不干臣等事。今大將軍聽袁紹之言，欲盡誅臣等，乞娘娘憐憫！」何太后曰：「汝等勿憂，

〈評點〉

◎24：此後又好打督郵矣，笑笑。（李贄）

◎25：不料後來朝廷大事，都出自此小輩之手。（毛宗崗）

◎26：語亦不尋常。（毛宗崗）

◆何進，東漢末執政的何太后之兄，起身屠家，因成國舅，官封大將軍。為人少獨立謀斷，以致成事不足，敗事有餘。（葉雄繪）

注釋

※7：用藥酒毒殺。鴆是一種鳥，其羽毛含劇毒，用以浸製的毒酒叫鴆，所以下文又有「鴆死」。

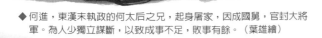

蹇碩

◆戲曲臉譜《鼎峙春秋》之蹇碩，「十常侍」之一。勾黃色太監臉，額眉飾紋畫紅戒點，用黃色新穎別致，更顯其陰險奸詐，驕橫弄權。（田有亮繪）

我當保汝。」傳旨宣何進入。太后密謂曰：「我與汝出身寒微，非張讓等，焉能享此富貴？今蹇碩不仁，既已伏誅，汝何聽信人言，欲盡誅宦官耶？」何進聽罷，出謂眾官曰：「蹇碩設謀害我，可族滅其家，其餘不必妄加殘害。」◎[27]袁紹曰：「若不斬草除根，必爲喪身之本。」進曰：「吾意已決，汝勿多言。」◎[28]眾官皆退。

次日，太后命何進參錄尚書事，其餘皆封官職。董太后宣張讓等入宮商議曰：「何進之妹，始初我抬舉他，今日他孩兒即皇帝位，內外臣僚，皆其心腹，威權太重，我將如何？」讓對曰：「娘娘可臨朝垂簾聽政，封皇子協爲王，加國舅董重大官，掌握軍機，重用臣等，大事可圖矣。」董太后大喜。次日設廟，董太后降旨，封皇子協爲陳留王，董重爲驃騎將軍，張讓等共預朝政。

何太后見董太后專權，於宮中設一宴，請董太后赴席。酒至半酣，何太后起身捧盃再拜曰：「我等皆婦人也，參預朝政，非其所宜。昔呂后因握重權，宗族千口皆被戮；今我等宜深居九重，朝廷大事，任大臣、元老自行商議，乃國家之幸也，願垂聽焉。」董后大怒曰：「汝鴆死王美人，設心嫉妬。今倚汝子爲君，與汝兄何進之勢，輒敢亂言，吾敕驃騎斷汝兄首，如反掌耳！」何后亦怒曰：「吾以好言相勸，何反怒耶？」董后曰：「汝家屠沽小輩※8，有何見識？」兩宮互相爭競，張讓等各勸歸宮。

何后連夜召何進入宮，告以前事；何進出

〈評點〉

◎27：何進如此無用，死不足惜。（毛宗崗）

◎28：何進狗才。（李贄）

◆何國舅謀誅宦豎。東漢末，宦官專權，國舅何進欲用計誅殺十常侍。袁紹勸他斬草除根，何進不從。（fotoe 提供）

注釋

※8：屠：屠户。沽：賣酒的。小輩：下等人。

召三公共議。來早設朝，使廷臣奏：「董太后原係藩妃，不宜久居宮中，合仍遷於河間安置，限日下即出國門。」一面遣人起送董后，一面點禁軍圍驃騎將軍董重府宅，追索印綬。董重知事急，自刎於後堂，家人舉哀，軍士方散。◎29張讓、段珪見董后一枝已廢，遂皆以金珠玩好結搆何進弟何苗，并其母舞陽君，令早晚入何太后處善言遮蔽，因此十常侍又得近幸。

六月，何進暗使人酖殺董后於河間驛庭。舉柩回京，葬於文陵。進託病不出，司隸校尉袁紹入見進曰：「張讓、段珪等流言於外，言公酖殺董后，欲謀大事，乘此時不誅閹宦，後必有大禍！昔竇武欲誅內豎，機謀不密，反受其殃；今公兄弟部曲※9將吏，皆英俊之士，若使盡力，事在掌握，此天贊之時，不可失也。」進曰：「且容商議。」左右密報張讓，◎30讓等轉告何苗，又多送賄賂。苗入奏何后云：「大將軍輔佐新君，不行仁慈，專務殺伐，今無端又欲殺十常侍，此取亂之道也。」后納其言。

少頃，何進入白后：「欲誅中涓。」何后曰：「中官統領禁省，漢家故事，先帝新棄天下，爾欲誅殺舊臣，非重宗廟也。」進本是沒決斷之人，◎31聽太后言，唯唯而出。袁紹迎問曰：「大事若何？」進曰：「太后不允，如之奈何？」紹曰：「可召四方英雄之士，勒兵來京，盡誅閹豎！此時事急，不容太后不從。」◎32進

◆袁紹（？～202），字本初，汝南汝陽（今河南周口西南）人，東漢末軍閥。出身名門，家族四世三公，初期勢力很大，但和曹操相比，個性才能都遠遠不如，終於未能成就霸業。（葉雄繪）

曰：「此計大妙！」便發檄至各鎮，召赴京師。

主簿陳琳曰：「不可。俗云：『掩目而捕燕雀，是自欺也！』微物尚不可欺以得志，況國家大事乎？今將軍仗皇威，掌兵要，龍驤虎步，高下在心：若欲誅宦官，如鼓洪爐燎毛髮耳！但當速發，行權立斷，則天人順之；卻反外檄大臣，臨犯京闕，英雄聚會，各懷一心，所謂倒持干戈，授人以柄，功必不成，反生亂矣。」◎33何進笑曰：「此儒夫之見也。」旁邊一人鼓掌大笑。曰：「此事易如反掌，何必多議。」視之，乃曹操也。正是：

「欲除君側宵人亂，須聽朝中智士謀。」

不知曹操說出甚話來？且聽下文分解……

〈評點〉

◎29：以外戚殺外戚。（毛宗崗）

◎30：家人骨肉，個個向外，進之爲人可知矣。（毛宗崗）

◎31：沒決斷之人幹得甚事？（毛宗崗）

◎32：袁紹著著都有理，獨此一著壞了。（李漁）

◎33：此人見識更爲老成。（李贄）

◆何董兩太后宮中爭競。日本浮世繪，葛飾戴斗《繪本通俗三國志》。（葛飾戴斗／fotoe提供）

注釋

※9：部、曲：漢代軍隊編制名稱，這裡指何進兄弟統率的軍隊。

第三回　議溫明董卓叱丁原　餽金珠李肅說呂布

且說曹操當日對何進曰：「宦官之禍，古今皆有；但世主不當假之權寵，使至於此。若欲治罪，當除元惡，但付一獄吏足矣，何必紛紛召外兵乎？欲盡誅之，事必宣露。吾料其必敗也。」◎1何進怒曰：「孟德亦懷私意耶？」操退曰：「亂天下者，必進也！」進乃暗差使命齎密詔，星夜往各鎮去。

卻說前將軍鰲鄉侯、西涼刺史董卓，先爲破黃巾無功，朝廷將治其罪；因賄賂十常侍幸免。後又結託朝貴，遂任顯官，統西州大軍二十萬，常有不臣※1之心。是時得詔大喜，點起軍馬，陸續便行；使其婿中郎將牛輔守住陝西，自己卻帶李傕、郭汜、張濟、樊稠等，提兵望洛陽進發。卓壻謀士李儒曰：「今雖奉詔，中間多有暗昧，何不差人上表，名正言順，大事可圖。」卓大喜，遂上表。其略曰：

「竊聞天下所以亂逆不止者，皆由黃門常侍張讓等侮慢天常※2之故。臣聞揚湯止沸，不如去薪；潰癰雖痛，勝於養毒。臣敢鳴鐘鼓，入洛陽，請除讓等，社稷幸甚！天下幸甚！」◎2

何進得表，出示大臣。侍御史鄭泰諫曰：「董卓乃豺狼也，引入京城，必食人

◆東河戲董卓臉譜，表現出「面善心狠」的特點。（毛小雨提供／江西美術出版社）

矣。」進曰：「汝多疑，不足謀大事。」盧植亦諫曰：「植嘗素知董卓，爲人面善心狠，一入禁庭，必生禍患；不如止之勿來，免致生亂。」進不聽。鄭泰、盧植皆棄官而去。朝廷大臣去者大半。

進使人迎董卓於澠池，卓按兵不動。◎3張讓等知外兵到，共議曰：「此何進之謀也！我等不先下手，皆滅族矣。」乃先伏刀斧手五十人於長樂宮嘉德門內，入告何太后曰：「今大將軍矯詔召外兵至京師，欲滅臣等，望娘娘垂憐賜救！」太后曰：「汝等可詣大將軍府謝罪！」讓曰：「若到相府，骨肉虀粉※3矣！望娘娘宣大將軍入宮，諭止之。如其不從，臣等只就娘娘前請死。」太后乃降詔宣進。

〈評點〉

◎1：所見大勝本初，兩人優劣，具見於此。（毛宗崗）

◎2：是大奸雄文字。（李贄）

◎3：先上表以示威，復按兵以觀變，皆李儒之謀也。（毛宗崗）

注釋

※1：不守本分，不忠於君。

※2：天之常道。古人迷信，以爲君臣上下尊卑秩序都與天道相合。

※3：粉末。意指將要遭到殘殺。

進得詔便行。主簿陳琳諫曰：「太后此詔，必是十常侍之謀，切不可去，去必有禍。」進曰：「太后詔我，有何禍事？」袁紹曰：「今謀已泄，事已露，將軍尚欲入宮耶！」曹操曰：「先召十常侍出，然後可入。」進笑曰：「此小兒之見也。吾掌天下之權，十常侍敢待如何？」紹曰：「公必欲去，我等引甲士護從，以防不測。」於是，袁紹、曹操各選精兵五百，命袁紹之弟袁術領之。袁術全身披掛，引兵布列青瑣門外。紹與操帶劍護送何進至長樂宮前。黃門傳懿旨云：「太后特宣大將軍，餘人不許輒入。」將袁紹、曹操等都阻住宮門外，何進昂然直入。

至嘉德殿門，張讓、段珪出迎，左右圍住，進大驚！讓厲聲責進曰：「董后何罪，妄加酖死；國母喪葬，託疾不出；汝本屠沽小輩，我等薦之天子，以致榮貴，不思報効，欲謀相害。汝言我等甚濁，其清者誰？」進慌急欲尋出路，◎4宮門盡閉，伏甲齊出，將何進砍為兩段。後人有詩嘆之曰：

「漢室傾危天數終，無謀何進作三公。幾番不聽忠臣諫，難免宮中受劍鋒。」

讓等既殺何進，袁紹久不見進出，乃於宮門外大呼曰：「請將軍上車。」讓等

◆戲曲臉譜《鼎峙春秋》之張讓，為「十常侍」之首。勾白色大藍臉，粉紅臉頰，額頂畫黑蝠綠戒點，示其兇狠殘暴，心性變異。（田有亮繪）

將何進首級從牆上擲出。宣諭曰：「何進謀反，已伏誅矣！其餘脅從，盡皆赦宥。」袁紹厲聲大叫：「閹宦謀殺大臣，誅惡黨者前來助戰！」何進部將吳匡，便於青瑣門外放起火來。袁術引兵突入宮庭，但見閹宦，不論大小，盡皆殺之。袁紹、曹操斬關入內，◎5趙忠、程曠、夏惲、郭勝四個被趕至翠花樓，剁爲肉泥。宮中火燄沖天，張讓、段珪、曹節、侯覽將太后及太子併陳留王劫去內省，從後道走北宮。時盧植棄官未去，見宮中事變，擐甲持戈，立於閣下，遙見段珪擁逼何后過來，植大呼曰：「段珪逆賊，安敢劫太后？」段珪回身便走。太后從窗中跳出，植急救得免。◎6

吳匡殺入內廷，見何苗亦提劍出。匡大呼曰：「何苗同謀害兄，當共殺之。」眾人俱曰：「願斬謀兄之賊！」苗欲走，四面圍定，砍爲肉泥。

紹復令軍士分頭來殺十常侍家屬，不分大小，盡皆誅絕。多有無鬚者誤被殺死。◎7

〈評點〉

◎4：至此而欲尋出路，眞小兒之見矣。（毛宗崗）

◎5：此時董卓在那裏？（李漁）

◎6：盧植可用。（李贄）

◎7：此時鬍子大得便宜。（毛宗崗）

曹操一面救滅宮中之火，請何太后權攝大事；遣兵追襲張讓等，尋覓少帝。◎8

且說張讓、段珪劫擁少帝及陳留王，冒烟突火，連夜奔走，至北邙山，約三更時分，後面喊聲大舉，人馬趕至，當前河南中部椽吏閔貢，大呼：「逆賊休走！」張讓見事急，遂投河而死。帝與陳留王未知虛實，不敢高聲，伏於河邊亂草之內，軍馬四散去趕，不知帝之所在。

帝與王伏至四更，露水又下，腹中饑餒，相抱而哭。又怕人知覺，吞聲草莽之中。陳留王曰：「此間不可久戀，須別尋活路。」於是二人以衣相結，爬上岸邊，滿地荊棘，黑暗之中，不見行路。正無奈何，忽有流螢千百成群，光芒照耀，只在帝前飛轉。陳留王曰：「此天助我兄弟也！」遂隨螢火而行，漸漸見路，行至五更，足痛不能行。山崗邊見一草堆，帝與王臥於草堆之中。◎9

草堆前面是一所莊院。院主是夜夢兩紅日墜於莊後，驚覺，披衣出戶，四下觀望，見莊後草堆上紅光沖天，慌忙往視，卻是二人臥於草畔。莊主問曰：「二少年誰家之子？」帝不敢應。陳留王指帝曰：「此是當今皇帝，遭十常侍之亂，逃難到此。吾乃皇弟陳留王也。」莊主大驚，再拜曰：「臣先朝司徒崔烈之弟崔毅也，因見十常侍賣官嫉賢，故隱於此。」遂扶帝入莊，跪進酒食。

卻說閔貢趕上段珪，拿住，問：「天子何在？」珪言：「已在半路相失，不知何往？」貢遂殺段珪，懸頭於馬項下，分兵四散尋覓；自己卻獨乘一馬，隨路追

尋。偶至崔毅莊，毅見首級問之，貢說詳細，崔毅莊上止有瘦馬一匹，備與帝乘；貢與陳留王共乘一馬。◎10

離莊而行，不到三里，司徒王允、太尉楊彪、左軍校尉淳于瓊、右軍校尉趙萌、後軍校尉鮑信、中軍校尉袁紹，一行人眾數百人馬，接著車駕，君臣皆哭。先使人將段珪首級往京師號令，另換好馬與帝及陳留王騎坐，簇帝還京。先是，洛陽小兒謠曰：「帝非帝，王非王，千乘萬騎走北邙。」至此果應其讖※4。

車駕行不到數里，忽見旌旗蔽日，塵土遮天，一枝人馬到來。百官失色，帝亦大驚。袁紹驟馬※5出，問：「何人？」繡旗影內一將飛出，厲聲曰：「天子何在？」◎11帝戰慄不能言。陳留王勒馬向前，叱曰：「來者何人？」卓曰：「西涼刺史董卓也。」◎12陳留王曰：「汝來保駕耶？汝來劫駕耶？」卓應曰：「特來保

〈評點〉

◎8：孟德舉動，畢竟不同。（毛宗崗）

◎9：可爲草頭皇帝矣！（毛宗崗）

◎10：帝曰萬乘，王曰千乘，大夫亦曰百乘，今一帝、一王、一臣，止共騎得二馬，可嘆。（毛宗崗）

◎11：不答袁紹，竟問天子，氣勢便來得不好。（毛宗崗）

◎12：廢立之關在此。卓至此時方來，皆李儒之計也。（李漁）

◆王允（137～192），字子師，東漢太原祁（今山西祁縣）人。漢獻帝初年，任司徒、尚書令。忠於獻帝，曾設連環計以敗董卓，但為人缺乏變通，不聽他人勸告，縊死蔡邕。（葉雄繪）

注釋

※4：迷信者所宣揚的預言、預兆。

※5：驚馬疾行。

駕。」陳留王曰：「既來保駕，天子在此。何不下馬？」卓大驚，慌忙下馬，拜於道左。陳留王以言撫慰董卓，自初至終，並無失語。◎13卓暗奇之，已懷廢立之意。

是日還宮，見何太后，俱各痛哭。檢點宮中，不見了傳國玉璽。董卓屯兵城外，每日帶鐵甲馬軍入城，橫行街市，百姓惶惶不安；卓出入宮庭，略無禁憚。後軍校尉鮑信來見袁紹，言：「董卓必有異心，可速除之。」紹曰：「朝廷新立，未可輕動。」鮑信見王允亦言其事。允曰：「且容商議。」◎14信自引本部軍兵投泰山去了。

董卓招誘何進兄弟部下之兵，盡歸掌握。私謂李儒曰：「吾欲廢帝，立陳留王。何如？」李儒曰：「今朝廷無主，就不此時行事，遲則有變矣。」來日於溫明園中，聚集百官，諭以廢立，有不從者斬之，則威權之行，正在今日！」卓喜。次日，大排筵會，遍請公卿，公卿皆懼董卓，誰敢不到？卓待百官到了，然後徐徐到園門下馬，◎15帶劍入席。酒行數巡，卓教停酒止樂，乃厲聲曰：「吾有一言，眾官靜聽！」眾官側耳。卓曰：「天子爲萬民之主，無威儀不可以奉宗廟社稷。今上懦弱，不若陳留王聰明好學可承大位，吾欲廢帝立陳留王諸大臣以爲如何？」

諸官聽罷，不敢出聲。座上一人推案直出，立於筵前，大呼：「不可！不可！汝是何人敢發大語？天子乃先帝嫡子，初無過失，何得妄議廢立！汝欲爲篡逆耶？」卓視之，乃荊州刺史丁原也。卓怒，叱曰：「順我者生，逆我者死！」遂掣佩劍欲斬丁原。時李儒見丁原背後一人，生得氣宇軒昂，威風凜凜手執方天畫戟，怒目而視。◎16李儒急進曰：「今日飲宴之處，不可談國政。來日向都堂※6公論未遲。」眾人皆勸，丁原上馬而去。

◆議溫明董卓叱丁原。權臣董卓意欲廢少帝劉辯，立陳留王劉協，遂在溫明園召集百官論廢立之事。座上百官皆不敢語，惟荊州刺史丁原反對，董卓因此怒叱丁原，並欲斬殺之。丁原背後站立者為呂布。（fotoe 提供）

〈評點〉

◎13：獻帝此時頗強人意，何後來倦懦之甚也？（毛宗崗）

◎14：非不從，無可奈何耳。（李漁）

◎15：妝模做樣，可惡，可笑！（毛宗崗）

◎16：先從李儒眼中虛畫出一個呂布來。也在人背後。先寫戟。（李漁）

注釋

※6：議論政事的殿堂。

◆呂布（151～198），字奉先，五原郡九原（今內蒙古包頭市）人，三國時著名武將。武藝無人可及，但為人沒有原則，見利忘義，難成大事，終為曹操所滅。（葉雄繪）

卓問百官曰：「吾所言合公道否？」盧植曰：「明公差矣！昔太甲不明，伊尹放之於桐宮；昌邑王登位方二十七日，造惡三千餘條，故霍光告太廟而廢之。今上雖幼，聰明仁智，並無分毫過失，公乃外郡刺史，素未參與國政，又無伊、霍之大才，何可強主廢立之事？聖人云：『有伊尹之志則可，無伊尹之志則篡也。』」◎17卓大怒，拔劍向前欲殺植。議郎彭伯諫曰：「盧尚書海內人望，今先害之，恐天下震怖！」卓乃止。司徒王允曰：「廢立之事，不可酒後相商，另日再議。」◎18於是百官皆散。

卓按劍立於園門忽見一人，躍馬持戟，於園門外往來馳驟。◎19卓問李儒：「此何人也？」儒曰：「此丁原義兒，姓呂名布，字奉先者也。◎20主公且須避之。」卓乃入園潛避。

次日，人報丁原引軍城外搦戰。卓怒，引軍同李儒出迎。兩陣對圓，只見呂布頂束髮金冠，披百花戰袍，擐唐猊鎧甲，繫獅蠻寶帶，縱馬挺戟，隨丁建陽出到陣前。◎21建陽指卓罵曰：「國家不幸，閹宦弄權，以致萬民塗炭。爾無尺寸之功，焉敢妄言廢立，欲亂朝廷？」董卓未及回言，呂布飛馬直殺過來，董卓慌走，建陽率軍掩殺，卓兵大敗，退三十餘里下寨，聚眾商議。卓曰：「吾觀呂布非常人也，吾若得此人，何慮天下哉！」

帳前一人出曰：「主公勿憂！某與呂布同鄉，知其勇而無謀，見利忘義，◎22某憑三寸不爛之舌，說呂布拱手來降，可乎？」卓大喜，視其人，乃虎賁中郎將李肅也。卓曰：「汝將何以說之？」肅曰：「某聞主公有名馬一匹，號曰赤兔，日行千里，須得此馬；再用金珠，以利結其心；某更進說詞，呂布必反丁原，來投主公矣！」卓問李儒曰：「此言可乎？」儒曰：「主公欲取天下，◎23何惜一馬？」卓

〈評點〉

◎17：正論侃侃，不愧爲玄德之師。（毛宗崗）

◎18：王允此時，胸中已有成算。（毛宗崗）

◎19：又從董卓眼中虛畫出一個呂布來。先只寫戟，此添寫馬。（李漁）

◎20：在李儒口中，方實敘出呂布姓名。（毛宗崗）

◎21：又雙從董卓李儒眼中實寫一呂布。看他先寫狀貌，次寫姓名，次寫裝束，先寫戟，次寫馬，次寫冠帶、袍甲，都作數層出落，妙。（毛宗崗）

◎22：二語說盡奉先。（毛宗崗）

◎23：「欲取天下」四字在李儒口中道出，可見教董卓無道者，皆李儒也。（李漁）

欣然與之。更與黃金一千兩，明珠數十顆，玉帶一條。

李肅齎了禮物，投奔呂布寨來，伏路軍人圍住。肅曰：「可速報呂將軍，有故人來見。」軍人報知，布命入見。肅見布曰：「賢弟別來無恙？」布揖曰：「久不相見，今居何處？」肅曰：「現任虎賁中郎將之職。聞賢弟匡扶社稷，不勝之喜。有良馬一匹，日行千里，渡水登山，如履平地，名曰赤兔。特獻與賢弟，以助虎威。」布便令牽過來看。果然那馬渾身上下，火炭般赤，無半根雜毛；從頭至尾，長一丈；從蹄至項，高八尺；嘶喊咆哮，有騰空入海之狀。◎24後人有詩單道赤兔馬曰：

「奔騰千里蕩塵埃，渡水登山紫霧開。掣斷絲韁搖玉轡，火龍飛下九天來。」

布見了此馬大喜。◎25謝肅曰：「兄賜此良駒，將何以爲報？」肅曰：「某爲義氣而來，豈望報乎？」布置酒相待。

酒酣，肅曰：「肅與賢弟少得相見，令尊卻嘗會來。」

布曰：「兄醉矣！先父棄世多年，安得與兄相會？」

肅大笑曰：「非也。某說今日丁刺史耳！」

布惶恐曰：「某在丁建陽處，亦出於無奈。」

肅曰：「賢弟有擎天駕海之才，四海孰不欽敬！功名富貴，如探囊取物，何言無奈，而在人之下乎？」

布曰：「恨不逢其主耳！」◎26

肅笑曰：「良禽擇木而棲，賢臣擇主而事，見機不早，悔之晚矣！」

布曰：「兄在朝廷，觀何人爲世之英雄？」

肅曰：「某遍視群臣，皆不如董卓。董卓爲人，敬賢禮士，賞罰分明，終成大業。」

布曰：「某欲從之，恨無門路。」

肅取金、珠、玉帶列於布前。

布驚曰：「何爲有此？」

肅令叱退左右。告布曰：「此是董公久慕大名，特令某將此奉獻。赤兔馬亦董公所贈也。」

布曰：「董公如此見愛，某將何以報之？」

肅曰：「如某之不才，尚爲虎賁中郎將；公若到彼，貴不可言。」

布曰：「恨無涓埃※7之功，以爲進見之禮。」

〈評點〉

◎24：此馬將爲雲長騎坐，故先于此處極寫之。（毛宗崗）

◎25：極寫名將愛馬。（毛宗崗）

◎26：等他自說，妙！妙！（毛宗崗）

注釋

※7：細流和塵埃，這裏比喻微小的意思。

肅曰：「功在翻手之間，公不肯爲耳！」

布沉吟良久曰：「吾欲殺丁原，引軍歸董卓何如？」◎27

肅曰：「賢弟若能如此，眞莫大之功也。但事不宜遲，在於速決。」布與肅約於明日來降，肅別去。

是夜二更時分，布提刀逕入丁原帳中。原正秉燭觀書，見布至，曰：「吾兒來，有何事故？」布曰：「吾堂堂丈夫，安肯爲汝子乎？」原曰：「奉先何故變心？」布向前一刀，砍下丁原首級。大呼：「左右！丁原不仁，吾已殺之。肯從吾者在此，不從者自去。」軍士散去大半。

次日，布持丁原首級，往見李肅。肅遂引布見卓。卓大喜，置酒相待。

卓先下拜。曰：「卓今得將軍，如旱苗之得甘雨也。」

◆餽金珠李肅說呂布。呂布被李肅說動，叛意已決，提刀入丁原帳中，將丁原斬殺後，提丁原首級歸降董卓。（fotoe 提供）

布納卓坐而拜之。曰：「公若不棄，布請拜為義父。」◎28卓以金甲、錦袍賜布，暢飲而散。卓自是威勢越大，自領前將軍事，封弟董旻為左將軍鄠侯，封呂布為騎都尉中郎將都亭侯。

李儒勸卓早定廢立之計。卓乃於省中設宴，會集公卿；令呂布將甲士千餘，侍衛左右。是日，太傅袁隗與百官皆到。酒行數巡，卓按劍曰：「今上闇弱，不可以奉宗廟，吾將依伊尹、霍光故事，廢帝為弘農王，立陳留王為帝。有不從者斬！」群臣惶怖莫敢對。

中軍校尉袁紹，挺身出曰：「今上即位未幾，並無失德，汝欲廢嫡立庶，非反而何？」◎29卓怒曰：「天下事在我。我今為之，誰敢不從！汝視我之劍不利否？」袁紹亦拔劍。曰：「汝劍利，吾劍未嘗不利？」

兩箇在筵上對敵，正是：

「丁原仗義身先喪，袁紹爭鋒勢又危。」

畢竟袁紹性命如何？且聽下文分解……

〈評點〉

◎27：此句亦等他自說。惡極，妙極！（毛宗崗）

◎28：方殺一義父，又拜一義父，殺得容易，亦拜得容易。（毛宗崗）

◎29：勸召外兵者公也，今日罵董卓，晚矣！（毛宗崗）

第四回　廢漢帝陳留踐位　謀董賊孟德獻刀

且說董卓欲殺袁紹，李儒止之。曰：「事未可定，不可妄殺。」袁紹手提寶劍，辭別百官而出。懸節東門※1，奔冀州去了。卓謂太傅袁隗曰：「汝姪無禮，吾看汝面，姑恕之。廢立之事，如何？」隗曰：「太尉所見是也。」卓曰：「敢有阻大議者，以軍法從事！」群臣震恐，皆云：「一聽尊命。」

宴罷，卓問侍中周毖、校尉伍瓊曰：「袁紹此去若何？」

周毖曰：「袁紹忿忿而去，若購※2之急，勢必有變。且袁氏樹恩四世，門生故吏遍於天下，倘收豪傑以聚徒眾，英雄因之而起，山東※3非公有也。不如赦之，拜爲一郡守，則紹喜於免罪，必無患矣。」

伍瓊曰：「袁紹好謀無斷，◎1不足爲慮；誠不若加之一郡守，以收民心。」

卓從之，即日差人拜紹爲渤海太守。

九月朔，請帝陞嘉德殿，大會文武。卓拔劍在手，對眾曰：「天子闇弱，不足以君天下。今有策文一道，宜爲宣讀。」乃令李儒讀策曰：

「孝靈皇帝，早棄臣民。皇帝海內仰望，而帝天資輕佻，威儀不恪※4，居喪慢

惰，否德既彰，有忝大位；皇太后教無母儀，統政荒亂；永樂太后暴崩，眾論惑焉。三綱之道，天地之紀，毋乃有闕？陳留王協，聖德偉懋，規矩肅然，居喪哀戚，言不以邪，休聲※5美譽，天下所聞，宜承皇業，爲萬世統。茲廢皇帝爲弘農王，皇太后還政。請奉陳留王爲皇帝，應天順人，以慰生靈之望。」

李儒讀策畢，卓叱左右：「扶帝下殿，解其璽綬，北面長跪，稱臣聽命。」又呼：「太后去服，候帝勅。」帝后皆號哭，群臣無不悲慘。

階下一大臣，憤怒高叫曰：「賊臣董卓，敢爲欺天之謀！吾當以頸血濺之。」揮手中象簡，直擊董卓。卓大怒，喝武士拿下，乃尚書丁管也。卓命牽出斬之。管罵不絕口，至死神色不變。◎2後人有詩嘆曰：

「董賊潛懷廢立圖，漢家宗社委邱墟。滿朝臣宰皆囊括，惟有丁公是丈夫。」

卓請陳留王登殿。群臣朝賀畢，卓命扶何太后，并弘農王、及帝妃唐氏於永安宮閒住，封鎖宮門，禁群臣無得擅入。◎3可憐少帝四月登基，至九月即被廢。卓所立陳留王協，表字伯和，靈帝中子，即獻帝也。時年九歲，改元初平。董卓爲相

〈評點〉

◎1：四字定評。（毛宗崗）

◎2：此時不可無此一人。（毛宗崗）

◎3：昔桓靈禁錮黨人，今董卓禁錮天子。（毛宗崗）

注釋

※1：節：高級官員行使職權的憑證。把節掛在東門上，表示棄官不做。

※2：本義是重賞徵求、重金收買，這裏是追捕、通緝的意思。

※3：古代指法華山以東的廣大地區，實即秦國以外的東方諸國之地。與現今「山東」含義不同。

※4：謹愼、恭敬。

※5：美好名聲。

國，贊拜不名，入朝不趨，劍履上殿※6，威福莫比。

李儒勸卓擢用名流，以收人望，因薦蔡邕之才。卓命徵之，邕不赴。卓怒，使人謂邕曰：「如不來，當滅汝族。」邕懼，只得應命而至。卓見邕，大喜，一月三遷其官，拜爲侍中，甚見親厚。

卻說少帝與何太后、唐妃困於永安宮中，衣服飲食，漸漸少缺，少帝淚不曾乾。一日，偶見雙燕飛於庭中，遂吟詩一首。詩曰：

「綠草嫩綠凝烟，裊裊雙飛燕。洛水一條青，陌上人稱羨。遠望碧雲深，是吾舊宮殿，何人仗忠義，洩我心中怨。」

董卓時常使人探聽，是日，獲得此詩來呈董卓。卓曰：「怨望作詩，殺之有名

◆廢漢帝陳留踐位。董卓於嘉德殿會集文武，廢少帝劉辯為弘農王，立九歲的陳留王劉協為帝。（fotoe 提供）

矣。」◎4遂命李儒帶武士十人，入宮弒帝。

帝與后妃正在樓上，宮女報李儒至，帝大驚。儒以鴆酒奉帝。帝問：「何故？」儒曰：「春日融和，董相國特上壽酒。」太后曰：「既云壽酒，汝可先飲。」儒怒曰：「汝不飲耶？」呼左右持短刀、白練於前。曰：「壽酒不飲可領此二物。」唐妃跪告曰：「妾身代帝飲酒，願公存母子性命。」◎5儒叱曰：「汝何人，可代王死？」乃舉酒與何太后曰：「汝可先飲。」后大罵：「何進無謀，引賊入京，致有今日之禍。」◎6儒催逼帝。帝曰：「容我與太后作別！」乃大慟而作歌。◎7其歌曰：

「天地易兮日月翻，棄萬乘兮退守藩。爲臣逼兮命不久，大勢去兮空淚潛。」

〈評點〉

◎4：天子亦以文字取禍，千古異聞。（毛宗崗）

◎5：滿朝文武，不如此一女子。（毛宗崗）

◎6：非何進誤事也，乃自誤耳。（李漁）

◎7：甚矣，帝之多文也。既作感懷詩于前，復作絕命詞于後，文章無救于禍患，我爲天子一哭，更爲文章一哭。（毛宗崗）

◆ 漢獻帝（181～234），名劉協，字伯和，原封陳留王，東漢末代皇帝（189～220年在位）。先後被董卓、曹操等挾持，事實上是個傀儡皇帝，他在位時，東漢名存實亡。（葉雄繪）

注釋

※6：古代臣僚朝見皇帝，跪拜贊禮時要稱名，入朝要碎步快走，佩劍和鞋子要解下來放在殿外，都是表示恭敬的「禮法」。不名、不趨和准帶劍履，是對職位最「尊」的大臣的特殊優待。操縱皇帝給自己這種優禮，往往意味著不守臣子的本分，是有野心的表現。

唐妃亦作歌曰：

「皇天將崩兮后土頹，身爲帝姬兮恨不隨。生死異路兮從此別，奈何煢速兮心中悲。」

歌罷，相抱而哭。李儒叱曰：「相國立等回報，汝等俄延，望誰救耶？」太后大罵：「董賊逼我母子，皇天不佑！汝等助惡，必當滅族！」儒大怒，雙手扯住太后，直攛下樓。叱武士絞死唐妃，以鴆酒灌殺少帝。◎8還報董卓，卓命葬於城外。自此，每夜入宮奸淫宮女，夜宿龍牀。◎9

嘗引軍出城，行到陽城地方，時當二月，村民社賽※7，男女皆集。卓命軍士圍住，盡皆殺之。掠婦女財物，裝載車上；懸頭千餘顆於車下，◎10連軫※8還都，揚言殺賊大勝而回。於城下焚燒人頭，以婦女財物分散眾軍。越騎校尉伍孚，字德瑜，見卓殘暴，憤恨不平，嘗於朝服內披小鎧，藏短刀，欲伺便殺卓。

一日，卓入朝，孚迎至閣下，拔刀直刺卓。◎11卓氣力大，兩手摳住，呂布便入，揪倒伍孚。卓問曰：

◆李儒毒殺少帝與太后。日本浮世繪，葛飾戴斗《繪本通俗三國志》。（葛飾戴斗／fotoe 提供）

「誰教汝反？」孚瞪目大喝曰：「汝非吾君，吾非汝臣，何反之有？汝罪惡盈天，人人願得而誅之。吾恨不車裂汝，以謝天下！」卓大怒，命牽出剖剮之。孚至死罵不絕口。後人有詩讚之曰：

「漢末忠臣說伍孚，沖天豪氣世間無。朝堂殺賊名猶在，萬古堪稱大丈夫。」

董卓自此出入常帶甲士護衛。時袁紹在渤海，聞知董卓弄權，乃差人齎密書來見王允。書略曰：

「卓賊欺天廢主，人不忍言；而公恣其跋扈，如不聽聞，豈報國效忠之臣哉？紹今集兵練卒，欲掃清王室，未敢輕動。公若有心，當乘間圖之。倘有驅使，即當奉命。」

王允得書，尋思無計。一日，於侍班閣子內見舊臣俱在，允曰：「今日老夫賤降※9，晚間敢屈眾位到舍小酌。」眾官皆曰：「必來祝壽。」當晚，王允設宴後堂，公卿皆至。酒行數巡，王允忽然掩面大哭。眾官驚問曰：「司徒貴誕，何故發

〈評點〉

◎8：慘極！李儒之罪，浮于董卓。（毛宗崗）

◎9：便是強盜所為，不成氣候。（毛宗崗）

◎10：卓賊何以償此，可畏！可畏！（李贄）

◎11：孚之勇往直前較勝於操，蓋曹操顧身，伍孚不顧身也。（李贄）

注釋

※7：這裏是指在「春社」節日迎神賽會。社是古代農民祭祀「土神」的風俗，春社在春分前後舉行。

※8：軫，指車尾。連軫，指車馬頭尾相接，排成車隊。

※9：對自己生日的謙稱。

悲？」允曰：「今日並非賤降，因欲邀眾位一敘，恐董卓見疑，故托言耳。董卓欺主弄權，社稷旦夕難保，想高皇誅秦滅楚，奄有天下，誰想傳至今日，乃喪於董卓之手，此吾所以哭也。」於是眾官皆哭。

坐中一人獨撫掌大笑。◎12曰：「滿朝公卿，夜哭到明，明哭到夜，還能哭死董卓否？」允視之，乃驍騎校尉曹操也。

允怒曰：「汝祖宗亦食祿漢朝，今不思報國，而反笑耶？」

操曰：「吾非笑別事，笑眾位無一計殺董卓耳！操雖不才，願即斷董卓頭，懸之都門，以謝天下。」

允避席※10問曰：「孟德有何高見？」

操曰：「近日操屈身以事卓者，欲乘間圖之耳。今卓頗信操，操因得時近卓。聞司徒有七星寶刀一口，願借與操，入相府刺殺之，雖死不恨。」

允曰：「孟德果有是心，天下幸甚！」遂親自酌酒奉操，操瀝酒設誓，允隨取寶刀與之。操藏刀，飲酒畢，即起身辭別眾官而去。◎13眾官又坐了一回，亦俱散訖。

次日，曹操佩著寶刀，來至相府。問丞相何在？從人云：「在小閣中。」操竟入，見董卓坐於牀上，呂布侍立於側。◎14卓曰：「孟德何來遲？」操曰：「馬羸行遲耳！」卓顧謂布曰：「吾有西涼進來好馬，奉先可親去揀一騎賜於孟德。」布

領命而去。操暗忖曰：「此賊合死！」即欲拔刀刺之。懼賊力大，未敢輕動。卓胖大，不耐久坐，遂倒身而臥，轉面向內。操又思曰：「此賊當休矣！」急掣寶刀在手，◎15恰待要刺，不想董卓仰面看衣鏡中，照見曹操在背後拔刀，◎16急回身問曰：「孟德何爲？」時呂布已牽馬至閣外，操惶遽，乃持刀跪下。曰：「操有寶刀一口，獻上恩相。」◎17卓接視之，見其刀長尺餘，七寶嵌飾，極其鋒利，果寶刀也，遂遞與呂布收了。操解鞘付布，卓引操出閣見馬。操謝曰：「願借試一騎。」◎18卓就教與鞍轡，操牽馬出相府，加鞭望東南而去。◎19

布對卓曰：「適來曹操似有行刺之狀，及被喝破，故推獻刀。」卓曰：「吾亦疑之。」正說話間，適李儒至，卓以其事告之。儒曰：「操無妻小在京，只獨居寓

〈評點〉

◎12：眾人皆哭我獨笑，的是妙人！（毛宗崗）

◎13：寫得慷慨動色，彷彿荊卿渡易水時。（毛宗崗）

◎14：讀書者至此，爲曹操捏一把汗。（毛宗崗）

◎15：讀至此又爲董卓捏一把汗。（毛宗崗）

◎16：意外出奇之事，寫得情景如畫。（毛宗崗）

◎17：好權變，的是奸雄也。（毛宗崗）

◎18：妙極，未及試刀，今不得不急試馬。（毛宗崗）

◎19：來便遲，去便快。惟託馬贏，未必不爲此時地也。奸雄妙算如神。（毛宗崗）

注釋

※10：古代人室內起居，就在地上設席而坐（凳椅是較晚才有的），和尊長談話時，要離席而立，表示恭敬。這裏說的「避席問曰」則是因爲曹操說了關係重大的話，王允對他表示鄭重、敬謹的意思。

所，今差人往召，如彼無疑而便來，則是獻刀；如推託不來，則必是行刺，便可擒而問也。」

卓然其說，即差獄卒四人往喚操。去了良久，回報曰：「操不曾回寓，乘馬飛出東門。門吏問之，操曰：『丞相差我有緊急公事』，縱馬而去矣。」儒曰：「操賊心虛逃竄，行刺無疑矣。」卓大怒曰：「我如此重用，反欲害我？」儒曰：「此必有同謀者！待拿住曹操，便可知矣。」◎20卓遂令徧行文書，畫影圖形，捉拿曹操。擒獻者，賞千金，封萬戶侯；窩藏者同罪。

且說曹操逃出城外，飛奔譙郡。路經中牟縣，為守關軍士所獲，擒見縣令。操言：「我是客商，覆姓皇

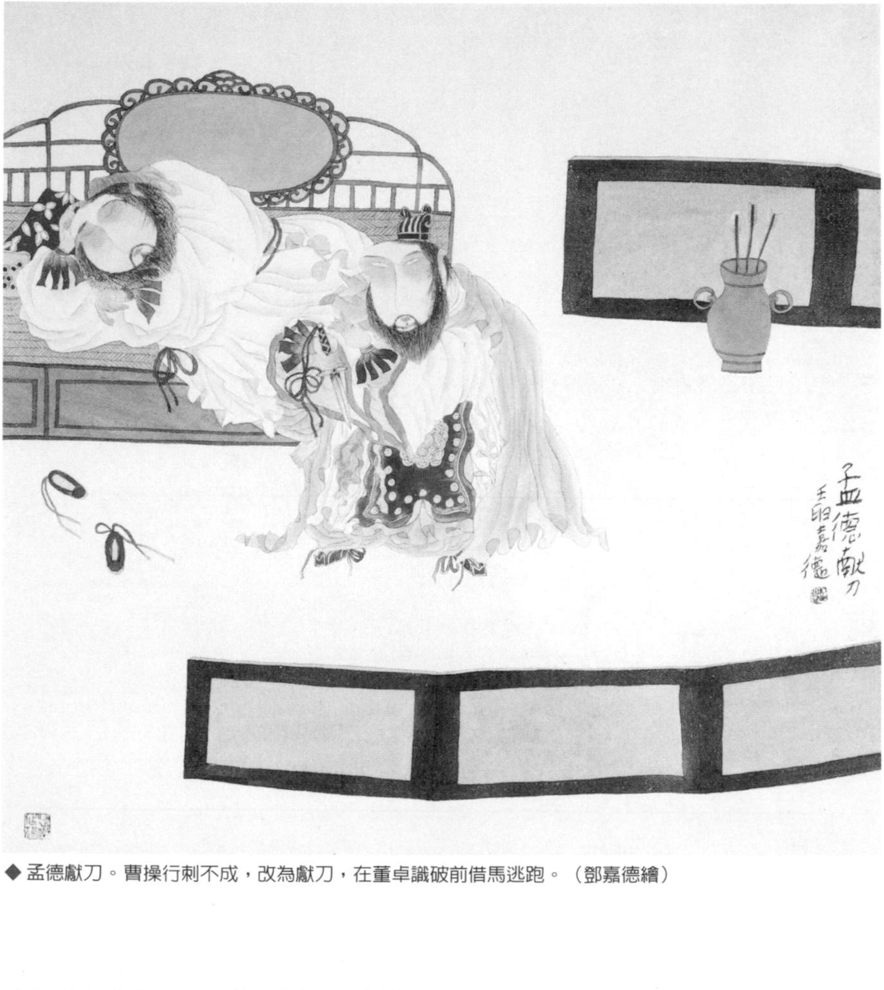

◆孟德獻刀。曹操行刺不成，改為獻刀，在董卓識破前借馬逃跑。（鄧嘉德繪）

甫。」縣令熟視曹操，沉吟半晌，乃曰：「吾前在洛陽求官時，曾認得汝是曹操，如何隱諱？且把來監下，明日解去京師請賞。」把關軍士，賜以酒食而去。

至夜分，縣令喚親隨人暗地取出曹操，且至後院中審究。◎21問曰：「我聞丞相待汝不薄，何故自取其禍？」

操曰：「燕雀安知鴻鵠志哉！汝既拿住我，便當解去請賞，何必多問？」

縣令屏退左右。謂操曰：「汝休小覷我！我非俗吏，奈未遇其主耳。」

操曰：「吾祖宗世食漢祿，若不思報國，與禽獸何異？◎22吾屈身事卓者，欲乘間圖之，爲國除害耳！今事不成，乃天意也。」◎23

縣令曰：「孟德此行，將欲何往？」

操曰：「吾將歸鄉里，發矯詔，召天下諸侯，興兵共誅董卓，吾之願也。」

縣令聞言，乃親釋其縛，扶之上坐。再拜。曰：「公，眞天下忠義之士也！」

曹操亦拜。問：「縣令姓名？」

縣令曰：「吾姓陳，名宮，字公臺。老母妻子，皆在東郡，今感公忠義，願棄

〈評點〉

◎20：讀書者至此，又爲王允擔憂。（毛宗崗）

◎21：精細，此熟視沉吟時算定者。（毛宗崗）

◎22：偏是奸雄，會說道學語。（毛宗崗）

◎23：曹操此時，竟是一位正人。（毛宗崗）

◆陳宮（154～198），字公台，東郡（今河南濮陽西南）人。東漢謀士，曾為曹操和呂布部下。呂布戰敗後因不願投降曹操而被處死。「捉放曹」的主角之一。（葉雄繪）

一官，從公而逃。」◎24

操甚喜。是夜，陳宮收拾盤費，與曹操更衣易服，各背劍一口，乘馬投故鄉來。

行了三日，至成皋地方，天色向晚。操以鞭指林深處，謂宮曰：「此間有一人，姓呂，名伯奢，是吾父結義弟兄，就往問家中消息，覓一宿如何？」宮曰：「最好。」二人至莊前下馬，入見伯奢。奢曰：「我聞朝廷遍行文書，捉汝甚急，汝父已避陳留去了。汝如何得至此？」操告以前事，曰：「若非陳縣令，已粉骨碎身矣。」◎25伯奢拜陳宮曰：「小姪若非使君，曹氏滅門矣。◎26使君寬懷安坐，今晚便可下榻草舍。」說罷，即起身入內，良久始出，謂陳宮曰：「老夫家無好酒，容往西村沽一樽來相待。」言訖，匆匆上驢而去。

操與宮坐久，忽聞莊後有磨刀之聲。操曰：「呂伯奢非吾至親，此去可疑。當竊聽之。」二人潛步入草堂後，但聞人語曰：「縛而殺之何如？」操曰：「是矣！

今若不先下手，必遭拘獲。」遂與宮拔劍直入，不問男女，皆殺之。一連殺死八口，搜至廚下，卻見縛一豬欲殺。宮曰：「孟德多心，誤殺好人矣。」急出莊上馬而行。

行不到二里，只見伯奢驢鞍前鞽※11懸酒二瓶，攜果菜而來。叫曰：「賢姪與使君何故便去？」操曰：「避罪之人，不敢久住。」伯奢曰：「吾已分付家人，宰一豬相款。賢姪、使君何憎一宿？速請轉騎。」操不顧，策馬便行。行不數步，忽拔劍復回，叫伯奢曰：「此來者何人？」伯奢回頭看時，操揮劍砍伯奢於驢下。宮大驚曰：「適纔誤耳！今何為也？」操曰：「伯奢到家，見殺死多人，安肯干休？若率眾來追，必遭其禍矣。」宮

〈評點〉

◎24：不特相救，且復相從，宮之于操，其恩不可謂不厚矣。（毛宗崗）

◎25：異日白門樓中，何不記此一語。（毛宗崗）

◎26：曹氏幸不滅門，君家卻即刻有滅門之禍。（毛宗崗）

◆ 捉放曹。此時陳宮尚認為曹操是「忠義之士」。（鄧嘉德繪）

注釋

※11：驢鞍前端拱起的地方。

◆清代窗花圖案「捉放曹」。（曹振峰提供／人民美術出版社）

◆北京故宮清宮戲畫《捉放曹》。（聶鳴／fotoe提供）

曰：「知而故殺，大不義也。」操曰：「寧教我負天下人，休教天下人負我。」◎27陳宮默然。

當夜，行數里，月明中敲開客店門投宿。餵飽了馬，曹操先睡。陳宮尋思：「我將謂曹操是好人，棄官跟他，原來是個狠心之人！今日留之，必為後患。」便欲拔劍來殺曹操。◎28正是：

「設心狠毒非良士，操卓原來一路人。」

畢竟曹操性命如何？且聽下文分解……

〈評點〉

◎27：曹操從前竟似一個好人，到此忽然説出奸雄心事，此二語是開宗明義第一章。（毛宗崗）

◎28：回回煞尾俱有驚人語。（李漁）

◆屠伯奢圖。曹操於此道出自己的人生哲學：「寧教我負天下人，休教天下人負我」。（鄧嘉德繪）

第五回　發矯詔諸鎮應曹公　破關兵三英戰呂布

卻說陳宮正欲下手殺曹操，忽轉念曰：「我爲國家跟他到此，殺之不義；不若棄而他往。」插劍上馬，不等天明，自投東郡去了。◎1

操覺，不見陳宮；尋思此人：「見我說了這兩句，疑我不仁，◎2棄我而去。吾當急行，不可久留。」遂連夜到陳留，尋見父親，備說前事，欲散家資，招募義兵。父言：「資少，恐不成事。此間有孝廉衛弘，疏財仗義，其家巨富，若得相助，事可圖矣。」

操置酒張筵，拜請衛弘到家。告曰：「今漢室無主，董卓專權，欺君害民，天下切齒。操欲力扶社稷，恨力不足；公乃忠義之士，敢求相助。」衛弘曰：「吾有是心久矣，恨未遇英雄耳！既孟德有大志，願將家資相助。」

操大喜，於是先發矯詔，馳報各道，然後招集義兵，豎起招兵白旗一面，上書「忠義」二字。◎3不數日間，應募之士，如雨駢集※1。

一日，有一箇陽平衛國人，姓樂名進，字文謙，來投曹操。又有一

◆夏侯惇（157～220），字元讓，沛國譙（今安徽亳縣）人。曹操同族兄弟，魏國大將軍，以勇猛著稱。（葉雄繪）

箇山陽鉅鹿人，姓李名典，字曼成，也來投曹操。操皆留為帳前吏。又有沛國譙人夏侯惇，字元讓，乃夏侯嬰之後；自小習槍棒，年十四從師學武，有人辱罵其師，惇殺之，逃於外方；聞知曹操起兵，與其族弟夏侯淵兩箇各引壯士千人來會。此二人本操之弟兄。操父曹嵩，原是夏侯氏之子，過房與曹家；因此是同族。不數日，曹氏兄弟曹仁、曹洪各引兵千餘來助。曹仁字子孝，曹洪字子廉，二人弓馬嫻熟，武藝精通。操大喜，於村中操練軍馬。衛弘盡出家財，置辦衣甲旗旛；四方送糧食者不計其數。

時袁紹得操矯詔，乃聚麾下文武，引兵三萬，離渤海來與曹操會盟。操作檄文以達諸郡。檄文曰：

「操等謹以大義布告天下：董卓欺天罔地，滅國弒君，穢亂宮禁，殘害生靈，狼戾不仁，罪惡充積。今奉天子密詔，大集義兵，誓欲掃清華夏，剿戮群凶。望興

◆曹仁（168～223），字子孝，沛國譙（今安徽亳縣）人。三國時期魏國名將，曹操的堂弟，常為大軍統帥之職。（葉雄繪）

〈評點〉

◎1：陳宮不隨曹操，可謂知人；然後卻去隨呂布，則猶未為知人也。（毛宗崗）

◎2：陳宮但說他不義，他自供出不仁來。（李漁）

◎3：有聲色，古來眞正奸雄，未有不借此二字而起。（毛宗崗）

注釋

※1：像雨點一樣匯集到一處，比喻眾多和快速。

義師，共洩公憤；扶持王室，拯救黎民。檄文到日，可速奉行。」

操發檄文去後，各鎮諸侯，皆起兵相應。◎4

第一鎮——後將軍南陽太守袁術。
第二鎮——冀州刺史韓馥。
第三鎮——豫州刺史孔仙。
第四鎮——兗州刺史劉岱。
第五鎮——河內太守王匡。
第六鎮——陳留太守張邈。
第七鎮——東郡太守喬瑁。
第八鎮——山陽太守袁遺。
第九鎮——濟北相鮑信。
第十鎮——北海太守孔融。
第十一鎮——廣陵太守張超。
第十二鎮——徐州刺史陶謙。
第十三鎮——西涼太守馬騰。
第十四鎮——北平太守公孫瓚。
第十五鎮——上黨太守張揚。
第十六鎮——烏程侯長沙太守孫堅。
第十七鎮——祁鄉侯渤海太守袁紹。

諸路軍馬，多少不等；有三萬者，有一二萬者，各領文官武將，投洛陽來。

且說北平太守公孫瓚，統領精兵一萬五千，路經德州平原縣，正行之間，遙見桑樹叢中，一面黃旗，數騎來迎；瓚視之，乃劉玄德也。◎5

瓚問曰：「賢弟何故在此？」

玄德曰：「舊日蒙兄保備爲平原縣令，今聞大軍過此，特來奉候，就請兄長入城歇馬。」

瓚指關張而問曰：「此何人也？」

玄德曰：「此關羽，張飛，備結義兄弟也。」

瓚曰：「乃同破黃巾者乎？」

玄德曰：「皆此二人之力。」

瓚曰：「今居何職？」

玄德答曰：「關羽爲馬弓手，張飛爲步弓手。」

瓚嘆曰：「如此謂埋沒英雄！今董卓作亂，天下諸侯，共往誅之。賢弟可棄此卑官，一同討賊，力扶漢室。若何？」

玄德曰：「願往。」

張飛曰：「當時若容我殺了此賊，免有今日之事！」◎6

雲長曰：「事已至此，即當收拾前去！」

玄德、關、張引數騎跟公孫瓚來，曹操接著。眾諸侯亦陸續皆至，各自安營下寨，連接二百餘里。操乃宰牛殺馬，大會諸侯，商議進兵之策。

〈評點〉

◎4：此時猶然漢天下也。（李贄）

◎5：劉玄德不列諸侯之內，卻從公孫瓚路上相遇，敘得有意無意，孰知後來虎牢關前當先出色者，乃是此人。（毛宗崗）

◎6：快人快語，又照應前文。（毛宗崗）

◆公孫瓚（？～199），字伯圭，東漢遼西令支（今河北遷安）人，曾任中郎將，封都亭侯、幽州牧。劉備曾經投靠他一時。（葉雄繪）

太守王匡曰：「今奉大義，必立盟主，眾聽約束，然後進兵。」

操曰：「袁本初四世三公，門多故吏，漢朝名相之裔，可爲盟主。」◎7

紹再三推辭。眾皆曰：「非本初不可！」紹方應允。次日，築臺三層，遍列五方旗幟，上建白旄黃鉞※2，兵符將印，請紹登壇。紹整衣佩劍，慨然而上，焚香再拜。其盟曰：

「漢室不幸，皇綱失統。賊臣董卓，乘釁縱害，禍加至尊，虐流百姓。紹等懼社稷淪喪，糾合義兵，並赴國難。凡我同盟，齊心戮力，以致臣節，必無二志。有渝此盟，俾※3墜其命，無克遺育。皇天后土，祖宗明靈，實皆鑒之。」

讀畢，歃血※4。眾因其辭氣慷慨，皆涕泗橫流。歃血已罷，下壇，眾扶紹升帳而坐，兩行依爵位年齒，分別坐定。操行酒數巡，言曰：「今日既立盟主，各聽調遣，同扶國家，勿以強弱計較。」

袁紹曰：「紹雖不才，既承公等推爲盟主，有功必賞，有罪必罰。國有常刑，

◆發矯詔諸鎮應曹公。因董卓弄權，曹操發檄文，召集各鎮諸侯前來洛陽會盟，討伐董卓。（fotoe提供）

軍有紀律，各宜遵守，勿得違犯。」

眾皆曰：「唯命是聽！」

紹曰：「吾弟袁術，總督糧草，◎8應付諸營，無使有缺。◎9更須一人爲先鋒，直抵汜水關挑戰，餘各據險要，以爲接應。」

長沙太守孫堅出曰：「堅願爲前部。」

紹曰：「文臺勇烈，可當此任！」

堅遂引本部人馬，殺奔汜水關來。守關軍士，差流星馬往洛陽丞相府告急。

董卓自專大權之後，每日飲宴。李儒接得告急文書，逕來稟卓，卓大驚，急聚眾將商議。溫侯呂布挺身出曰：「父親勿慮！關外諸侯，布視之如草芥，願提虎狼之師，盡斬其首，懸於都門。」卓大喜。曰：「吾有奉先，高枕無憂矣。」言未絕，呂布背後一人，高聲出曰：「割雞焉用牛刀，不勞溫侯親往，吾斬眾諸侯首級，如探囊取物耳！」卓視之，其人身長九尺，虎體狼腰，豹頭猿臂，關西人也。

〈評點〉

◎7：不過以門第推之。（毛宗崗）

◎8：開口就叫袁術督管糧草，便有私了。（李漁）

◎9：與後不肯發糧相照。（毛宗崗）

◆華雄（？～190），東漢末年武將，於董卓手下為都督之職。在本書裏，他只落得個「關公溫酒斬華雄」的可憐配角。（葉雄繪）

注釋

※2：白旄，竿頭飾有犛牛尾或羽毛的旗幟。黃鉞，塗金的斧子。

※3：使。

※4：古代人盟誓的時候，塗血於口旁（一說口中含血），表示遵守盟約的決心。

◆程普，字德謀，右北平土垠（河北豐潤）人，三國時吳國大臣，曾任南郡太守、江夏太守。（葉雄繪）

姓華，名雄，◎10卓聞言大喜。加爲驍騎校尉，撥馬步軍五萬，同李肅、胡軫、趙岑星夜赴關迎敵。

眾諸侯內有濟北相鮑信，尋思孫堅既爲前部，怕他奪了頭功，暗撥其弟鮑忠，先將馬步軍三千，逕抄小路，直到關下搦戰。華雄引鐵騎五百，飛下關來，大喝：「賊將休走！」鮑忠急欲退，被華雄手起刀落，斬於馬下；生擒將校極多。華雄遣人齎鮑忠首級來相府報捷，卓加雄爲都督。

卻說孫堅引四將直至關前。那四將：第一個，石平北土垠人，姓程名普，字德謀，使一條鐵脊蛇矛。第二個，姓黃名蓋，字公覆，零陵人也，使鐵鞭。第三個，姓韓名當，字義公，遼西令支人也，使一口大刀。第四個，姓祖名茂，字大榮，吳郡富春人也，使雙刀。孫堅披爛銀鎧，裹赤幘，橫古錠刀，騎花鬃馬，指關上而罵曰：「助惡匹夫，何不早降？」

華雄副將胡軫，引兵五千出關迎戰。程普飛馬挺矛，直取胡軫；鬭不數合，程普刺中胡軫咽喉，死於馬下。堅揮軍直殺至關前，關上矢石如雨。孫堅引兵回至梁東屯住，使人於袁紹處報捷，就於袁術處催糧。

或說術曰：「孫堅乃江東猛虎，若打破洛陽，殺了董卓，正是除狼而得虎也。今不與糧，彼軍必敗。」◎11術聽之，不發糧草。

孫堅軍缺食，軍中自亂。細作※5報上關來。李肅為華雄謀曰：「今夜，我引一軍，從小路下關，襲孫堅寨後；將軍攻其前寨，堅可擒矣。」雄從之，傳令軍士飽餐，乘夜下關。是夜月白風清，到堅寨時，已是半夜。鼓譟直進。堅慌忙披挂上馬，正遇華雄。兩馬相交，鬬不數合，後面李肅軍到，令軍士放起火來。堅軍亂竄，眾將各自混戰；止有祖茂跟定孫堅，突圍而走。背後華雄追來。堅取箭連放兩箭，皆被華雄躲過；再放第三箭時，因用力太猛，拽折了鵲畫弓，只得棄弓縱馬而奔。祖茂曰：「主公頭上，赤幘射目，為賊所認識，可脫幘與某戴之。」◎12堅就脫幘換茂盔，分兩路而走，雄軍

〈評點〉

◎10：先寫華雄之勇，後說華雄被害，以見關公之勇。（李漁）

◎11：小人誤事，每每如此。（李贄）

◎12：祖茂智勇忠義，色色具足。（毛宗崗）

◆袁術（？～199），字公路，袁紹庶弟，汝南汝陽（今河南周口西南）人，東漢末軍閥，曾不自量力，於淮南稱帝，很快滅亡。（fotoe提供）

注釋

※5：密探、間諜。

只望赤幘者追趕，堅乃從小路得脫。

祖茂被華雄追急，將赤幘挂於人家燒不盡的庭柱上，卻入樹林潛躲。華雄軍於月下遙見赤幘，四面圍定，不敢近前；◎13用箭射之，方知是計，遂向前取了赤幘。祖茂於林後殺出，揮雙刀欲劈華雄；雄大喝一聲，將祖茂一刀砍於馬下。殺至天明，雄方引兵上關。

程普、黃蓋、韓當都來尋見孫堅，再收拾軍馬屯紮。堅爲折了祖茂，傷感不已，星夜遣人報知袁紹。紹大驚！曰：「不思孫文臺敗於華雄之手！」便聚眾諸侯商議。眾人都到，只有公孫瓚後至，紹請入帳列坐。紹曰：「前日鮑將軍之弟不遵調遣，擅自進兵，殺身喪命，折了許多軍士。今者孫文臺又敗於華雄，挫動銳氣，爲之奈何？」諸侯並皆不語。

紹舉目遍視，見公孫瓚背後立著三人，◎14容貌異常，都在那裏冷笑。◎15紹問曰：「公孫太守背後何人？」瓚呼玄德出曰：「此吾自幼同舍兄弟，平原令劉備是也。」曹操曰：「莫非破黃巾劉玄德乎？」◎16瓚曰：「然！」即令劉玄德拜見。瓚將玄德之功勞，並其出身，細說一遍。紹曰：「既是漢室宗派，取座來，命坐。」◎17備遜謝。紹曰：「吾非敬汝名爵，吾敬汝是帝室之胄耳！」玄德乃坐於末位，關張叉手※6侍立於後。

忽探子來報：「華雄引鐵騎下關，用長竿挑著孫太守赤幘，來寨前大罵搦戰。」

紹曰：「誰敢去戰？」袁術背後轉出驍將俞涉。曰：「小將願往。」紹喜，便著俞涉出馬。即時來報：「俞涉與華雄戰不三合，被華雄斬了。」眾大驚。太守韓馥曰：「吾有上將潘鳳，可斬華雄。」紹急令出戰。潘鳳手提大斧上馬，去不多時，飛馬來報：「潘鳳又被華雄斬了。」◎18眾皆失色。紹曰：「可惜吾上將顏良、文醜未至！得一人在此，何懼華雄！」◎19

言未畢，階下一人大呼出曰：「小將願往，斬華雄頭獻於帳下。」眾視之，見其人身長九尺，髯長二尺；丹鳳眼，臥蠶眉；面如重棗，聲如巨鐘，立於帳前。

紹問：「何人？」◎20

公孫瓚曰：「此劉玄德之弟關羽也。」

〈評點〉

◎13：可知孫堅英勇，敵所懾服。（毛宗崗）

◎14：公孫瓚背後一人，為驚天動地之人；而此一人背後又有驚天動地之兩人，可見英雄不得志時，往往居人背後。（李漁）

◎15：此處極寫劉關張。（毛宗崗）

◎16：偏是他記得。（毛宗崗）

◎17：袁本初只重家世，不重功勳，可笑！（毛宗崗）

◎18：都是虛寫，妙。寫得華雄聲勢，越襯得雲長聲勢。（毛宗崗）

◎19：襯入此數語，一發激惱雲長。（毛宗崗）

◎20：即異日殺顏良文醜之人也。（毛宗崗）

注釋

※6：古代一種禮數，子弟晚輩或隨從等人侍立時，兩手交拱在胸前，表示恭順敬謹。

紹問：「現居何職？」

瓚曰：「跟隨劉玄德，充馬弓手。」

帳中袁術大喝曰：「汝欺吾眾諸侯無大將耶？量一弓手，安敢亂言？與我打出！」◎21

曹操急止之曰：「公路息怒。此人既出大言，必有勇略，試教出馬，如其不勝，責之未遲。」

袁紹曰：「使一弓手出戰，必被華雄所笑。」

操曰：「此人儀表不俗，華雄安知他是弓手？」

關公曰：「如不勝，請斬某頭。」

操教釃※7熱酒一盃，與關公飲了上馬。

關公曰：「酒且酌下，某去便來。」◎22出帳提刀飛身上馬。眾諸侯聽得關外鼓聲大振，喊聲大舉，如天摧地塌岳撼山崩。眾皆失色。正欲探聽，鸞鈴響處，馬到中軍。雲長提華雄之頭，擲於地上，其酒尚溫。◎23

後人有詩讚之曰：

「威鎮乾坤第一功，轅門畫鼓響鼕鼕。雲長停盞施英勇，酒尚溫時斬華雄。」

曹操大喜。只見玄德背後轉出張飛，高聲大叫：「俺哥哥斬了華雄，不就這裏殺入關去，活拏董卓，更待何時？」

袁術大怒。喝曰：「俺大臣尚自謙讓，量一縣令手下小卒，安敢在此耀武揚威都與趕出帳去。」◎24

曹操曰：「得功者賞，何計貴賤乎？」

袁術曰：「既然公等只重一縣令，我當告退。」

操曰：「豈可因一言而誤大事耶？」命公孫瓚且帶玄德、關、張回寨，眾官皆散。曹操暗使人賷牛酒撫慰三人。

卻說華雄手下敗軍，報上關來，李肅慌忙寫告急文書，申聞董卓。卓急聚李儒、呂布等商議。儒曰：「今失了上將華雄，賊勢浩大。袁紹爲盟主，紹叔袁隗現爲太傅，倘或裏應外合，深爲不便，可先除之。請丞相親領大軍，分撥剿捕。」卓然其說。喚李傕、郭汜，領兵五百，圍住太傅袁隗家，不分老

〈評點〉

◎21：一弓手今且爲王爲帝爲天尊矣。袁氏兄弟，四世三公，今何在哉？即爲雲長執鞭，雲長之馬，亦決不肯也。（毛宗崗）

◎22：壯哉！（毛宗崗）

◎23：寫得百倍聲勢。（毛宗崗）

◎24：袁術俗物，翼德何不以老拳斷送之。世間此等俗物極多，一一該以老拳斷送之也。（毛宗崗）

◆ 河南滎陽虎牢關呂布城點將台遺址。（矗鳴／fotoe提供）

注釋

※7：斟酒。

幼，盡皆誅絕，先將袁隗首級去關前號令。◎25卓遂起兵二十萬，分為兩路而來。一路先令李傕、郭汜領兵五萬，把住汜水關，不要廝殺。卓自將十五萬，同李儒、呂布、樊稠、張濟等，守虎牢關。這關離洛陽五十里，軍馬到關，卓令呂布領三萬軍馬去關前紮住大寨；卓自在關上屯住。流星馬探聽得，報入袁紹大寨裏來。

紹聚眾商議。操曰：「董卓屯兵虎牢，截俺諸侯中路，今可勒兵一半迎敵。」紹乃分王匡、喬瑁、鮑信、袁遺、孔融、張揚、陶謙、公孫瓚八路諸侯，往虎牢關迎敵。操引軍往來救應。八路諸侯，各自起兵。

河內太守王匡，引兵先到。呂布帶鐵騎三千，飛奔來迎。王匡將軍馬列成陣勢，勒馬門旗下看時，見呂布出陣。頭帶三叉束髮紫金冠，體挂西川紅錦百花袍，身披獸面吞頭連環鎧，腰繫勒甲玲瓏獅蠻帶。弓箭隨身，手持畫戟，坐下嘶風赤兔馬，果然是：「人中呂布，馬中赤兔。」◎26王匡回頭問曰：「誰敢出戰？」後面一將縱馬挺槍而出，匡視之乃河內名將方悅。兩馬相交，無五合，被呂布一戟刺於馬下；挺戟直衝過來，匡軍大敗，四散奔走。布東西衝殺，如入無人之境。幸得喬瑁、袁遺兩軍皆至，來救王匡，呂布方退。三路諸侯，各折了些人馬，退三十里下寨。

隨後五路軍馬都至，一處商議。言：「呂布英雄，無人可敵。」◎27正慮間，小校來報：「呂布搦戰。」八路諸侯，一齊上馬，軍分八隊，皆在高崗遙望。呂布一簇軍馬，繡旗招颭，先來衝陣。上黨太守張揚部將穆順，出馬挺槍迎戰，被呂布手起一戟，刺於馬下。眾大驚。北海太守孔融部將武安國，使鐵鎚飛馬而出，呂布揮戟拍馬來迎，戰到十餘合，一戟砍斷安國手腕，棄鎚於地而走。八路軍兵齊出，救了武安國。呂布退回去了。眾諸侯回寨商議。曹操曰：「呂布英勇無敵，可會十八路諸侯，共議良策。若擒了呂布，董卓易誅耳！」

正議間，呂布復引兵搦戰。八路諸侯齊出。公孫瓚揮搠親戰呂布，戰不數合，瓚敗走；呂布縱赤兔馬趕來。那馬日行千里，飛走如風，看看趕上，布舉畫戟望瓚後心便刺。傍邊一將，圓睜環眼，倒豎虎鬚，挺丈八蛇矛，飛馬大叫：「三姓家奴◎28休走！燕人張飛在此。」◎29

呂布見了，棄了公孫瓚，便戰張飛。飛抖擻精神，酣戰呂布，連鬪五十餘合，不分勝負。

〈評點〉

◎25：袁紹外不能治其弟，內不能蔽其叔，爲盟主何益？（毛宗崗）

◎26：寫呂布聲勢，愈襯劉關張聲勢。（毛宗崗）

◎27：此時袁術，何不以「四世三公」四個字退卻呂布也？（毛宗崗）

◎28：四字罵絕。（李漁）

◎29：殺華雄正寫雲長，戰呂布先寫翼德，都好。（毛宗崗）

◆廣東佛山南海影視城三英戰呂布真人表演。（fotoe提供）

雲長見了，把馬一拍，舞八十二斤青龍偃月刀，來夾攻呂布。三匹馬丁字兒廝殺，戰到三十合，戰不倒呂布。劉玄德掣雙股劍，騎黃鬃馬，刺斜裏也來助戰。

這三箇圍住呂布，轉燈兒般廝殺。◎30八路人馬，都看得呆了。呂布架隔遮攔不定，看著玄德面上，虛刺一戟，玄德急閃，呂布蕩開陣角，倒拖畫戟，飛馬便回。三箇那裏肯捨，拍馬趕來。八路軍兵，喊聲大震，一齊掩殺。呂布軍馬，望關上奔走。玄德、關、張隨後趕來。古人曾有篇言語，單道著玄德、關、張三戰呂布：

「漢朝天數當桓靈，炎炎紅日將西傾；奸臣董卓廢少帝，劉協懦弱魂夢驚。曹操傳檄告天下，諸侯奮怒皆興兵；議立袁紹作盟主，誓扶王室定太平。溫侯呂布世無比，雄才四海誇英偉；護軀銀鎧砌龍鱗，束髮金冠簪短尾。參差寶帶獸平吞，錯落錦袍飛鳳起；龍駒跳踏起大風，畫戟熒煌射秋水。出關搦戰誰敢當？諸侯膽裂心

◆三英戰呂布。呂布為三國武藝最高之人，但為人多變少謀，終為曹操所滅。（葉雄繪）

惶惶；踴出燕人張翼德，手提蛇矛丈八槍。虎鬚倒豎翻金線，環眼圓睜起電光；酣戰未能分勝敗，陣前惱起關雲長。青龍寶刀燦霜雪，鸚鵡戰袍飛蛺蝶；馬蹄到處鬼神嚎，目前一怒應流血。英雄玄德掣雙鋒，抖擻天威施勇烈；三人圍繞戰多時，遮攔架隔無休歇。喊聲震動天地翻，殺氣迷漫牛斗寒；呂布力窮尋走路，遙望家山拍馬還。倒拖畫桿方天戟，亂散銷金五彩旛；頓斷絨絛走赤兔，翻身飛上虎牢關。」

三人直趕呂布到關下，看見關上西風飄動青羅傘蓋。張飛大叫：「此必董卓！追呂布有甚強處？不如先拏董賊，便是斬草除根。」拍馬上關來擒董卓。◎31正是：

「擒賊定須擒賊首，奇功端的※8待奇人。」

未知勝負如何？且看下文分解……

〈評點〉

◎30：眞正好看，如今已有三戰呂布轉燈矣！這個便是燈樣，呵呵！（李贄）

◎31：每回之末，定作異樣驚人語，妙絕。（毛宗崗）

◆皮影戲「三英戰呂布」。（曹振峰提供／人民美術出版社）

注釋

※8：果然、眞的。

第六回　焚金闕董卓行兇　匿玉璽孫堅背約

卻說張飛拍馬趕到關下，關上矢石如雨，不得進而回。八路諸侯同請玄德關張賀功，使人去袁紹寨中報捷。紹遂移檄孫堅，令其進兵。◎1堅引程普黃蓋，至袁術寨中相見。堅以杖畫地曰：「董卓與我本無讎隙，今我奮不顧身，親冒矢石，來決死戰者，上為國家討賊，下為將軍家門之私。而將軍卻聽讒言，不發糧草，致堅敗績，將軍何安！」◎2術惶恐無言，命斬進讒言之人，以謝孫堅。

忽人報堅曰：「關上有一將，乘馬來寨中要見將軍。」堅辭袁術，歸到本寨，喚來問時，乃董卓愛將李傕。堅曰：「汝來何為？」傕曰：「丞相所敬者，惟將軍耳。今特使傕來結親，丞相有女，欲配將軍之子。」堅大怒叱曰：「董卓逆天無道，蕩覆王室，吾欲夷其九

◆清代山西太原壁畫《虎牢關》，此為蘇光摹本。（王樹村提供／百花文藝出版社）

族，以謝天下，安肯與逆賊結親耶？吾不斬汝，汝當速去，早早獻關，饒你性命，倘若遲誤，粉骨碎身。」◎3李傕抱頭鼠竄，回見董卓，說孫堅如此無禮。

卓怒問李儒，儒曰：「溫侯新敗，兵無戰心，不若引兵回洛陽，遷帝於長安，以應童謠。近日街中童謠曰：「西頭一箇漢，東頭一箇漢，鹿走入長安，方可無斯難。臣思此言，西頭一箇漢，乃應高祖，王於西都長安，傳一十二帝。東頭一箇漢，乃應光武，王於東都洛陽，今亦一十二帝。◎4天運回合，丞相遷回長安，方可無虞。」卓大喜曰：「非汝言，吾實不悟。」

遂引呂布，星夜回洛陽，商議遷都，聚文武於朝堂。卓曰：「漢東都洛陽，二百餘年，氣數已衰。吾觀王氣，實在長安，吾欲奉駕西幸※1，汝等各宜促裝。」司徒楊彪曰：「關中殘破零落，

◆潮州市江根和剪紙作品「三英戰呂布」。（《潮州剪紙》，汕頭大學出版社提供）

〈評點〉

◎1：不獎劉關張戰捷，只撤孫堅進兵，但教孫堅進兵，不責袁術給糧，殊爲可笑。（毛宗崗）

◎2：辭嚴義正，聲氣欲出。「以杖畫地」四字更爲生情。（毛宗崗）

◎3：孫堅是漢子與呂布大異。（毛宗崗）

◎4：李儒所解不合童謠，蓋東頭一個漢乃指許都，西頭一個漢乃指蜀都也。（毛宗崗）

注釋

※1：皇帝到某處去叫幸。

◆李傕（？～198），涼州北地郡（今甘肅環縣一帶）人，董卓部將，曾挾持漢獻帝。（葉雄繪）

今無故捐宗廟，棄皇陵，恐百姓驚動，天下動之至易，安之至難，望丞相鑒察。」◎5卓怒曰：「汝阻國家大計耶？」太尉黃琬曰：「楊司徒之言，是也。往者王莽篡逆，更始赤眉之時，焚燒長安，盡爲瓦礫之地。更兼人民流移，百無一二，今棄宮室而就荒地，非所宜也。」◎6卓曰：「關東賊起，天下播亂，長安有崤函之險※2，更近隴右，木石磚瓦，尅日可辦，宮室營造，不須月餘，汝等再休亂言。」司徒荀爽諫曰：「丞相若欲遷都，百姓騷動不寧矣。」卓大怒曰：「吾爲天下計，豈惜小民哉。」◎7即日罷楊彪、黃琬、荀爽爲庶民。

卓出上車，只見二人望車而揖，視之，乃尚書周毖，城門校尉伍瓊也。卓問有何事？毖曰：「今聞丞相，欲遷都長安，故來諫耳。」卓大怒曰：「我始初聽你兩個保用袁紹，今紹已反，是汝等一黨。」叱武士推出都門斬首，遂下令遷都，限來日便行。

李儒曰：「今錢糧缺少，洛陽富戶極多，可籍沒入官，◎8但是袁紹等門下，殺其宗黨，而抄其家貲，必得巨萬。」卓即差鐵騎五千，徧行捉拏洛陽富戶，共數千家。插旗頭上，大書反臣逆黨，盡斬於城外，取其金貲。

李傕、郭汜盡驅洛陽之民數百萬口，前赴長安。◎9每百姓一隊，間軍一隊，互相拖押，死於溝壑者，不可勝數。又縱軍士，淫人妻女，奪人糧食，啼哭之聲，震動天地。卓臨行，教諸門放火，焚燒居民房屋，并放火燒宗廟宮府，南北兩宮。火焰相接，洛陽宮庭，盡爲焦土。又差呂布，發掘先皇及后妃陵寢，取其金寶，軍士乘勢，掘官民墳塚殆盡。董卓裝載金珠、緞疋，好物數千餘車，劫了天子，并后妃等，竟望長安去了。◎10

卻說卓將趙岑，見卓已棄洛陽而去，便獻了汜水關。

〈評點〉

◎5：此從百姓起見，言民居不可動搖。（毛宗崗）

◎6：此從朝廷起見，言荒地不可建都。（毛宗崗）

◎7：胡說。小民之外，又何者爲天下計也。（李贄）

◎8：李儒，罪之魁也。（李漁）

◎9：富民死，貧民徙，所得何罪。（毛宗崗）

◎10：王莽知有金縢而學之，要做假聖人。董卓不知有盤庚而學之，竟做眞強盜。（毛宗崗）

◆河南靈寶函谷關。函谷古道全長7.5公里，深險如函，故稱函谷。（李江樹／fotoe提供）

注釋

※2：即函谷關，其東端爲崤山，故亦稱崤函。此關在今河南靈寶縣東南，大山中裂，在很高的絕壁當中有一條通路，如槽狀，形勢險要。

孫堅驅兵先入，玄德關張殺入虎牢關，諸侯各引軍入。

且說孫堅飛奔洛陽，遙望火焰沖天，黑煙鋪地，二三百里並無雞犬人烟，先發兵救滅了火，令眾諸侯，各於荒地上屯住軍馬。

曹操來見袁紹曰：「今董賊西去，正可乘勢追襲，本初按兵不動何也？」紹曰：「諸侯疲困，進恐無益。」操曰：「董賊焚燒宮室，劫遷天子，海內震動，不知所歸，此天亡之時也，一戰而天下定矣，諸侯何疑而不進？」◎11眾諸侯皆言不可輕動。◎12操大怒曰：「豎子不足與謀。」遂自引兵萬餘，領夏侯惇、夏侯淵、曹仁、曹洪、李典、樂進，星夜來趕董卓。◎13

且說董卓行至滎陽，地方太守徐榮出接。李儒曰：「丞相新棄洛陽，防有追兵，可教徐榮伏軍滎陽城外，山塢之旁，若有兵追來，可竟放過，待我這裏殺敗，然後截住掩殺，令後來者不敢復追。」卓從其計，又令呂布引精兵斷後。

布正行間，曹操一軍趕上，呂布大笑曰：「不出李儒所料也，將軍馬擺開。」

◆焚金闕董卓行兇。董卓因專權激起衆諸侯討伐，遂挾漢獻帝西走長安，行前命士卒縱火燒城，將洛陽的宮殿、官邸、民宅等付之一炬，並掘帝王及公卿墓，金銀玉器皆遭擄掠。（fotoe提供）

曹操出馬，大叫逆賊：「劫遷天子，流徙百姓，將欲何往？」呂布罵曰：「背主懦夫，何得妄言。」夏侯惇挺槍躍馬，直取呂布，戰不數合，李傕引一軍，從左邊殺來，操急令夏侯淵迎敵；右邊喊聲又起，郭汜引軍殺到；操急令曹仁迎敵，三路軍馬，勢不可當，夏侯惇抵敵呂布不住，飛馬回陣，布引鐵騎掩殺，操軍大敗，回望滎陽而走。◎14

走至一荒山腳下，時約二更，月明如晝，方纔聚集殘兵，正欲埋鍋造飯，只聽得四圍喊聲，徐榮伏兵盡出！曹操慌忙策馬奪路奔逃，正遇徐榮，轉身便走；榮搭上箭，射中操肩膊，操帶箭逃命，轉過山坡，兩個軍士伏於草中，見操馬來，二槍齊發，操馬中槍而倒，操翻身落馬，被二卒擒住，只見一將飛馬而來，揮刀砍死兩個步軍，下馬救起曹操。

操視之，乃曹洪也。操曰：「吾死於此矣，賢弟

〈評點〉

◎11：袁曹優劣，又見於此。（毛宗崗）

◎12：俱是庸夫。（毛宗崗）

◎13：是壯舉，不是輕舉。（毛宗崗）

◎14：此敗非操之罪，乃眾諸侯之罪也。（毛宗崗）

◆河南滎陽虎牢關石碑。（聶鳴／fotoe提供）

◆曹洪（169～232），字子廉，沛國譙（今安徽亳縣）人。曹操從弟，三國曹魏大將，曾於緊急關頭救得曹操一命。（葉雄繪）

可速去！」洪曰：「公急上馬，洪願步行。」操曰：「賊兵趕上，汝將奈何？」洪曰：「天下可無洪，不可無公！」◎15操曰：「吾若再生，汝之力也。」操上馬，洪脫去衣甲，拖刀跟馬而走。約走至四更餘，只見前面一條大河，阻住去路，後面喊聲漸近。操曰：「命已至此，不得得活矣。」洪急扶操下馬，脫去袍鎧，負操渡水，纔過彼岸，追兵已到，隔水放箭，操帶水而走，比及天明，又走三十餘里，土崗下少歇。忽然喊聲起處，一彪人馬趕來，卻是徐榮從上流渡河來追。操正慌急間，只見夏侯惇、夏侯淵，引十數騎飛至，大喝徐榮，勿傷吾主。徐榮便奔夏侯惇，惇挺槍來迎，交馬數合，惇刺徐榮於馬下，殺散餘兵。隨後曹仁、李典、樂進，各引兵尋到，見了曹操，憂喜交集；聚集殘兵五百餘人，同回河內。◎16

卻說眾諸侯分屯洛陽，孫堅救滅宮中餘火，屯兵城內，設帳於建章殿基上，堅令軍士掃除宮殿瓦礫，凡董卓所掘陵寢，盡皆掩閉於太廟基上。草創殿屋三間，請眾諸侯立列聖神位，宰太牢※3祀之，◎17祭畢皆散。

堅歸寨中，是夜星月交輝，乃按劍露坐，仰觀天文。見紫微垣中白氣漫漫，堅嘆曰：「帝星不明，賊臣亂國，萬民塗炭，京城一空。」言訖不覺淚下。旁有軍士指曰：「殿南有五色豪光起於井中！」堅喚軍士點火把，下井打撈，撈起一婦人屍首，雖然日久，其屍不爛，宮樣裝束，項下帶一錦囊，取開看時，內有硃紅小匣，用金鎖鎖著，啓視之，乃一玉璽，方圓四寸，上鐫五龍交紐，旁缺一角，以黃金鑲之，上有篆文八字云：「受命於天，既壽永昌。」◎18

堅得璽，乃問程普。普曰：「此傳國璽也，此玉是昔日卞和於荊山之下，見鳳凰棲於石上，載而進之，楚文王解之，果得玉。秦二十六年，令良工琢爲璽，李斯篆此八字於其上，二

〈評點〉

◎15：好個曹洪，不從一家起見，卻從天下起見。愚謂天下可無洪，曹操不可無洪。（李漁）

◎16：曹操此一戰，雖敗猶榮。（李漁）

◎17：忙中舉動，大是得體。（李漁）

◎18：前云不見了傳國玉璽，今於此處還他下落，妙補前文。（毛宗崗）

◆玉璽為傳國之寶。此圖為「皇后之璽」，是西漢呂后執政所用玉璽，也是迄今所知漢代帝后用玉璽僅有的一件出土遺物。1968年於陝西咸陽韓家灣公社狼家溝漢高祖陵墓附近出土，現藏陝西省博物館。（fotoe提供）

注釋

※3：古代最高等級的祭品，牛羊豬三者俱全，稱太牢。

十八年，始皇巡狩至洞庭湖，風浪大作，舟將覆，急投玉璽於湖而止，至三十六年，始皇巡狩至華陰，有人持璽遮道，與從者曰：『持此還祖龍※4，言訖不見。』此璽復歸於秦。明年始皇崩，後來子嬰將玉璽獻與漢高祖，後至王莽篡逆，孝元皇太后將璽打王尋、蘇獻，崩其一角，以金鑲之；光武得此寶於宜陽，傳位至今，近聞十常侍作亂，劫少帝出北邙，回宮失此寶。今天授主公，必有登九五※5之分，此處不可久留，宜速回江東別圖大事。」

堅曰：「汝言正合吾意，明日便當託疾辭歸。」◎19商議已定，密諭軍士勿得洩漏。誰想內中一軍是袁紹鄉人，欲假此爲進身之計，連夜偷出營寨，來報袁紹，

◆匿玉璽孫堅背約。袁紹部將孫堅救滅宮中餘火後，於建章殿水井中打撈起一女屍，於女屍身上獲得秦始皇傳國玉璽。為獨得玉璽，孫堅遂辭別袁紹，其謀卻被袁紹識破。（fotoe提供）

紹與之賞賜，暗留軍中。

次日，孫堅來辭袁紹曰：「堅抱小疾，欲歸長沙，特來別公。」紹笑曰：「吾知公疾，乃害傳國璽耳。」堅失色曰：「此言何來？」紹曰：「今興兵討賊，爲國除害，玉璽乃朝廷之寶，公既獲得，當對眾留於盟主處，◎20候誅了董卓，復歸朝廷；今匿之而去，意欲何爲？」堅曰：「玉璽何由在吾處？」紹曰：「建章殿井中之物何在？」堅曰：「吾本無之，何強相迫？」紹曰：「作速取出，免自生禍。」堅指天爲誓曰：「吾若果得此寶，私自藏匿，異日不得善終，死於刀箭之下。」◎21眾諸侯曰：「文臺如此說誓，想必無之。」紹喚軍士出曰：「打撈之時，有此人否？」堅大怒，拔所佩之劍，要斬那軍士。紹亦拔劍曰：「汝斬軍人，乃欺我也。」紹背後顏良文醜皆拔劍出鞘，堅背後程普黃蓋韓當亦掣刀在手，眾諸侯一齊勸住，堅隨即上馬，拔寨離洛陽而去。紹大怒，遂寫書一封，差心腹人連夜往荊州，送與刺史劉表，教就路上截住奪之。

次日，人報曹操追董卓，戰於滎陽大敗而回。紹令人接至寨中，會眾置酒與操

〈評點〉

◎19：孫堅一得玉璽，便爾心變，惜哉。（毛宗崗）

◎20：也不懷好意。（毛宗崗）

◎21：今之盜物者極會賭咒，孫堅英雄何亦爾爾。（毛宗崗）

注釋

※4：秦始皇的代稱。

※5：《易經‧乾卦》用第五爻（九五）表示君位，這裏指皇位。

解悶。飲宴間，操嘆曰：「吾始興大義，爲國除賊，諸公既仗義而來，操之初意，欲煩本初引河內之眾，臨孟津、酸棗，諸君固守成皋，據廒倉、塞轘轅、大谷，制其險要，公路率南陽之軍，駐丹析，入武關，以震三輔※6，皆深溝高壘，勿與戰，益爲疑兵，示天下形勢，以順誅逆，可立定也。今遲疑不進，大失天下之望，操竊恥之。」紹等無言可對，既而席散，操見紹等，名懷異心，料不能成事，自引軍投揚州去了。

公孫瓚謂玄德關張曰：「袁紹無能爲也，久必有變，吾等且歸。」遂拔寨北行，◎22至平原，令玄德爲平原相，自去守地養軍。

兗州太守劉岱，向東郡太守喬瑁借糧，瑁推辭不與，岱引軍突入瑁營，殺死喬瑁，盡降其眾。袁紹見眾人各自分散，就領兵拔寨，離洛陽投關東去了。◎23

卻說荊州刺史劉表，字景升，山陽高平人也，乃漢室宗親，幼好結納，與名士七人爲友，時號江夏八俊。那七人：汝南陳翔字仲麟、同郡范滂字孟博、魯國孔昱字世元、渤海范康字仲眞、山陽檀敷字文友、同郡張儉字元節、南陽岑晊字公孝，劉表與此七人爲友，◎24有延平人蒯良、蒯越，襄陽人蔡瑁爲輔。當時看了袁紹書，隨令蒯越、蔡瑁引兵一萬來截孫堅。◎25

◆劉表（142～208），字景升，山陽高平人，漢景帝的後代，東漢末期的一個割據諸侯。多與文人往來，至於軍事才能，被當時各路諸侯公認為疲弱，因此是多人視作兼併的對象。（葉雄繪）

堅軍方到，蒯越將陣擺開，當先出馬。孫堅問曰：「蒯英度何故引兵截吾去路？」越曰：「汝既爲漢臣，如何私匿傳國之寶？可速留下放汝歸去。」堅大怒，命黃蓋出戰，蔡瑁舞刀來迎，鬭到數合，蓋揮鞭打瑁，正中護心鏡，瑁撥回馬走，孫堅乘勢殺過界口，山背後金鼓齊鳴，乃劉表親自引軍來到。孫堅就馬上施禮曰：「景升何故信袁紹之書，相逼鄰郡？」表曰：「汝匿傳國璽，將欲反耶？」堅曰：「吾若有此物，死於刀箭之下。」◎26表曰：「汝若要我聽信，將隨軍行李，任吾搜看。」堅怒曰：「汝有何力，敢小覷我？」方欲交兵，劉表便退，堅縱馬趕去，兩山後伏兵齊起，背後蔡瑁、蒯越趕來，將孫堅困在垓心。正是：

「玉璽得來無用處，反因此寶動刀兵。」

畢竟孫堅怎地脫身？且看下文分解……

〈評點〉

◎22：一連三個有用的都去了。（李漁）

◎23：連盟主都走了，笑殺。（李漁）

◎24：今之依託名流，自謂名士者，皆劉表類也。（毛宗崗）

◎25：既能引兵截孫堅，何不興兵勤王室。（毛宗崗）

◎26：只管賭咒。（毛宗崗）

注釋

※6：京兆、馮翊、扶風三郡，當西京長安及附近一帶地方，漢朝稱爲三輔。

第七回　袁紹磐河戰公孫　孫堅跨江擊劉表

卻說孫堅被劉表圍住，虧有程普、黃蓋、韓當三將死救得脫，折兵大半，奪路引兵回江東，自此孫堅與劉表結怨。

且說袁紹屯兵河內，缺少糧食，冀州牧韓馥，遣人送糧，以資軍用。謀士逢紀說紹曰：「大丈夫縱橫天下，何待人送糧爲食？冀州乃錢糧廣盛之地，將軍何不取之？」紹曰：「未有良策。」紀曰：「可暗使人馳書與公孫瓚，令進兵取冀州，約以夾攻，瓚必興兵，韓馥無謀之輩，必請將軍領州事，就中取事，唾手可得。」◎1

紹大喜，即發書到瓚處。瓚得書見說共攻冀州，平分其地，大喜，即日興兵。紹卻使人密報韓馥，馥慌聚荀諶、辛評二謀士商議。諶曰：「公孫瓚將燕代之眾，長驅而來，其鋒不可當，兼有劉、關、張助之，難以抵敵；今袁本初智勇過人，手下名將極多，將軍可請彼同治州事，彼必厚待將軍，無患公孫瓚矣。」韓馥即差別駕關純去請袁紹，長史耿武諫曰：「袁紹孤客窮軍，仰我鼻息，譬如嬰兒在股掌之上，絕其乳哺，立可餓死，奈何欲以州事委之？此引虎入羊群也。」◎2馥曰：

「吾乃袁氏之故吏，才能又不如本初，古者擇賢者而讓之，諸君何嫉妒耶？」耿武嘆曰：「冀州休矣！」於是棄職而去者三十餘人，獨耿武與關純伏於城外，以待袁紹。

數日後紹引兵至，耿武關純拔刀而出，欲刺殺紹，紹將顏良立斬耿武，文醜砍死關純。

紹入冀州，以馥爲奮威將軍，以田豐、沮授、許攸、逢紀分掌州事，盡奪韓馥之權。馥懊悔無及，遂棄下家小匹馬，往投陳留太守張邈去了。◎3

卻說公孫瓚知袁紹已據冀州，遣弟公孫越來見紹，欲分其地。紹曰：「可請汝兄自來，吾有商議。」越辭歸。行不到五十里，道旁閃出一彪軍馬，口稱我乃董丞相家將也，亂箭射死公孫越。◎4

從人逃回，見公孫瓚，報越已死。瓚大怒曰：「袁紹誘我起兵攻韓馥，他卻就裏取事，今又詐董卓兵射死吾弟，此冤如何不報？」盡起本部兵，殺奔冀州來，◎5

〈評點〉

◎1：送糧而反欲得其地，何貪而不仁如此。（李漁）

◎2：冀州未嘗無人。（毛宗崗）

◎3：虎入羊群，羊能存乎？其得去猶幸矣。（毛宗崗）

◎4：袁紹不能討董卓，反假作董家兵以殺人，如此舉動，有愧盟主多矣。（毛宗崗）

◎5：癡人。（李漁）

紹知瓚兵至，亦領軍出，二軍會於磐河之上，紹軍於磐河橋東，瓚軍於橋西，瓚立馬橋上。大呼曰：「背義之徒，何敢賣我？」紹亦策馬至橋邊，指瓚曰：「韓馥無才，願讓冀州於吾，與爾何干？」瓚曰：「昔日以汝爲忠義，推爲盟主，今之所爲眞狼心狗肺之徒，有何面目立於世間？」◎6袁紹大怒曰：「誰可擒之？」言未畢，文醜策馬挺槍，直殺上橋，公孫瓚就橋邊與文醜交鋒，戰不到十餘合，瓚抵擋不住，敗陣而走。文醜乘勢追趕，瓚走入陣中，文醜飛馬逕入中軍，往來衝突，瓚手下健將四員一齊迎戰，被文醜一槍刺一將下馬，三將俱走。文醜直趕公孫瓚出陣後，瓚望山谷而逃。文醜驟馬厲聲大叫，快下馬受降，瓚弓箭盡落，頭盔墜地，披髮縱馬，奔轉山坡，其馬前失※1，瓚翻身落於坡下，文醜急捻槍來刺。◎7

忽見草坡左側轉出一個少年將軍，飛馬挺槍，直取文醜；◎8公孫瓚爬上坡去，看那少年，生得身長八尺，濃眉大眼，闊面重頤，威風凜凜，與文醜大戰五六十合，勝負未分。瓚部下救軍到，文醜撥回馬去了，那少年也不追趕。瓚忙下山坡，問那少年姓名，那少年欠身

◆袁紹磐河戰公孫。袁紹屯兵河內，因缺少糧草而謀冀州，於是用計誘公孫瓚起兵，於磐河交戰。公孫瓚被文醜追殺，幸得趙雲相救。（fotoe提供）

答曰：「某乃常山眞定人也，姓趙名雲，字子龍，◎9本袁紹轄下之人，因見紹無忠君救民之心，故特棄彼而投麾下，◎10不期於此處相見。」瓚大喜，遂同歸寨，整頓甲兵。

次日，瓚將軍馬分作左右兩隊，勢如羽翼。馬五千餘匹，大半皆是白馬，因公孫瓚曾與羌人戰，盡選白馬爲先鋒，號爲白馬將軍；羌人但見白馬便走，因此白馬極多。袁紹令顏良文醜爲先鋒，各引弓弩手一千，亦分作左右兩隊，令在左者射公孫瓚右軍，在右者射公孫瓚左軍，再令麴義引八百弓手，步兵一萬五千，列於陣中；袁紹自引馬步軍數萬，於後接應。公孫瓚初得趙雲，不知心腹，令其另領一軍在後，◎11遣大將嚴綱爲先鋒，瓚自領中軍，立馬橋上，旁豎大紅圈金線帥字旗於馬前，從辰時擂鼓，直至巳時，紹

〈評點〉

◎6：只好罵他兩句出氣；也罵得好。（李漁）

◎7：讀書者至此，必曰：公孫瓚休矣。（毛宗崗）

◎8：此處接出趙雲有力。（李漁）

◎9：此人突如其來，人謂當日公孫瓚得一救星，卻是異日劉玄德得一幫手。（毛宗崗）

◎10：子龍立志，高人一等。（毛宗崗）

◎11：使非能知人，能用人之人。（毛宗崗）

◆趙雲（?～229），字子龍，常山真定人。三國蜀著名將領，與關羽、張飛、馬超、黃忠齊名，同被劉備封為「五虎大將」，並且是其中戰鬥生涯最長的一位。（葉雄繪）

注釋

※1：馬的前蹄失陷，撲倒。

◆ 四川理塘草原上正在吃草的白馬。（黃金國／fotoe提供）

軍不進，麴義令弓手皆伏於遮箭牌下，只聽礮響發箭，嚴綱鼓噪吶喊，直取麴義。義軍見嚴綱兵來，都伏而不動，直到來得至近，一聲礮響，八百弓弩手一齊俱發。綱急待回，被麴義拍馬舞刀，斬於馬下，瓚軍大敗，左右兩軍欲來救應，都被顏良文醜引弓弩手射住。紹軍並進，直殺到界橋邊，麴義馬到，先斬執旗將，把繡旗砍倒。◎12公孫瓚見砍倒繡旗，回馬下橋而走。麴義引軍直衝到後軍，正撞著趙雲，挺槍躍馬直取麴義，戰不數合，一槍刺麴義於馬下。趙雲一騎馬飛入紹軍，左衝右突，如入無人之境；◎13公孫瓚引軍殺回，紹軍大敗。

卻說袁紹先使探馬看時，回報麴義斬將搴※2旗，追趕敗兵。因此不作準備，與田豐引著帳下持戟軍士數百人，弓箭手數十騎，乘馬出觀，呵呵大笑公孫瓚無能之輩。正說之間，忽見趙雲衝到面前，弓箭手急待射時，雲連刺數人，眾軍皆走，後面瓚軍團團圍裹上來，田豐慌對紹曰：「主公且於空牆中躲避。」紹以兜鍪※3撲地，大呼曰：「大丈夫願臨陣鬬死，豈可入牆而望活乎！」◎14眾軍士齊心死戰，趙雲衝突不入，紹兵大隊掩至，顏良亦引軍來到，兩路并殺；趙雲保公孫瓚殺透重圍，回到界橋。紹驅兵大進，復趕過橋，落水死者不計其數。

袁紹當先趕來，不到五里，只聽得山背後喊聲大起，閃出一彪人馬，爲首三員大將，乃是劉玄德、關雲長、張翼德。因在平原，探知公孫瓚與袁紹相爭，特來助戰。當下三匹馬，三般兵器，飛奔前來，直取袁紹。紹驚得魂飛天外，手中寶刀墜於馬下，忙撥馬而逃。◎15眾人死救過橋，公孫瓚亦收軍歸寨。玄德、關、張動問畢，瓚曰：「若非玄德遠來救我，幾乎狼狽。」教與趙雲相見。玄德甚相敬愛，便有不捨之心。◎16

卻說袁紹輸了一陣，堅守不出，兩軍相拒月餘；有人來長安報知董卓，李儒對卓曰：「袁紹與公孫瓚，亦當今豪

〈評點〉

◎12：若使子龍在前，必不至此。（毛宗崗）

◎13：子龍漢子。（李贄）

◎14：此時氣概，惜不用之於討董卓之時。（毛宗崗）

◎15：四世三公，奈何懼此一縣令兩弓手耶。（毛宗崗）

◎16：眼力絕勝公孫瓚，此爲後文子龍歸劉張本。（毛宗崗）

◆河南洛陽關林大殿，三國著名故事──劉備、關羽、張飛三人桃園結義壁畫。（周沁軍／fotoe提供）

注釋

※2：拔取。

※3：頭盔。

傑，見在磐河廝殺，宜假天子之詔，差人往和解之，二人感德，必順太師矣。」卓曰：「然。」次日便使太傅馬日磾，太僕趙岐，齎詔前去，二人來至河北，紹出迎於百里之外，再拜奉詔。◎17次日，二人至瓚營宣諭，瓚乃遣使致書於紹，互相講和，二人自回京復命。瓚即日班師，又表薦劉玄德爲平原相，玄德與趙雲分別，執手垂淚，不忍相離。雲嘆曰：「某曩日誤認公孫瓚爲英雄，今觀所爲，亦袁紹等輩耳！」◎18玄德曰：「公且屈身事之，相見有日。」灑淚而別。◎19

卻說袁術在南陽，聞袁紹新得冀州，遣使來求馬千匹，紹不與，術怒！自此兄弟不睦。◎20又遣使往荊州，問劉表借糧二十萬，表亦不與，術恨之！密遣人遺書於孫堅，使伐劉表。其書略曰：

「前者劉表截路，乃吾兄本初之謀也。今本初又與表私議，欲襲江東，公可速興兵伐劉表，吾爲公取本初二讎可報。公取荊州，吾取冀州，切勿誤也。」

堅得書曰：「叵耐※4劉表，昔日斷吾歸路，今不乘時報恨，更待何年？」聚帳下程普、黃蓋、韓當等商議。程普曰：「袁術多詐未可准信。」堅曰：「吾自欲報讎，豈望袁術之助乎？」便差黃蓋先來江邊，安排戰船，多裝軍器糧草，大船裝載戰馬，即日興師江中。細作探知，來報劉表，表大驚，急聚文武將士商議。蒯良

◆孫策（175～200），字伯符，吳郡富春（今浙江富陽）人，孫堅長子，三國時軍事家。只活了二十五歲，卻被譽為「江東小霸王」，可見才能卓越。（葉雄繪）

曰：「不必憂慮，可令黃祖部領江夏之兵爲前驅，主公率荊襄之眾爲援，孫堅跨江涉湖而來，安能用武乎？」表然之，令黃祖設備，隨後便起大軍。

且說孫堅有四子，皆吳夫人所生：長子名策，字伯符；次子名權，字仲謀；三子名翊，字叔弼；四子名匡，字季佐。◎21吳夫人之妹，即爲孫堅次妻，亦生一子一女：子名朗，字早安。女名仁。堅又過房俞氏一子，名韶，字公禮。

堅有一弟，名靜，字幼臺。堅臨行，靜引諸子列拜於馬前而諫曰：「今董卓專權，天子懦弱，海內大亂，各霸一方，江東方稍寧，以一小恨而起重兵，非所宜也，願兄詳之。」◎22堅曰：「弟弗多言，吾欲縱橫天下，有讎豈可不報？」◎23長子孫策曰：「如父親必欲往，兒願隨行。」堅許之，遂與策登舟，殺奔樊城。

黃祖伏弓弩手於江邊，見船傍岸，亂箭俱發。堅令諸軍不可輕動，只伏於船

〈評點〉

◎17：此果天子詔耶，乃董卓令耳，昔日盟眾而討之，今日再拜而奉之，紹眞懦夫哉。（毛宗崗）

◎18：子龍雙眼如鏡，不獨膽似鬥也。（李漁）

◎19：此時子龍不即歸劉，非子龍之戀瓚，乃玄德之愛瓚也。（毛宗崗）

◎20：曹家兄弟相救，袁家兄弟相讎，袁曹優劣又見於此。（毛宗崗）

◎21：孫堅將死，其子方欲出頭，故百忙中特爲敘出。（毛宗崗）

◎22：文臺之弟，勝過本初之弟。（毛宗崗）

◎23：有讎必報，便非濟世安民者矣。（毛宗崗）

注釋

※4：叵，「不可」二字的合音。叵耐，不可忍受。實際用於罵人時，相當於「可恨」。後文第五十七回「叵測」，即不可測度，非常陰險。

中，來往誘之。一連三日，船數十次傍岸，黃祖軍只顧放箭，箭已放盡，堅卻拔船上所得之箭，約十數萬。當日正值順風，堅令軍士一齊放箭，岸上支持不住，只得退走。

堅軍登岸，程普、黃蓋，分兵兩路，直取黃祖營寨。背後韓當驅兵大進，三面夾攻，黃祖大敗，棄卻樊城，走入鄧城。◎24堅令黃蓋守住船隻，親自統兵追襲；黃祖引軍出迎，布陣於野；堅列成陣勢，出馬於門旗之下；孫策也全副披挂，挺槍立馬於父側。黃祖引二將出馬，一個是江夏張虎，一個是襄陽陳生。黃祖揚鞭大罵：「江東鼠賊，安敢侵犯漢室宗親境界？」便令張虎搦戰，堅陣內韓當出迎，兩騎相交，戰三十餘合，陳生見張虎力怯，飛馬來助。孫策望見，按住手中槍，扯弓搭箭，正射中陳生面門，應弦落馬，張虎見陳生墜地吃了一驚，措手不及，被韓當一刀，削去半個腦袋。程普縱馬直來陣前捉黃祖，黃祖棄卻頭盔戰馬，雜於步軍內逃命。孫堅掩殺敗軍，直到漢水，命黃蓋將船隻進泊漢江。◎25

◆孫堅跨江擊劉表。孫堅為報昔日襄陽兵敗之恨，派兵乘戰船渡江，赴樊城欲誅劉表。（fotoe提供）

黃祖聚敗軍，來見劉表，備言堅勢不可當，表慌，請蒯良商議。良曰：「目今新敗，兵無戰心，只可深溝高壘，以避其鋒，卻潛令人求救於袁紹，此圍自可解也。」蔡瑁曰：「子柔之言，直拙計也，兵臨城下，將至壕邊，豈可束手待斃？某雖不才，願引軍出城，以決一戰。」劉表許之。

蔡瑁引兵萬餘，出襄陽城外，於峴山布陣。孫策將得勝之兵，長驅大進。蔡瑁出馬。堅曰：「此人是劉表後妻之兄也，誰與吾擒之？」程普挺鐵脊矛出馬，與蔡瑁交戰，不到數合，蔡瑁敗走；堅驅大軍，殺得尸橫遍野，蔡瑁逃入襄陽。◎26蒯良言瑁不聽良策，以致大敗，按軍法當斬。劉表以新娶其妹，不肯加刑。◎27卻說孫堅分兵四面，圍住襄陽攻打。忽一日狂風驟起，將中軍帥字旗竿吹折。◎28韓當曰：「此非吉兆，可暫班師。」堅曰：「吾屢戰屢勝，取襄陽只在旦夕，豈可因風折旗竿，遽爾罷兵？」遂不聽韓當之言，攻城愈急。

〈評點〉

◎24：孫堅大勝。（毛宗崗）

◎25：孫堅又大勝。（毛宗崗）

◎26：孫堅又大勝。（毛宗崗）

◎27：老婆面皮如此貴重。（李贄）

◎28：屢勝之後，忽有此不祥之兆，天有不測風雲，正應人有旦夕禍福。（毛宗崗）

◆韓當，字義公，遼西令支（今河北遷安西）人。三國時東吳開國大將。（葉雄繪）

蒯良謂劉表曰：「某夜觀天象，見一將星欲墜，以分野※5度之，當應在孫堅，主公可速致書與袁紹，求其相助。」劉表寫書，問誰敢突圍而出，健將呂公，應聲願往，蒯良曰：「汝既敢去，可聽吾計，與汝軍馬五百，多帶能射者，衝出陣去，即奔峴山，他必引軍來趕，汝分一百人上山，尋石子準備，一百人執弓弩伏於林中，但有追兵到時，不可逕走，可盤旋曲折，引到埋伏之處，矢石俱發，若能取勝，放起連珠號礮，城中便出接應，◎29如無追兵，不可放礮，趲程而去，今夜月不甚明，黃昏便可出城。」

呂公領了計策，拴束軍馬，黃昏時分，密開東門，引兵出城。孫堅在帳中忽聞喊聲，急上馬引三十餘騎，出營來看。軍士報說有一彪人馬殺將出來，往峴山而去。」堅不會諸將，只引三十餘騎趕來，呂公已於山林叢雜去處，上下埋伏；堅馬快單騎獨來，前軍不遠；堅大叫休走，呂公勒回馬來戰孫堅，交馬只一合，呂公便走，閃入山路去；堅隨後趕入，卻不見了呂公；堅方欲上山，忽然一聲鑼響，山上石子亂下，林中亂箭齊發，堅體中石箭，腦漿迸流，人馬皆死於峴山之下，◎30壽止三十七歲。◎31

呂公截住三十騎，並皆殺盡，放起連珠號砲，城中黃祖、蒯越、蔡瑁，分頭引兵殺出，江東諸軍大亂。黃蓋聽得喊聲震天，引水軍來殺，正迎著黃祖，戰不兩

◆蔡瑁，字德珪，襄陽（今湖北襄樊市襄城東南老營）人，劉表妻蔡夫人之兄，後降曹操。為了蔡氏利益，他反對劉表立劉琦為世子，並因此不喜劉備，曾試圖殺害。（葉雄繪）

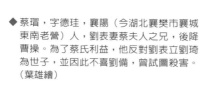

合，生擒黃祖。程普保著孫策，急待尋路，正遇呂公，程普縱馬向前，戰不到數合，一矛刺呂公於馬下。兩軍大戰，殺到天明，各自收軍。

劉表軍自入城，孫策回到漢水，方知父親被亂箭射死，屍首已被劉表軍士扛擡入城去了，放聲大哭，◎32眾軍俱號泣。策曰：「父屍在彼，安得回鄉？」黃蓋曰：「今活黃祖在此，得一人入城講和，將黃祖去換主公屍首。」言未畢，軍吏桓楷出曰：「某與劉表有舊，願入城爲使。」策許之，桓楷入城見劉表，具說其事。表曰：「文臺屍首，吾已用棺木盛貯在此，◎33可速放回黃祖，兩家各罷兵，再休侵犯。」桓楷拜謝欲行，階下蒯良出曰：「不可不可，吾有一言，令江東諸軍片甲不回，請先斬桓楷，然後用計。」正是：

「追敵孫堅方殞※6命，求和桓楷又遭殃。」

未知桓楷性命如何？且看下文分解……

〈評點〉

◎29：不料小小一策，反成大功。（李漁）

◎30：前誓應了。（李贄）

◎31：獨載年壽歲月，亦見鄭重英雄之意。（李漁）

◎32：本欲報截路之讎，今又添一殺父之讎，是讎上加讎矣！（毛宗崗）

◎33：劉表亦敬重孫堅。（李漁）

◆木偶雕刻三國人物：黃蓋。（徐竹初刻／上海人民美術出版社）

注釋

※5：古代一種迷信觀念，把大行政區（漢代的十三個州、郡）牽附二十八宿，相應劃分某州（郡）爲某某宿的「分野」，認爲有關星空的變化與該地區的人事有關聯。

※6：死亡。

第八回　王司徒巧使連環計　董太師大鬧鳳儀亭

卻說蒯良曰：「今孫堅已喪，其子皆幼，乘此衰弱之時，火速進軍，江東一鼓可得。若還屍罷兵，容其養成氣力，荊州之患也。」表曰：「吾有黃祖在彼營中，安忍棄之？」良曰：「捨一無謀黃祖而取江東，有何不可？」表曰：「吾與黃祖心腹之交，捨之不義。」遂送桓楷回營，相約以孫堅尸換黃祖。◎1孫策換回父屍，迎接靈柩，罷戰回江東，葬父於曲阿之原，喪事已畢，引軍居江東，招賢納士，屈己待人，四方豪傑，漸漸投之，不在話下。

卻說董卓在長安聞孫堅已死，乃曰：「吾除卻一心腹之患也。」問其子年幾歲矣，或答曰十七歲，卓遂不以爲意。自此愈加驕橫，自號爲尚父※1，◎2出入僭※2天子儀仗。封弟董旻爲左將軍鄠侯，姪董璜爲侍中，總領禁軍，董氏宗族，不問老幼，皆封列侯。離長安城二百五十里，別築郿塢，役民夫二十五萬人築之，其城郭高下厚薄，一如長安。內蓋宮室倉庫，屯積二十年糧食，選民間年少美女八百人實其中，金玉彩帛珍珠堆積，不知其數，家屬都住在內。

卓往來長安，或半月一回，或一月一回，公卿皆候送於橫門※3外。

卓嘗設帳於路與公卿聚飲；一日卓出橫門，百官皆送，卓留宴。適北地招安降卒數百人到，卓即命於座前，或斷其手足，或鑿其眼睛，或割其舌，或以大鍋煮之，哀號之聲震天，百官戰慄失筯，卓飲食談笑自若。◎3又一日，卓於省臺大會百官，列坐兩行，酒至數巡，呂布逕入，向卓耳邊言不數句，卓笑曰：「原來如此。」命呂布於筵上揪司徒張溫下堂，百官失色，◎4不多時侍從將一紅盤托張溫頭入獻，百官魂不附體。卓笑曰：「諸公勿驚，張溫結連袁術，欲圖害我，因使人寄書來，錯下在吾兒奉先處，故斬之。公等無故，不必驚畏。」◎5眾官唯唯而散。

司徒王允歸到府中，尋思今日席間之事，坐不安席，至夜深月明，策杖步入後園，立於荼蘼架側，仰天垂淚。忽聞有人在牡丹亭畔，長吁短嘆，允潛步窺之，乃府中歌妓貂蟬也。◎6其女自幼選入府中，教以歌舞，年方二八，色伎俱佳，允以

〈評點〉

◎1：死孫堅換活黃祖，人道劉表便宜，我道劉表不便宜。黃祖十輩不敵孫堅一人，孫堅之死，猶勝黃祖之生也。（李漁）

◎2：王莽欲學周公，董卓又欲學太公，可發一笑。（毛宗崗）

◎3：自是惡人。（李贄）

◎4：極寫董卓之惡，方見人人欲殺，千古欲殺。（李漁）

◎5：無恥極矣。（李贄）

◎6：無端忽敘出一女子，不用王允想到此人，偏用此人來挑動王允，妙妙。（毛宗崗）

注釋

※1：周武王尊稱呂望爲「尚父」。呂尚：姜姓，呂氏，名望，又稱姜子牙，曾助武王滅商。這裏是董卓自比爲呂望的意思。

※2：假冒。

※3：漢朝長安北面靠西的一個城門名。

親女待之，是夜允聽良久。喝曰：「賤人將有私情耶？」貂蟬驚跪答曰：「賤妾安敢有私？」允曰：「汝無所私，何夜深於此長嘆？」蟬曰：「容妾伸肺腑之言！」允曰：「汝勿隱匿，當實告我。」蟬曰：「妾蒙大人恩養，訓習歌舞，優禮相待，妾雖粉身碎骨，莫報萬一！近見大人兩眉愁鎖，必有國家大事，◎7又不敢問，今晚又見行坐不安，因此長嘆，不想為大人窺見，倘有用妾之處，萬死不辭！」允以杖擊地曰：「誰想大漢天下，卻在汝手中耶？◎8隨我到畫閣中來。」貂蟬跟允到閣中，允盡叱出婢妾，納貂蟬於坐，叩頭便拜。◎9貂蟬驚伏於地曰：「大人何故如此？」允曰：「汝可憐大漢天下生靈！」言訖淚如泉湧。貂蟬曰：「適間賤妾曾言，但有使令，萬死不辭。」允跪而言曰：「百姓有倒懸之危，君臣有累卵之急，非汝不能救也；賊臣董卓將欲篡位，朝中文武，無計可施。董卓有一義兒，姓呂名布，驍勇異常，我觀二人皆好色之徒，今欲用連環計，先將汝許嫁呂布，後獻與董卓。汝於中取便，謀間他父子分離，令布殺卓以絕大惡，重扶社稷，再立江山，皆汝之力也！不知汝意若

◆貂蟬拜月。貂蟬見義父王允為國家大事愁眉不展，因此長歎。(鄧嘉德繪)

何？」◎10貂蟬曰：「妾許大人萬死不辭，望即獻妾與彼，妾自有道理。」允曰：「事若泄漏，我滅門矣！」貂蟬曰：「大人勿憂，妾若不報大義，死於萬刃之下。」◎11允拜謝。

次日便將家藏明珠數顆，令良匠嵌造金冠一頂，使人密送呂布，布大喜，親到王允宅致謝。◎12允預備嘉殽美饌，候呂布至，允出門迎迓，接入後堂，延之上坐。布曰：「呂布乃相府一將，司徒是朝廷大臣，何故錯敬？」允曰：「方今天下別無英雄，惟有將軍耳！允非敬將軍之職，敬將軍之才也。」布大喜。允慇懃敬酒，口稱董太師并布之德不絕，◎13布大笑暢飲。允叱退左右，只留侍妾數人勸酒，酒至半酣，允曰：「喚孩兒來。」◎14少頃，二青衣引貂蟬豔妝而出，布驚問何人？允曰：「小女貂蟬也，允蒙將軍錯愛，不異至親，故令其與將軍相見。」

〈評點〉

◎7：自曹操行刺不成以後，王允日夜憂悶，光景俱在，貂蟬口中暗暗補出。（毛宗崗）

◎8：突作奇語，令人猜想不著。（毛宗崗）

◎9：又特作此驚人之筆，令人一發猜想不著。（毛宗崗）

◎10：不意將來如此使用，妙甚妙甚。（李贄）

◎11：女子有此志氣。（李漁）

◎12：不用王允去請，卻使呂布自來。又妙。（毛宗崗）

◎13：極口奉承呂布妙矣，卻又於呂布面前褒獎太師更妙。（毛宗崗）

◎14：竟說是孩兒，妙。（毛宗崗）

◆貂蟬，任姓，小字紅昌，並州郡九原縣木耳村人。十五歲選入宮中，出宮後，被司徒王允收為義女，後為呂布之妾。中國古代四大美女之一，也是美人計的實踐者。（葉雄繪）

便命貂蟬與呂布把盞，貂蟬送酒與布，兩下眉來眼去。允佯醉曰：「孩兒央及將軍痛飲幾杯，吾一家全靠著將軍哩！」布請貂蟬坐，貂蟬假意欲入。允曰：「將軍吾之至友，孩兒便坐何妨？」貂蟬便坐於允側。呂布目不轉睛的看，又飲數杯，允指蟬謂布曰：「吾欲將此女送與將軍爲妾，還肯納否？」布出席謝曰：「若得如此，布當效犬馬之報。」允曰：「早晚選一良辰，送至府中。」布欣喜無限，頻以眼視貂蟬，貂蟬亦以秋波送情，◎15少頃席散。允曰：「本欲留將軍止宿，恐太師見疑。」布再三拜謝而去。

過了數日，允在朝堂，見了董卓，趁呂布不在側，伏地拜請曰：「允欲屈太師車騎，到草舍赴宴，未審鈞意若何？」卓曰：「司徒見招，即當趨赴。」允拜謝歸家，水陸畢陳※4，於前廳正中設座，錦繡鋪地，內外各設幃幔。◎16次日晌午，董卓來到，允具朝服出迎，再拜起居。卓下車，左右持戟甲士百餘，簇擁入堂，分列兩旁，允於堂上再拜，卓命扶上，賜坐於側。允曰：「太師盛德巍巍，伊周※5不能及也。」卓大喜，進酒作樂，允極其致敬，天晚酒酣，允請卓入後堂，◎17卓叱

◆眉來眼去圖。呂布與貂蟬，正是一對英雄與美人。（鄧嘉德繪）

退甲士。允捧觴稱賀曰：「允自幼頗習天文，夜觀乾象※6，漢家氣數已盡；太師功德，振於天下，若舜之授禹，禹之繼舜，正合天心人意。」◎18卓曰：「安敢望此！」允曰：「自古有道伐無道，無德讓有德，豈過分乎？」卓笑曰：「若果天命歸我，司徒當爲元勳。」允拜謝，堂中點上畫燭，止留女使進酒供食。允曰：「教坊※7之樂，不足供奉，偶有佳伎，敢使承應。」卓曰：「甚妙。」允教放下簾櫳，笙簧繚繞，簇捧貂蟬舞於簾外，有詞讚之曰：

「原是昭陽宮裏人，驚鴻宛轉掌中身，只疑飛過洞庭春，按徹梁州蓮步穩，好花風裊一枝新，畫堂香煖不勝春。」

又詩曰：

「紅牙催拍燕飛忙，一片行雲到畫堂，眉黛促成遊子恨，臉容初斷故人腸，榆錢不買千金笑，柳帶何須百寶妝？舞罷隔簾偷送目，不知誰是楚襄王？」

舞罷，卓命近前，貂蟬轉入簾內，深深再拜。卓見貂蟬顏色美麗，便問此女何

〈評點〉

◎15：寫得好看，不意三國志中，有此一段柔溫旖旎文字。（毛宗崗）

◎16：寫得此宴，比前加倍尊嚴。（毛宗崗）

◎17：請入後堂纔出貂蟬，不特次序井然，亦見機密之至。（毛宗崗）

◎18：不但奉承董卓，便已埋伏後文。（毛宗崗）

注釋

※4：水陸，指水產和陸產的各種珍貴菜肴。畢陳，羅列齊備。

※5：伊，伊尹。商朝的政治家。周，周公，姬姓，名旦，周朝的政治家。

※6：天空的星象。古人認爲星空的自然現象與社會的政治、人事有關聯。

※7：唐代官立的音樂、歌舞機關；漢時還沒有這個名稱，這是作者借用的。

◆清末楊家埠年畫《鳳儀亭》。畫中「王雲」應為「王允」。（fotoe提供）

人？允曰：「歌伎貂蟬也。」◎[19]卓曰：「能唱否？」允命貂蟬執檀板低謳一曲，◎[20]正是：

「一點櫻桃啓絳唇，兩行碎玉噴陽春，
丁香舌吐衡鋼劍，要斬奸邪亂國臣。」

卓稱賞不已，即命貂蟬把盞，卓擎盃問曰：「青春幾何？」貂蟬曰：「賤妾年方二八。」卓笑曰：「眞神仙中人也。」允起曰：「允欲將此女獻上太師，未審肯納否？」卓曰：「如此見惠，何以報德？」允曰：「此女得侍太師，其福太淺。」卓再三稱謝，允即命備氈車，先將貂蟬送到相府，◎[21]卓亦起身告辭。允親送董卓直到相府，然後辭回。

乘馬而行，不到半路，只見兩行紅燈照道；呂布騎馬執戟而來，正與王允撞見，便勒住馬，一把揪住衣襟，厲聲問曰：「司徒既以貂蟬許我，今又送與太師，何相戲耶？」◎22允急止之曰：「此非說話處，且請到草舍去。」◎23布同允到家，上馬入後堂，敘禮畢。允曰：「將軍何故怪老夫？」布曰：「有人報我，說你把氈車送貂蟬入相府，是何緣故？」允曰：「將軍原來不知昨日太師在朝堂中，對老夫說，我有一事，明日要到你家，允因此準備小宴，等候太師。飲酒中間說，我聞你有一女，名喚貂蟬，已許吾兒奉先，我恐你言未準，特來相求，并請一見，老夫不敢有違，隨引貂蟬出拜公公。◎24太師曰：『今日良辰，吾即當取此女回去，配與奉先。』將軍試思太師親臨，老夫焉敢推阻？」布曰：「司徒少罪。布一時錯見，來日自當負荊※8。」允曰：「小女稍有妝奩，

〈評點〉

◎19：此時又不說出孩兒，更妙。（毛宗崗）

◎20：貂蟬見呂布只把盞，見董卓便歌舞，說女兒是女兒身分，說歌伎是歌伎身分。（毛宗崗）

◎21：女將軍起兵前去了，連忙送去，妙。（毛宗崗）

◎22：嚇殺。（毛宗崗）

◎23：妙有機變。（毛宗崗）

◎24：公公二字捌心，妙。（毛宗崗）

◆清末上海年畫《連環計》，描述從王允設美人計到呂布刺殺董卓的故事。《三國演義》是一部計謀教科書，而「連環計」則是此書托出的第一計。「連環計」的實質是美人計，十八路諸侯都對董卓束手無策，一個小女子卻令他滅亡了，可謂投資最少，獲益最大，因而此計千古不絕。只是躬行此計的美人們，內心感受到底如何，卻並不廣為人知。（清末民間年畫，徐震時提供／人民美術出版社）

注釋

※8：荊，灌木名，可作鞭杖。負荊就是背著鞭杖，去請求責罰；後來成了道歉、賠罪的代名詞。

侍過將軍府下，便當送至。」◎25布謝去。

次日，呂布在府中打聽，絕不聞音耗，◎26布逕入中堂尋問諸侍妾，侍妾對曰：「夜來太師與新人共寢，至今未起。」布大怒，潛入卓臥房後窺探，時貂蟬已起，於窗下梳頭，忽見窗外池中照一人影，極長大，頭帶束髮冠，偷眼視之，正是呂布。貂蟬故蹙雙眉，做憂愁不樂之態，復以香羅頻拭淚眼。呂布窺視良久，乃出。少頃又入，卓已坐於中堂，見布來，問曰：「外面無事乎？」布曰：「無事。」◎27侍立卓側，卓方食，布偷目竊望，見繡簾內一女子，往來觀覷，微露半面，以目送情。◎28布知是貂蟬，神魂飄蕩，◎29卓見布如此光景，心中疑忌曰：「奉先無事且退。」布怏怏而出。

董卓自納貂蟬後，爲色所迷，月餘不出理事，卓偶染小疾，貂蟬衣不解帶，曲意逢迎，卓心愈喜。呂布入內問安，正值卓睡，貂蟬於床後，探半身望布，以手指心，又以手指董卓，揮淚不止，◎30布心如碎。卓矇矓雙目，見布注視床後，目不轉睛，回身一看，見貂蟬立於床後。卓大怒，叱布曰：「汝敢戲吾愛姬耶？」喚左

◆貂蟬發覺呂布窺探，故意裝出憂愁不樂之態，頻拭眼淚。（朱寶榮繪）

右逐出，今後不許入堂。

呂布怒恨而歸，◎31路遇李儒，告知其故。李儒急見卓曰：「太師欲取天下，何故以小過見責溫侯？倘彼心變，大事去矣。」卓曰：「奈何？」儒曰：「來朝喚入，賜以金帛，好言慰之，自然無事。」卓依言。次日，使人喚布入堂，慰之曰：「吾前日病中，心神恍惚，誤言傷汝，汝勿記心。」隨賜金十斤，錦二十疋。布謝歸。◎32然身雖在卓左右，心實繫念貂蟬。卓疾既愈，入朝議事。布執戟相隨，見卓與獻帝共談，便乘間提戟出內門，上馬逕投相府來，繫馬府前，提戟入後堂，尋見貂蟬。蟬曰：「汝可去後園中鳳儀亭邊等我。」布提戟逕往，立於亭下曲欄之

〈評點〉

◎25：此句找足得妙，想呂布此時猶儼然以新郎自待也。（毛宗崗）

◎26：不聞配與奉先之音耗也。（毛宗崗）

◎27：外面無事，裏面卻有事。（毛宗崗）

◎28：此皆女將軍絕妙兵法。（毛宗崗）

◎29：西施易，爲貂蟬難。西施只要哄得一個吳王；貂蟬一面要哄董卓，一面又要哄呂布，使出兩副心腸，裝出兩副面孔，大是不易。我謂貂蟬之功，可書竹帛。（毛宗崗）

◎30：女將軍韜略一至於此，孫吳不及也。（毛宗崗）

◎31：先爲攛紛作引。（毛宗崗）

◎32：即以貂蟬賜之，方是英雄作略。金帛何用？李儒亦知卓難遽進此言，故止先出中策。（李漁）

◆江西婺源木雕《呂布戲貂蟬》。呂布不過一勇猛武將，貂蟬不過一歌女，後為呂布之妾，連正妻都不是，但民間對英雄美女的熱愛，讓他們成為了津津樂道的對象。（毛小雨提供／江西美術出版社）

◆廣東潮州市張炳豐、林智成剪紙作品《鳳儀亭》。（《潮州剪紙》，汕頭大學出版社提供）

傍，良久見貂蟬分花拂柳而來，果然如月宮仙子。◎33泣謂布曰：「我雖非王司徒親女，然待之如己出，自見將軍，許侍箕箒※9，妾已平生願足，誰想太師起不良之心，將妾淫汙，妾恨不即死，止因未與將軍一訣，姑且忍辱偷生，今幸得見，妾願畢矣！此身已汙，不得復事英雄，願死於君前，以明妾志！」◎34言訖，手攀曲欄，望荷花池便跳。呂布慌忙抱住泣曰：◎35「我知汝心久矣，只恨不能共語。」貂蟬手扯布曰：「妾今生不能與君為妻，願相期於來世！」布曰：「我今生不能以汝為妻，非英雄也！」◎36蟬曰：「妾度日如年，願君憐而救之！」布曰：「我今偷空而來，恐老賊見疑，必當速去。」貂蟬牽其衣曰：「君如此懼怕老賊，妾身無見天日之期矣！」布立住曰：「容我徐圖良策。」語罷，提戟欲去。貂蟬曰：「妾在深閨，聞將軍之名，如雷灌耳，以為當世一人而已，誰想反受他人之制乎？」言訖淚下如雨。布羞慚滿面，重復倚戟，回身摟抱貂蟬，用好言安慰，兩箇偎偎倚倚，不忍相離。◎37

◆「鳳儀亭呂布會貂蟬，董卓投槍」雕像，安徽亳州三國攬勝宮。（聶鳴／fotoe提供）

卻說董卓在殿上，回頭不見呂布，心下懷疑，連忙辭了獻帝，登車回府，見布馬繫於府前，問門吏，吏答曰：「溫侯入後堂去了。」卓叱退左右，逕入後堂中，尋覓不見，喚貂蟬，蟬亦不見，急問侍妾，侍妾曰：「貂蟬在後園看花。」卓尋入後園，正見呂布和貂蟬在鳳儀亭下共語，畫戟倚在一邊。卓怒，大喝一聲。布見卓至，大驚！回身便走。卓搶了畫戟，挺著趕來，呂布走得快，卓肥胖趕不上，擲戟刺布，布打戟落地，卓拾戟再趕，布已走遠，卓趕出園門，一人飛奔前來，與卓胸膛相撞，卓倒於地。◎38正是：

「沖天怒氣高千丈，仆地肥軀做一堆。」

不知此人是誰？且聽下文回解……

〈評點〉

◎33：花下看佳人，如馬上看壯士，加倍動目。（毛宗崗）
◎34：語語動人。（毛宗崗）
◎35：使布怒易，使布泣難，布而至於泣，董卓不能活矣。（毛宗崗）
◎36：正要逼出他此句。（毛宗崗）
◎37：此皆貂蟬故意淹留呂布，要他撞著董卓，女將軍兵法神妙如許。（毛宗崗）
◎38：此何人耶，令人急欲看下文矣。（毛宗崗）

◆2007年5月4日，在「2007第三屆中國國際動漫節．cosplay超級盛典」上，浙江傳媒那蘭之侯正在表演參賽節目《真三國無雙》。扮演角色為呂布和貂蟬。（李忠／photobase／fotoe提供）

注釋

※9：服侍灑掃，就是做婢妾的意思。

第九回　除暴兇呂布助司徒　犯長安李傕聽賈詡

卻說那撞倒董卓之人，正是李儒，當下李儒扶起董卓，至書院中坐定。卓曰：「汝爲何來？」儒曰：「儒適至府門，知太師怒入後院尋問呂布，因急走來，正遇呂布奔去，云太師殺我，儒慌趕入園中勸解，不意誤撞恩相，死罪死罪！」卓曰：「叵耐逆賊，戲吾愛姬，誓必殺之。」儒曰：「恩相差矣，昔楚莊王絕纓之會※1，不究戲愛姬之蔣雄，後爲秦兵所困，得其死力相救；今貂蟬不過一女子，而呂布乃太師心腹猛將也，太師若就此機會，以蟬賜布，布感大恩，必以死報太師，太師請自三思。」◎1卓沉吟良久曰：「汝言亦是，我當思之。」儒謝而出。

卓入後堂喚貂蟬問曰：「汝何與呂布私通耶？」蟬泣曰：「妾在後園看花，呂布突至，妾方驚避，布曰：『我乃太師之子，何必相避？』提戟趕妾至鳳儀亭，妾見其心不良，恐爲所迫，欲投荷池自盡，卻被這廝抱住。正在生死之間，得太師來救了性命。」◎2董卓曰：「我今將汝賜與呂布如何？」貂蟬大驚哭曰：◎3「妾身已事貴人，今忽欲下賜

◆皮影戲《鳳儀亭》。（曹振峰提供／人民美術出版社）

家奴，妾寧死不辱。」遂掣壁間寶劍欲自刎，◎4卓慌奪劍擁抱曰：「吾戲汝。」貂蟬倒於卓懷，掩面大哭曰：「此李儒之計也，儒與呂布交厚，故設此計，卻不顧惜太師體面與賤妾性命，妾當生噬其肉。」◎5卓曰：「吾安忍捨汝耶？」蟬曰：「雖蒙太師憐愛，但恐此處不宜久居，必被呂布所害。」卓曰：「吾明日和你歸郿塢去，同受快樂，慎※2勿憂疑。」蟬方收淚拜謝。

次日李儒入見曰：「今日良辰，可將貂蟬送與呂布。」卓曰：「布與我有父子之分，不便賜與，我只不究其罪，汝傳我意，以好言慰之可也。」儒曰：「太師不可爲婦人所惑！」卓變色曰：「汝之妻肯與呂布否？貂蟬之事，勿再多言，言則必斬。」李儒出，仰天嘆曰：「吾等皆死於婦人之手矣。」◎6後人讀書至此，有詩嘆之曰：

「司徒妙算託紅裙，不用干戈不用兵，三戰虎牢徒費力，凱歌卻奏鳳儀亭。」

〈評點〉

◎1：李儒幾破連環計。（毛宗崗）

◎2：此等巧言，溺愛者每爲所惑。（毛宗崗）

◎3：驚是眞驚，哭是假哭。（毛宗崗）

◎4：亦以死動之。（毛宗崗）

◎5：說破李儒尤妙，不特間呂布并間李儒。（毛宗崗）

◎6：雙股劍，青龍刀，丈八蛇矛，俱不及女將軍兵器，今日之好色者，仔細仔細。（毛宗崗）

注釋

※1：春秋時，楚莊王有一次夜宴群臣，燭滅了，一人乘機調戲王后，王后把他的帽纓揪了下來，請求追查，但莊王不但不查，還讓所有的大臣都把帽纓取下來，以免此人難堪。後來，在一次對外戰役中，此人爲了報恩，非常勇敢，立了大功。但這裏的蔣雄這個名字，是作者虛構的，而且不是對秦作戰。

※2：愼重，這裏相當於「千萬」的意思。

董卓即日下令還郿塢，百官俱拜送，貂蟬在車上，遙見呂布於稠人之內，眼望車中，貂蟬虛掩其面，如痛哭之狀，車已去遠，布緩轡於土崗之上，眼望車塵，嘆息痛恨。◎7

忽聞背後一人問曰：「溫侯何不從太師去，乃在此遙望而發嘆？」布視之，乃司徒王允也。相見畢，允曰：「老夫日來因染微恙，閉門不出，故久未得與將軍一見；今日太師駕歸郿塢，只得扶病出送，卻喜得晤將軍，請問將軍爲何在此長嘆？」布曰：「正爲公女耳！」允佯驚曰：「許多時，尚未與將軍耶？」◎8布曰：「老賊自寵幸久矣。」允佯大驚曰：「不信有此事。」布將前事一一告允，允仰面跌足，半晌不語，良久乃言曰：「不意太師作此禽獸之行。」因挽布手曰：「且到寒舍商議。」布隨允歸，允延入密室，置酒款待；布又將鳳儀亭相遇之事，細說一遍。允曰：「太師淫吾之女，奪將軍之妻，誠爲天下恥笑，非笑太師，笑允與將軍耳。◎9然允老邁無能之輩，不足爲道，可惜將軍蓋世英雄，亦受此汙辱也。」◎10布怒氣沖天，拍案大叫！允急曰：「老夫失語，將軍息怒。」布曰：「誓當殺此老賊，以雪吾恥。」允急掩其口曰：「將軍勿言，恐累及老夫。」◎11布曰：「大丈夫居天地間，豈能鬱鬱久居人下！」允曰：「以將軍之才，誠非董太師所可限制。」布曰：「吾欲殺此老賊，奈是父子之情，恐惹後人議論。」允微笑曰：「將軍自姓呂，太師自姓董，擲戟之時，豈有父子情耶？」◎12布奮然曰：

「非司徒言，布幾自誤。」允見其意已決，便說之曰：「將軍若扶漢室，乃忠臣也，青史※3傳名，流芳百世；將軍若助董卓，乃反臣也，載之史筆，遺臭萬年。」◎13布避席下拜曰：「布意已決，司徒勿疑。」允曰：「但恐事或不成，反招大禍。」◎14布拔帶刀，刺臂出血爲誓，允跪謝曰：「漢祀不斬，皆出將軍之賜也，切勿泄漏，臨期有計，自當相報。」布慨然而去。

允即請僕射士孫瑞，司隸校尉黃琬商議，瑞曰：「方今主上有疾新癒，可遣一能言之人，往郿塢請卓議事，一面以天子密詔付呂布，使伏甲兵於朝門之內，引卓入誅之，此上策也。」琬曰：「何人敢去？」瑞曰：「呂布同郡騎都尉李肅，以董卓不遷其官，甚是懷怨，若令此人去，卓必不疑。」琬曰：「善！」請呂布共議，

〈評點〉

◎7：恨是眞恨。（毛宗崗）

◎8：惟託疾閉門，方掩飾得此句，不然王允豈有不知之理。（毛宗崗）

◎9：一轉妙。（毛宗崗）

◎10：又一轉，更惡更妙。（毛宗崗）

◎11：不用順口攛掇，卻用反言激惱。（毛宗崗）

◎12：攛掇之中又以擲戟二字激惱他。（毛宗崗）

◎13：數語撇卻家門私怨，告以朝廷大義，乃是正文。（毛宗崗）

◎14：當其奮怒反掩口以止之，及其遲疑則正言以動之，待其應允又反言以決之，凡用三番曲折，王允信是妙人。（毛宗崗）

注釋

※3：古代用竹簡記事，竹色青，所以稱史書爲青史。

布曰：「昔日勸吾殺丁建陽，亦此人也，今若不去，吾先斬之。」使人密請肅至。布曰：「昔日公說布使殺丁建陽而投董卓，今卓上欺天子，下虐生靈，罪惡貫盈，人神共憤，公可傳天子詔，往郿塢宣卓入朝，伏兵誅之，力扶漢室，共作忠臣，尊意若何？」肅曰：「吾亦欲除此賊久矣，恨無同心者耳，今將軍若此，是天賜也，肅豈敢有二心!?」遂折箭爲誓，允曰：「公若能幹此事，何患不得顯官。」

次日，李肅引十數騎，前到郿塢，人報天子有詔，卓教喚入，李肅入拜。卓曰：「天子有何詔？」肅曰：「天子病體新痊，欲會文武於未央殿，議將禪位於太師，故有此詔。」卓曰：「王允之意若何？」◎15肅曰：「王司徒已命人築受禪臺，只等主公到來。」卓大喜曰：「吾夜夢一龍罩身，今日果得此喜信，時哉不可失。」便命心腹將李傕、郭汜、張濟、樊稠四人，領飛熊軍三千守郿塢，自己即日排駕回京。顧謂李肅曰：「吾爲帝，汝當爲執金吾。」肅拜謝稱臣。卓入辭其母，母時年九十餘矣。問曰：「吾兒何往？」卓曰：「現將往受漢禪，母親早晚爲太后也。」母曰：「吾近日肉顫心驚，恐非吉兆。」卓曰：「將爲國母，豈不預有驚報。」遂辭母而行，臨行謂貂蟬曰：「吾爲天子，當立汝爲貴妃。」貂蟬已明知就裏，假作歡喜拜謝。◎16

卓出塢上車，前遮後擁，望長安來，行不到三十里，所乘之車，忽折一輪，卓下車乘馬，又行不到十里，那馬咆哮嘶喊，掣斷轡頭。卓問肅曰：「車折輪，馬斷

轡，其兆若何？」肅曰：「乃太師應受漢禪，棄舊換新，將乘玉輦金鞍之兆也。」卓喜而信其言。

次日正行間，忽然狂風驟起，昏霧蔽天，卓問肅曰：「此何祥也？」肅曰：「主公登龍位，必有紅光紫霧，以壯天威耳。」卓又喜而不疑，即至城外，百官俱出迎接，只有李儒抱病在家，不能出迎。卓進至相府，布入賀。卓曰：「吾登九五，汝當總督天下兵馬。」布拜謝，就帳前歇宿。是夜有十數小兒，於郊外作歌，風吹歌聲入帳，歌曰：「千里草，何青青，十日上，不得生。」歌聲悲切，卓問李肅曰：「童謠主何吉凶？」肅曰：「亦只是言劉氏滅，董氏興之意。」

次日侵晨，董卓擺列儀從入朝，忽見一道人青袍白巾，手執長竿上縛布一丈，兩頭各寫一口字。◎17卓問肅曰：「此道人何意？」肅曰：「乃心恙※4之人也。」呼將士驅去，卓進朝，群臣各具朝服，迎謁於道，李肅手執寶劍，扶車而行，到北掖門，軍兵盡擋在門外，獨有御車二十餘人同入。董卓遙見王允等，各執寶劍，立於殿門，驚問肅曰：「持劍是何意？」肅不應，推車直入，王允大呼曰：「反賊至此，武士何在？」兩旁轉出百餘人，持戟挺槊刺之，卓裏甲※5不入，傷臂墮車，

〈評點〉

◎15：卓賊胸中只礙一王允，想見王允平日氣概。（毛宗崗）

◎16：鳳儀亭戰功，將從今日奏凱矣。（毛宗崗）

◎17：明明是呂布二字。（毛宗崗）

注釋

※4：相當於現代用語的「精神病」，就是瘋了的意思。

※5：裏面暗穿軟甲防身，外面用袍服遮罩不露。原作「裹甲」，明本作「裹甲」，形近而訛，此據《三國志》注引《英雄記》（《後漢書・董卓傳》同）改。

大呼曰：「吾兒奉先何在？」呂布從車後厲聲出曰：「有詔討賊。」一戟直刺咽喉，李肅早割頭在手，呂布左手持戟，右手懷中取詔，大呼曰：「奉詔討賊臣董卓，其餘不問！」將吏皆呼萬歲。後人有詩嘆董卓曰：

「伯業成時爲帝王，不成且作富家郎，誰知天意無私曲，郿塢方成已滅亡。」

卻說當下呂布大呼曰：「助卓爲虐者，皆李儒也，誰可擒之？」李肅應聲願往，忽聽朝門外發喊，人報李儒家奴，已將李儒綁縛來獻，王允命縛赴市曹※6斬之。又將董尸首，號令通衢，卓尸肥胖，看尸軍士，以火置其臍中爲燈，膏油滿地，百姓過者，莫不手擲其頭，足踐其尸。王允又命呂布，同皇甫嵩、李肅領兵五萬，至郿塢，抄籍※7董卓家產人口。

◆除暴兇呂布助司徒。前有丁原，後有董卓，呂布專殺「義父」。（fotoe提供）

◆廣東潮陽市馬鳳仙剪紙作品《呂布》。（《潮州剪紙》，汕頭大學出版社提供）

卻說李傕、郭汜、張濟、樊稠，聞董卓已死，呂布將至，便引了飛熊軍，連夜奔涼州去了。呂布至郿塢，先取了貂蟬。◎18皇甫嵩命將塢中所藏良家子女，盡行釋放，但係董卓親屬，不分老幼，悉皆誅戮，卓母亦被殺，卓弟董旻、姪董璜皆斬首號令。收籍塢中所蓄黃金數十萬，白銀※8數百萬，綺羅、珠寶、器皿、糧食不計其數，◎19回報王允。

允乃大犒軍士，設宴於都堂，召集眾官，酌酒稱慶。正飲宴間，忽人報曰：「董卓暴尸於市，忽有一人伏其尸而大哭。」允怒曰：「董卓伏誅，士民莫不稱賀，此何人獨敢哭也？」遂喚武士與吾擒來，須臾擒至，眾官見之，無不驚駭，原來那人不是別

〈評點〉

◎18：呂布心中只爲此一事。（毛宗崗）

◎19：刻剝民脂民膏，而今安在哉，可爲貪夫之戒。（毛宗崗）

注釋

※6：商店聚集的地方，古代常在這種熱鬧處所斬殺罪犯。

※7：抄家，並登記財產，沒收歸官。

※8：漢代銀、錫雜鑄的貨幣，也叫白金。

人，乃侍中蔡邕也。允叱曰：「董卓逆賊，今日伏誅，國之大幸，汝爲漢臣，乃不爲國慶，反爲賊哭，何也？」邕伏罪曰：「邕雖不才，亦知大義，豈肯背國而向卓，只因一時知遇之感，不覺爲之一哭，自知罪大，願公見原，倘得黥首刖足※9，使續成漢史，以贖其罪，邕之幸也。」◎20眾官惜邕之才，皆力救之，太傅馬日磾亦密謂允曰：「伯喈曠世逸才，若使續成漢史，誠爲盛事，且其孝行素著，若遽殺之，恐失人望。」允曰：「昔孝武不殺司馬遷，後使作史，遂致謗書，流於後世，方今國運衰微，朝政錯亂，不可令佞臣執筆於幼主左右，使吾等蒙其訕議也。」日磾無言而退，私謂眾官曰：「王允其無後乎，善人國之紀也，制作國之典也，滅紀廢典，豈能久乎？」當下王允不聽馬日磾之言，命將蔡邕下獄中縊死。◎21一時士大夫聞者，盡爲流涕，後人論蔡邕之哭董卓，固自不是，允之殺之，亦爲已甚。有詩嘆曰：

「董卓專權肆不仁，侍中何自竟亡身？當時諸葛隆中臥，安肯輕身事亂臣。」

且說李傕、郭汜、張濟、樊稠，逃居陝西，使人至長安上表求赦。王允曰：「卓之跋扈，皆此四人助之，今雖大赦天下，獨不赦此四人。」◎22使者回報李傕。傕曰：「求赦不得，各自逃生可也。」謀士賈詡曰：「諸君若棄軍單行，則一亭長

◆賈詡（147～224），字文和，武威姑臧（今甘肅武威）人。三國時期魏國著名軍事家、謀士。（fotoe提供）

能縛君矣，不若，誘集陝人，并本部軍馬，殺入長安，與董卓報讎，事濟，奉朝廷以正天下，若其不勝，走亦未遲。」◎23傕等然其說，遂流言於西涼州曰：「王允將欲洗蕩此方之人矣。」眾皆驚惶，乃復揚言曰：「徒死無益，能從我反乎！」眾皆願從，於是聚眾十餘萬，分作四路，殺奔長安來，路逢董卓女婿，中郎將牛輔，引軍五千人，欲去與丈人報讎，李傕便與合兵，使爲前驅，四人陸續進發。

王允聽知西涼兵來，與呂布商議。布曰：「司徒放心，量此鼠輩，何足數也。」遂引李肅將兵出敵，肅當先迎戰，正與牛輔相遇，大殺一陣，牛輔抵敵不過，敗陣而去，不想是夜二更，牛輔乘李肅不備，竟來劫寨，肅軍亂竄，敗走三十餘里，折軍大半，來見呂布。布大怒曰：「汝何挫吾銳氣。」遂斬李肅，懸頭軍門。◎24

次日呂布進兵，與牛輔對敵。量牛輔如何敵得呂布，仍復大敗而走。是夜牛輔喚心腹人胡赤兒商議曰：「呂布驍勇，萬不能敵，不如瞞了李傕等四人，暗藏金珠，與親隨三五人棄軍而去。」胡赤兒應允，是夜收拾金珠，棄營而走，隨行者三

〈評點〉

◎20：若使邕成漢史，當奪范曄陳壽之席。（毛宗崗）
◎21：同一死也，若前日不從董卓，而爲卓所殺，豈不善乎。吾爲邕惜之。（毛宗崗）
◎22：先赦其罪，後散其兵，而後圖之，未爲晚也，此是王允失算。（毛宗崗）
◎23：只賈詡一言，便使長安大亂，武士兵端，起於說士舌端，可畏哉。（毛宗崗）
◎24：慣勸人殺父之報，不用別人殺之，即用殺父之人殺之，此天道之巧。（毛宗崗）

注釋

※9：古代兩種肉刑。黥首，在犯人臉上刺字。刖足，砍掉腳。

四人，將渡一河，赤兒欲謀取金珠，竟殺死牛輔，將頭來獻呂布。布問起情由，從人出首，胡赤兒謀殺牛輔，奪其金寶，布怒即將赤兒誅殺。領軍前進，正迎著李傕軍馬，呂布不等他列陣，便挺戟躍馬，麾軍直衝過來，傕軍不能抵擋，退走五十餘里，依山下寨，請郭汜、張濟、樊稠共議曰：「呂布雖勇，然而無謀，不足為慮，我引軍守住谷口，每日誘他廝殺，郭將軍可領軍抄擊其後，效彭越撓楚之法※10，鳴金進兵，擂鼓收兵，張樊二公，卻分兵兩路，逕取長安，彼首尾不能救應，必然大敗。」眾用其計。

卻說呂布勒兵到山下，李傕引兵搦戰，布忿怒衝殺過去，傕退走上山，山上矢石如雨，布軍不能進，忽報郭汜在陣後殺來，布急回戰，只聞鼓聲大震，汜軍已退，布方欲收軍，鑼聲響處，傕軍又來。未及對敵，背後郭汜又領軍殺到，及至呂布來時，卻又擂鼓收軍去了。激得呂布怒氣填胸，一連如此幾日，欲戰不得，欲止不得。正在惱怒，忽然飛馬報來，說張濟、樊稠兩路軍馬竟犯長安，京城危急，布急領軍回，背後李傕、郭汜殺來，布無心戀戰，只顧奔走，折了好些人馬。◎25

比及到長安城下，賊兵雲屯雨集，圍定城池，

◆郭汜，原為董卓部將，後與李傕起兵犯長安，挾持漢獻帝和眾大臣。（葉雄繪）

布軍與戰不利，軍士畏呂布暴厲，多有降賊者，布心甚憂。數日之後，董卓餘黨，李蒙、王方在城中爲賊內應，偷開城門，四路賊軍一齊擁入，呂布左衝右突，攔擋不住，引數百騎，往青鎖門外，呼王允曰：「勢急矣，請司徒上馬，同出關去，別圖良策。」允曰：「若蒙社稷之靈，得安國家，吾之願也，若不獲已，則允奉身而死，臨難苟免，吾不爲也，爲吾謝關東諸公，努力以國家爲念。」◎26呂布再三相勸，王允只是不肯去。不一時，各門火燄沖天，呂布只得棄卻家小，◎27引百餘騎，飛奔出關，投袁術去了。

李傕、郭汜縱兵大掠，太常卿種拂，太僕魯馗，大鴻臚周奐，城門校尉崔烈、越騎校尉王頎，皆死於國難。賊兵圍繞內庭至急，侍臣請天子上宣平門止亂，李傕等望見黃蓋※11，約住軍士，口呼萬歲，獻帝倚樓問曰：「卿不候奏請，輒入長安，意欲何爲？」李傕、郭汜仰面奏曰：「董太師乃陛下社稷之臣，無端被王允謀殺，臣等特來報讎，非敢造反，但見王允，臣便退兵。」王允時在帝側，聞知此

〈評點〉

◎25：昔日能擋十八路諸侯，而今日不能勝李郭張樊四軍何也，豈既得貂蟬後勇力已不如前日矣。（毛宗崗）

◎26：好個王允，是條漢子。（李漁）

◎27：貂蟬如何下落，予甚紀念。（李漁）

注釋

※10：彭越是漢初的大將。楚漢對峙時，彭越常擾擊楚的後方，以幫助劉邦。

※11：黃色的車蓋；只有皇帝才能使用。

◆犯長安李傕聽賈詡。王允為了獻帝安全，跳下樓去，被殺死，實踐了「臣為君死」的價値觀。(fotoe提供)

言，奏曰：「臣本爲社稷計，事已至此，陛下不可惜臣，以誤國家。臣請下見二賊。」帝徘徊不忍。允自宣平門樓上跳下樓去，大呼曰：「王允在此。」李傕、郭汜拔劍叱曰：「董太師何罪而見殺。」允曰：「董賊之罪，彌天亘地，不可勝言，受誅之日，長安士民，皆相慶賀，汝獨不聞乎？」傕汜曰：「太師有罪，我等何罪，不肯相赦。」王允大罵：「逆賊何必多言，我王允今日有死而已。」◎28二賊手起，把王允殺於樓下，史官有詩讚曰：

「王允運機謀，奸臣董卓休，心懷安國恨，眉鎖廟堂憂。
英氣連霄漢，忠心貫斗牛，至今魂與魄，猶遶鳳凰樓。」

眾賊殺了王允，一面又差人將王允宗族老幼，盡行殺害，士民無不下淚。當下李傕、郭汜尋思曰：「既到這裏，不殺天子，謀大事，更待何時？」便持劍大呼殺入內來。正是：

「臣魁伏罪災方息，從賊縱橫禍又來。」

未知獻帝性命如何？且聽下回分解……

〈評點〉

◎28：王允之死無益，不如隨呂布而去，然不忍棄天子而走，乃其忠也。（毛宗崗）

第十回　勤王室馬騰舉義　報父讎曹操興師

卻說李郭二賊，欲弒獻帝，張濟、樊稠諫曰：「不可，今日若便殺之，恐衆人不服，不如仍舊奉之爲主，賺諸侯入關，先去其羽翼，然後殺之，天下可圖也。」◎1李郭二人從其言，按住兵器，帝在樓上宣諭曰：「王允既誅，軍馬何故不退？」李傕、郭汜曰：「臣等有功王室，未蒙賜爵，故不敢退軍。」◎2帝曰：「卿欲封何爵？」李郭張樊四人，各自寫職銜獻上，勒要如此官品，帝只得從之。封李傕爲車騎將軍，池陽侯，領司隸校尉，假節鉞；郭汜爲後將軍，假節鉞，同秉朝政；樊稠爲右將軍，萬年侯；張濟爲驃騎將軍，平陽侯，領兵屯弘農；其餘李蒙、王方等，各爲校尉，然後謝恩，◎3領兵出城。又下令追尋董卓屍首，獲得些零碎皮骨，以香木雕成形體，安湊停當，大設祭祀，用王者衣冠棺槨，選擇吉日，遷葬郿塢，臨葬之期，天降大雷雨，平地水深數尺，霹靂震開其棺，屍首提出棺外。李傕候晴再葬，是夜又復如是，三次改葬，皆不能葬，零皮碎骨，悉爲雷火消滅，◎4天之怒卓可謂甚矣。

◆馬騰（？～212），字壽成，扶風茂陵（今陝西興平）人。漢伏波將軍馬援的後代，馬超之父。歸順曹操後封為衛尉，後因其子馬超起兵反抗曹操而被曹操殺害。（葉雄繪）

且說李傕、郭汜既掌大權，殘虐百姓，密遣心腹侍帝左右，觀其動靜，獻帝此時，舉動荊棘※1，朝廷官員，並由二賊陞降，因採人望，特宣朱儁入朝，封爲太僕，同領朝政。◎5一日，人報西涼太守馬騰、并州刺史韓遂，二將引軍十餘萬，殺奔長安來，聲言討賊。原來二將，先曾使人入長安結連侍中馬宇、諫議大夫种邵、左中郎將劉範，三人爲內應，共謀賊黨。三人密奏獻帝，封馬騰爲征西將軍，韓遂爲鎮西將軍，各受密詔，併力討賊。

當下李傕、郭汜、張濟、樊稠，聞二軍將至，一同商議禦敵之策，謀士賈詡曰：「二軍遠來，只宜深溝高壘，堅守以拒之，不過百日彼兵糧盡，必將自退，然後引兵追之，二將可擒矣。」李蒙、王方出曰：「此非好計，願借精兵萬人，立斬馬騰、韓遂之頭，獻於麾下※2。」賈詡曰：「今若即戰，必當敗績。」李蒙、王方齊聲曰：「若吾二人敗，情願斬首，吾若戰勝，公亦當輸首級與我。」詡謂李傕、郭汜曰：「長安西二百里盩厔山，其路險峻，可使張樊兩將軍，屯兵於此，堅

〈評點〉

◎1：一欲殺一不殺，總是狂寇算計，與曹操不同。（毛宗崗）
◎2：極軟極硬。（毛宗崗）
◎3：只算自封自，何謝之有。（毛宗崗）
◎4：前臍中置燈是人火，今雷火消滅是天火。（毛宗崗）
◎5：董卓召蔡邕，李郭用朱儁正是一樣意思。（毛宗崗）

注釋

※1：一舉一動就像在荊棘叢中一樣，比喻不能隨意自由行動。
※2：麾，指揮作戰用的旌旗。麾下本義是部下，這裏是對將帥的敬稱。

壁守之，◎6待李蒙、王方自引兵迎敵可也。」李傕、郭汜從其言，點一萬五千人馬，與李蒙、王方，二人忻喜而去。離長安二百八十里下寨。

西涼兵到，兩個引軍迎去，西涼軍馬攔路，擺開陣勢，馬騰、韓遂聯轡而出，指李蒙、王方罵曰：「反國之賊！誰去擒之？」言未絕，只見一位少年將軍，面如冠玉，眼若流星，虎體猿臂，彪腹狼腰，手執長槍，坐騎駿馬，從陣中飛出。◎7原來那將，即馬騰之子馬超，字孟起，年方十七歲，英勇無敵，王方欺他年幼，躍馬迎戰，戰不到數合，早被馬超一槍刺於馬下，馬超勒馬便回。李蒙見王方刺死，一騎馬從馬超背後趕來，超只做不知，馬騰在陣門下，大叫背後有人追趕，聲猶未絕，只見馬超已將李蒙擒在馬上。原來馬超明知李蒙追趕，卻故意俄延，等他馬近，舉槍刺來，超將身一閃，李蒙搠個空，兩馬相並，被馬超輕舒猿臂生擒過去，軍士無主，望風奔逃，馬騰、韓遂乘勢追殺，大獲勝捷，直迫隘口下寨，把李蒙斬首號令。

李傕、郭汜聽知李蒙、王方皆被馬超殺了，方信賈詡有先見之明，重用其計，只理會緊守關防，由他搦戰，並不出迎，果然西涼軍未及兩月，糧草俱乏，商議回軍，恰好長安城中馬宇家僮出首，家主與劉範、种邵外連馬騰、韓遂，欲爲內應等情。李傕、郭汜大怒，盡收三家老小良賤，斬於市，把三顆首級直來門前號令。馬

◆馬超（176～222），字孟起，扶風茂陵（今陝西興平）人，羌族，三國時期蜀漢五虎上將之一。不過，他的精彩之戰都發生在流離之際，歸順劉備後，這一人物形象卻沒有了光彩。（葉雄繪）

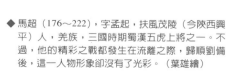

騰、韓遂見軍糧已盡，◎8內應又泄，只得拔寨退軍。

李傕、郭汜令張濟引軍趕馬騰，樊稠引軍趕韓遂，西涼軍大敗，馬超在後死戰，殺退張濟。樊稠去趕韓遂，看看趕上，相近陳倉，韓遂勒馬向樊稠曰：「吾與公乃同鄉之人，今日何太無情？」樊稠也勒住馬答曰：「上命不可違。」韓遂曰：「吾此來亦爲國家耳，公何相迫之甚也。」樊稠聽罷撥轉馬頭，收兵回寨，讓韓遂去了。

不提防李傕之姪李別，見樊稠放走韓遂，回報其叔，李傕大怒，便欲興兵討樊稠。賈詡曰：「目今人心未寧，頻動干戈，深爲不便，不若設一宴，請張濟、樊稠慶功，就席間擒樊斬之，毫不費力。」◎9李傕

◆勤王室馬騰舉義，馬超生擒李蒙。（fotoe提供）

〈評點〉

◎6：此似善棋者下一閒著，後來卻是要著。（毛宗崗）

◎7：寫得聲勢。（毛宗崗）

◎8：勢不得不去，起義之兵卻因食盡而沮，前有孫堅，後有韓馬，爲之一嘆。（毛宗崗）

◎9：賈詡爲傕謀，每每中款，惜乎事非其主。（毛宗崗）

大喜，便設宴，請張濟、樊稠，二將欣然赴宴，酒半闌，李傕忽然變色曰：「樊稠何故交通韓遂，欲謀造反？」稠大驚，未及回言，只見刀斧手擁出，早把樊稠斬首於案下，◎10嚇得張濟俯伏於地。李傕扶起曰：「樊稠謀反，故爾誅之，公乃吾之心腹，何須驚懼。」就將樊稠軍撥與張濟管領。張濟自回弘農去了。◎11

李傕、郭汜自戰敗西涼兵，諸侯莫敢誰何※3，賈詡屢勸撫安百姓，結納賢豪，自是朝廷微有生意。◎12不想青州黃巾又起，聚眾數十萬，頭目不等，劫掠良民。太僕朱雋，保舉一人可破群賊，李傕、郭汜問是何人，朱雋曰：「要破山東群賊，非曹孟德不可。」李傕曰：「孟德今在何處？」雋曰：「現爲東郡太守，廣有軍兵，若命此人討賊，賊可剋日而破也。」李傕大喜，星夜草詔，差人齎往東郡，命曹操與濟北相鮑信一同破賊。操領了聖旨，會合鮑信，一同興兵擊賊於壽陽，鮑信殺入重地，爲賊所害，操追趕賊兵，直到濟北，降者數萬，操即用賊爲前驅，兵馬到處，無不降順，不過百餘日，招安到降兵三十餘萬，男女百餘萬口，操擇精銳者，號爲青州兵，其餘盡令歸農。曹操自此威名日重，捷書報到長安，朝廷加曹操爲鎮東將軍。

操在兗州，招賢納士，有叔姪二人來投操，乃潁川潁陰人，姓荀名彧字文若，荀昆之子也。舊事袁紹，今棄紹投操，操與

◆曹操執戟蠟像，安徽亳州曹氏公園曹操紀念館。（聶鳴／fotoe提供）

語，大悅曰：「此吾之子房※4也。」遂以爲行軍司馬。其姪荀攸，字公達，海內名士，曾拜黃門侍郎，後棄官歸鄉，今與其叔同投曹操，操以爲行軍教授。荀彧曰：「某聞兗州有一賢士，今此人不知何在？」操問是誰？彧曰：「乃東郡東阿人，姓程，名昱，字仲德。」操曰：「吾亦聞名久矣！」遂遣人於鄉中尋問，訪得他在山中讀書，操拜請之，程昱來見，曹操大喜。昱謂荀彧曰：「某孤陋寡聞，不足當公之薦，公之鄉人，姓郭名嘉，字奉孝，乃當今賢士，何不羅而致之。」彧猛省曰：「吾幾忘卻。」遂啓操，徵聘郭嘉到兗州，共論天下之事，郭嘉薦光武嫡派子孫，淮南成德人，姓劉名曄，字子陽。操即聘曄至，曄又薦二人，一個是山陽昌邑人，姓滿名寵字伯寧，一個是武城人，姓呂名虔字子恪。曹操亦素知這兩個名譽，就聘爲軍中從事。滿寵、呂虔，共薦一人，乃陳留平丘人，姓毛名玠字孝先。曹操亦聘爲從事。

又有一將引軍數百人來投曹操，乃泰山鉅平人，姓于名禁字文則。操見其人弓馬熟嫻，武藝出眾，命爲典軍司馬。一日夏侯惇，引一大漢來見，操問何人，惇

〈評點〉

◎10：樊稠獨知同鄉之情，李傕更不念同事之情。（毛宗崗）

◎11：張濟此時亦當心變，而終從李傕非丈夫也。（毛宗崗）

◎12：亦是賈詡好處，不可沒也。（李贄）

◆荀彧（163～212），字文若，穎川穎陰（今河南許昌）人，三國時曹魏謀士。（葉雄繪）

注釋

※3：沒有人敢對他們怎麼樣。

※4：張良，字子房，漢初大臣，是劉邦手下重要謀士。

曰：「此乃陳留人姓典名韋，勇力過人，舊跟張邈，與帳下人不和，手殺數十人，逃竄山中，惇出射獵，見韋逐鹿過澗，因收於軍中，今特薦之於公。」操曰：「吾觀此人，容貌魁梧，必有勇力。」惇曰：「他曾爲友報讎，殺人提頭，直出鬧市，數百人不敢近，只今所使兩枝鐵戟，重八十斤，挾之上馬，運使如飛。」操令韋試之，韋挾戟驟馬，往來馳騁，忽見帳下大旗，爲風所吹，岌岌欲倒，眾軍士挾持不定，韋下馬，喝退眾軍，一手執定旗桿，立於風中，巍然不動。操曰：「此古之惡來※5也。」遂命爲帳前都尉，解上身錦襖及駿馬雕鞍賜之。◎13

自是曹操部下，文有謀臣，武有猛將，威鎮山東，乃遣泰山太守應劭，往瑯琊郡迎父曹嵩。嵩自陳留避難，隱居瑯琊，當日接了書信，便與弟曹德，及一家老小，四十餘人，帶從者百餘人，車百餘輛，逕望兗州而來。道經徐州，太守陶謙，字恭祖，爲人溫厚純篤，向欲結納曹操，正無其由，知操父經過，遂出境迎接，再拜致敬，大設筵宴，款待兩日，曹嵩要行，陶謙親送出郭，特差都尉張闓，將部兵五百護送。◎14

曹嵩率家小行到華費，時夏末秋初，大雨驟至，只得投一古寺歇宿，寺僧接入，嵩安頓家小，命張闓將軍馬屯於兩廊。眾軍衣裝，都被雨打濕，同聲嗟怨！張闓喚手下頭目，於靜處商議曰：「我們本是黃巾餘黨，勉強降順陶謙，未有好處，

◆郭嘉（170～207），字奉孝，東漢末穎川陽翟（今河南禹縣）人，三國時期曹操的重要謀士，也是三國英年早逝的名人之一。（葉雄繪）

如今曹家輜重，車輛無數，你們欲得富貴不難，只就今夜三更，大家斫將入去，把曹嵩一家殺了，取了財物，同往山中落草※6，此計如何？」◎15眾皆應允，是夜風雨未息，曹嵩正坐，忽聞四壁喊聲大舉，曹德提劍出看，就被搠死，曹嵩方引一妾奔入方丈後，欲越牆而走，妾肥胖不能出，嵩慌急，與妾躲於廁中，被亂軍所殺，◎16應劭死命逃脫，投袁紹去了。張闓殺盡曹嵩全家，取了財物，放火燒寺，與五百人逃奔淮南去了，後人有詩曰：

「曹操奸雄世所誇，曾將呂氏殺全家，如今闔戶受人殺，天理循環報不差。」◎17

當下應劭部下，有逃命的軍士，報與曹操。操聞之，哭倒於地，眾人救起。操切齒曰：「陶謙縱兵殺吾父，此讎不共戴天，吾今悉起大軍，洗蕩徐州，方雪吾恨！」遂留荀彧、程昱領軍三萬，守鄄城范縣東阿三縣，其餘盡殺奔徐州來。夏侯惇、于禁、典韋爲先鋒，操令但得城池，將城中百姓，盡行屠戮，以雪父讎。◎18當有九江太守邊讓，與陶謙

〈評點〉

◎13：敘典韋獨詳，文字參差有法。（毛宗崗）

◎14：誰知爲好反成惡。（李漁）

◎15：曹操討黃巾，那知又受黃巾之害。（李漁）

◎16：是曹操殺呂伯奢全家之報。（毛宗崗）

◎17：眞一段因果也，此語可補內典。（李贄）

◎18：遷怒百姓，更爲無理。（毛宗崗）

◆陶謙（132～194），字恭祖，丹陽人，為東漢末年徐州牧。（葉雄繪）

注釋

※5：商紂王的臣子，以勇力聞名。

※6：潛伏在草莽山林裏的意思。

交厚，聞知徐州有難，自引兵五千來救；操聞之大怒，使夏侯惇於路截殺之。

時陳宮爲東郡從事，亦與陶謙交厚，聞曹操起兵報讎，欲盡殺百姓，星夜前來見操。操知是爲陶謙作說客※7，欲待不見，又滅不過舊恩，只得請入帳中相見。宮曰：「今聞明公以大兵臨徐州，報尊父之讎，所到欲盡殺百姓，某因此特來進言，陶謙乃仁人君子，非好利忘義之輩，尊父遇害，乃張闓之惡，非謙罪也；且州縣之民，與明公何讎，殺之不祥，望三思而行！」操怒曰：「公昔棄我而去，今有何面目復來相見？陶謙殺吾一家，誓當摘膽剜心以雪吾恨，公雖爲陶謙遊說，其如吾不聽何？」◎19陳宮辭出嘆曰：「吾亦無面目見陶謙也。」遂馳馬投陳留太守張邈去了。

且說操大軍所到之處，殺戮人民，發掘墳墓。陶謙在徐州，聞曹操起軍報讎，殺戮百姓，仰天慟哭曰：「我獲罪於天，致使徐州之民，受此大難。」急聚眾官商議。曹豹曰：「曹兵既至，豈有束手待死，某願助使君破之。」陶謙只得引兵出迎。遠望操軍，如鋪霜湧雪，中軍豎起白旗二面，大書報讎雪恨四字，◎20軍馬列

◆報父讎曹操興師。曹操之父曹嵩攜家眷自琅琊赴兗州，途經徐州時，被徐州牧陶謙部下張闓謀害。曹操為報父仇，遂舉兵討伐徐州。（fotoe提供）

成陣勢，曹操縱馬出陣，身穿縞素揚鞭大罵，陶謙亦出馬於門旗下，欠身施禮曰：「謙本欲結好明公，故託張闓護送，不想賊心不改，致有此事，實不干陶謙之故，望明公察之。」操大罵曰：「老匹夫殺吾父，尚敢亂言，誰可生擒老賊？」夏侯惇應聲而出，陶謙慌走入陣，夏侯惇趕來，曹豹挺槍躍馬前來迎敵，兩馬相交，忽然狂風大作，飛沙走石，兩軍皆亂，各自收兵。◎21陶謙入城，與眾計議曰：「曹兵勢大難敵，吾當自縛往曹營，任其剖割，以救徐州百姓之命。」◎22言未絕，一人進前言曰：「府君久鎮徐州，人民感恩，今曹兵雖眾，未能既破我城。府君與百姓堅守勿出，某雖不才，願施小策，教曹操死無葬身之地。」眾人大驚，便問計將安出，正是：

「本爲納交反成怨，那知絕處又逢生。」

畢竟此人是誰？且聽下文分解……

〈評點〉

◎19：曹操遷怒於陶謙，猶可言也；遷怒於徐州百姓，則惡矣；至復遷怒於昔日救命之陳宮，則尤惡矣！惡人有言必踐，言之則必行之。前日殺呂家，是「寧可我負人」；今日欲報仇，是「不可人負我」。（毛宗崗）

◎20：寫得如此聲勢，讀者至此爲陶謙寒心，又爲徐州百姓寒心。（毛宗崗）

◎21：此時亦天之不欲絕徐州百姓也。（毛宗崗）

◎22：憂在百姓，仁人之言。（毛宗崗）

◆上黨梆子曹操臉譜。（毛小雨提供／江西美術出版社）

注釋

※7：古代的一種政客，其特點是善於用巧妙的言詞，甚至詭辯，來打動、勸說統治者，達到有利於己的預期目的。

第十一回　劉皇叔北海救孔融　呂溫侯濮陽破曹操

卻說獻計之人，乃東海朐縣人，姓糜名竺，字子仲。此人家世富豪，嘗往洛陽買賣，乘車而回，路遇一美婦人，來求同載，竺乃下車步行，讓車與婦人坐，婦人請竺同載，竺上車端坐，目不邪視，◎1行及數里，婦人辭去。臨別對竺曰：「我乃南方火德星君也，奉上帝勅，往燒汝家，感君相待以禮，故明告君，君可速歸，搬出財物，吾當夜來。」言訖不見。竺大驚，飛奔到家，將家中所有，疾忙搬出。是晚，果然廚中火起，盡燒其屋。竺因此廣捨家財，濟貧拔苦。後陶謙聘為別駕從事。◎2當日獻計曰：「某願親往北海郡，求孔融起兵救援，更得一人往青州田楷處求救，若二處軍馬齊來，操必退兵矣。」謙從之，遂寫書二封，問帳下誰人敢去青州求救？一人應聲願往，眾視之，乃廣陵人，姓陳名登，字元龍。陶謙先打發陳元龍往青州去訖，然後命糜竺齎書赴北海，自己率眾守城，以備攻擊。

卻說北海孔融，字文舉，魯國曲阜人也。孔子二十世孫，泰山都尉孔宙之子，自小聰明，年十歲時，往謁河南尹李膺，閽人※1難之。融曰：「我係李相通家※

◆糜竺（？～223），字子仲，東海朐縣人，曾任徐州牧陶謙的別駕從事，後從劉備，並以其妹嫁劉備。關羽為東吳所敗後，其弟糜芳降吳，糜竺深受打擊，不久病死。（葉雄繪）

[2]。」及入見，膺問曰：「汝祖與吾祖何親？」融曰：「昔孔子曾問禮於老子，融與君累世通家。」◎3膺大奇之，少頃大中大夫陳煒至，膺指融曰：「此奇童也。」煒曰：「小時聰明，大時未必聰明。」融即應聲曰：「如所言，君幼時必聰明者。」煒等皆笑曰：「此子長成，必當代之偉器也。」自此得名，後為中郎將，累遷北海太守，極好賓客，常曰：「座上客常滿，樽中酒不空，吾之願也。」◎4在北海六年甚得民心。

當日正與客坐，人報徐州糜竺至，融請入見，問其來意，竺出陶謙書，言曹操攻圍甚急，望明公垂救！融曰：「吾與陶恭祖交厚，子仲又親到此，如何不去？只是曹孟德，與我無讎，當先遣人送書解和，如其不從，然後起兵。」竺曰：「曹操倚重兵威，決不肯和。」融教一面點兵，一面差人送書。正商議間，忽報黃巾賊黨管亥部，領群寇數萬，殺奔前來。◎5孔融大驚，急點本部人馬，出城與賊迎戰，管亥出馬曰：「吾知北海糧廣，可借一萬石，

〈評點〉

◎1：實是難得。（李贄）
◎2：夾敘糜竺一段閒情，敘事到極急時，偏用一緩。（毛宗崗）
◎3：今挾刺投人者多寫通家，想亦學孔融而誤也。（毛宗崗）
◎4：高懷惜今世無孔融，我亦欲寫通家帖，拜投門下矣。（毛宗崗）
◎5：此數萬人，突如其來怪絕。（毛宗崗）

注釋

◆陳登，字元龍，廣陵人。興平元年(194)，陶謙病死，陳登主持由劉備繼任徐州牧。後被曹操任為廣陵太守。（葉雄繪）

※1：看門的人。
※2：兩家世代有交情，彼此稱爲通家。

◆孔融（153～208），字文舉，魯國（今山東曲阜）人，孔子二十世孫，東漢文學家，「建安七子」之首，後為曹操所殺。孔子雖貴為聖人，他的後代卻有很多不能保命，因為「仁義」常常敵不過「勢力」。（葉雄繪）

即便退兵，不然，打破城池，老幼不留。」孔融叱曰：「吾乃大漢之臣，守大漢之地，豈有糧米與賊耶？」管亥大怒，拍馬舞刀，直取孔融，融將宗寶，挺槍出馬，戰不數合，被管亥一刀，砍宗寶於馬下，孔融兵大亂，奔入城中。管亥分兵四面圍城，孔融心中鬱悶，糜竺懷愁，更不可言。

次日，孔融登城，遙望賊勢浩大，倍深憂惱，忽見城外一人，挺槍躍馬，殺入賊陣，左沖右突，如入無人之境，直到城下，大叫開門。◎6孔融不識其人，不敢開門，賊眾趕到河邊，那人回身連搠十數人下馬，◎7賊眾倒退。融急命開門引入，其人下馬棄槍，逕到城上拜見孔融。融問其姓名。對曰：「某東萊黃縣人也，覆姓太史名慈，字子義，老母重蒙恩顧，某昨自遼東回家省親，知賊寇城，老母說屢受府君深恩，汝當往救，某故單馬而來。」孔融大喜。

原來孔融與太史慈，雖未識面，卻曉得他是個英雄，因他遠出，有老母住在離城二十里之外，融常使人遺以粟帛，母感融德，故特使慈來救。◎8

當下孔融重待太史慈，贈與衣甲鞍馬。慈曰：「某願借精兵一千，出城殺賊。」

融曰：「君雖英雄，然賊勢甚盛，不可輕出。」慈曰：「老母感君厚德，特遣慈來，如不能解圍，慈亦無顏見母矣，願決一死戰。」融曰：「吾聞劉玄德，乃當世英雄，若請他得來相救，此圍自解，只無人可使耳。」慈曰：「府君修書，某當急往。」◎9融喜，修書付慈，慈擐甲上馬，腰帶弓矢，手持鐵槍，飽食嚴裝，城門開處一騎飛出。近河賊將，率眾來戰，慈連搠死數人，透圍而出。

管亥知有人出城，料必是請救兵的，便自引數百騎趕來，八面圍定，慈倚住槍，拈弓搭箭，八面射之，無不應弦落馬，賊眾不敢來追。太史慈得脫，星夜投平原來見劉玄德，施禮罷，具言孔北海被圍求救之事。呈上書札，玄德看畢。問慈曰：「足下何人？」慈曰：「某太史慈，東海之鄙人※3也，與孔融親非骨肉，比※4非鄉黨，特以氣誼相投，有分憂共患之意，◎10今管亥暴亂，北海被圍，孤窮無告，危在旦夕，聞君仁義素著，能救人危急，

〈評點〉

◎6：此一人，又突如其來怪絕。（毛宗崗）

◎7：具見英雄。（毛宗崗）

◎8：好客而惠及其母，固當得此報。（毛宗崗）

◎9：糜竺方爲陶謙求救於孔融，太史慈又爲孔融求救於劉備，變幻之極。（毛宗崗）

◎10：語語打動玄德，妙。（毛宗崗）

◆太史慈（166～206年），字子義，東萊郡黃縣（今山東黃縣東黃城集）人，三國時期吳國大將。（葉雄繪）

注釋

※3：偏僻地方的人，自謙之詞。

※4：這裏是近的意思，猶言「關係」。

故特令某冒鋒突圍，前來求救。」玄德斂容答曰：「孔北海知世間有劉備耶！」乃同雲長、翼德，點精兵三千往北海郡進發。

管亥望見救軍來到，親自引兵迎敵，因見玄德兵少，不以爲意，玄德與關、張、太史慈，立馬陣前，管亥忿怒直出，太史慈卻待向前，雲長早出，直取管亥，兩馬相交，眾軍大喊，量管亥怎敵得雲長，數十合之間，青龍刀起，劈管亥於馬下，太史慈、張飛兩騎齊出，雙槍並舉，殺入賊陣，玄德驅兵掩殺。城上孔融，望見太史慈與關、張趕殺賊眾，如虎入羊群，縱橫莫當，◎11便驅兵出城，兩下夾攻，大敗群賊，降者無數，餘黨潰散。

孔融迎接玄德入城，敘禮畢，大設筵宴慶賀，又引糜竺出見玄德，具言張闓殺曹嵩之事。今曹操縱兵大掠，圍住徐州，特來求救。玄德曰：「陶恭祖乃仁人君子，不意受此無辜之冤。」孔融曰：「公乃漢室宗親，今曹操殘害百姓，倚強欺弱，何不與融同往救之？」玄德曰：「備非敢推辭，奈兵微將寡，恐難輕動。」孔融曰：「融之欲救陶恭祖，雖因舊誼，亦爲大義，公豈獨無仗義之心耶？」◎12玄

◆劉皇叔北海救孔融。太史慈代孔融求救於劉備。（fotoe提供）

德曰：「既如此，請文舉先行，容備去公孫瓚處，借三五千人馬，隨後便來。」融曰：「公切勿失信！」玄德曰：「公以備為何如人耶？聖人云，自古皆有死，人無信不立，劉備借得軍，或借不得軍，然必親至。」孔融應允，教糜竺先回徐州去報，融便收拾起程。太史慈拜謝曰：「慈奉母令前來相助，今幸無虞，有揚州刺史劉繇，與慈同郡，有書來喚，不敢不去，容圖再見。」融以金帛相酬，慈不肯受而歸，其母見之，喜曰：「我喜汝有以報北海也。」◎13遂遣慈往揚州去了。

不說孔融起兵，且說玄德投北海，來見公孫瓚。且說欲救徐州之事，瓚曰：「曹操與君無讎，何苦替人出力？」玄德曰：「備已許人，不敢失信。」瓚曰：「吾借與君馬步軍二千。」玄德曰：「更望借趙子龍一行。」◎14瓚許之，玄德

〈評點〉

◎11：只八字寫得何等聲勢。（毛宗崗）

◎12：激勵得好。（毛宗崗）

◎13：子是孝子，母是賢母。（毛宗崗）

◎14：未嘗須臾忘此人。（毛宗崗）

◆清代楊家埠年畫《借趙雲》，描繪劉備向公孫瓚請求借用趙子龍場景。（清末民間年畫，徐震時提供／人民美術出版社）

遂與關張，引本部三千人爲前部，子龍引二千軍隨後，往徐州來。

卻說糜竺回報陶謙，言北海又請得劉玄德來助，陳元龍也回報青州田楷欣然領兵來救。陶謙心安，原來孔融、田楷，兩路軍馬，懼怕曹兵勢猛，遠遠依山下寨，未敢輕進。曹操見兩路軍到，亦分了軍勢，不敢向前攻城。卻說劉玄德軍到，見孔融。融曰：「曹兵勢大，操又善於用兵，未可輕戰，且觀其動靜，然後進兵。」玄德曰：「但恐城中無糧，難以久持，備令雲長、子龍，領軍四千，在公部下相助，備與張飛殺奔曹營，逕投徐州，去見陶使君商議。」◎15融大喜，會合田楷爲犄角之勢※5，雲長、子龍領兵兩邊接應。

是日玄德、張飛引一千人馬，殺入曹兵寨邊，正行之間，寨內一聲鼓響，馬軍步軍，如潮似浪，擁眾出來，當頭一員大將，乃是于禁，勒馬大叫：「何處狂徒，往那裏去？」張飛見了，更不打話，直取於禁，兩馬相交，戰到數合，玄德掣雙股劍麾兵大進，于禁敗走，張飛當前追殺，直到徐州城下。

城上望見紅旗白字，大書平原劉玄德，陶謙急令開門，玄德入城，陶謙接著，共到府衙禮畢，設宴相待，一面勞軍，陶謙見玄德一表軒昂，語言豁達，心中大喜，便令糜竺取徐州牌印，讓與玄德。◎16玄德愕然曰：「公何意也？」謙曰：「今天下擾亂，王綱

◆于禁（？～221），字文則，泰山巨平（今山東泰安西南）人。初從濟北相鮑信鎮壓黃巾軍。後歸曹操，善於治兵，以識大體聞名，是「五子良將」之一。（陳壽《三國志》評論：「太祖建茲武功，而時之良將，五子為先。」「五子」指張遼、徐晃、張郃、于禁、樂進。）不過，晚年因投降關羽，成為一生無法去除的污點，回到魏國後很快抱慚而死。（葉雄繪）

不振，公乃漢室宗親，正宜力扶社稷，老夫年邁無能，情願將徐州相讓，公勿推辭，謙當自寫表文，申奏朝廷。」玄德離席再拜曰：「劉備雖漢朝苗裔，功微德薄，爲平原相，猶恐不能職，今爲大義，故來相助，公出此言，莫非疑劉備有吞併之心耶？若舉此念，皇天不佑。」謙曰：「此老夫之實情也。」再三相讓，玄德那裏肯受。◎17糜竺進曰：「今兵臨城下，且當商議退敵之策，待事平之日，再當相讓可也。」玄德曰：「備當遺書與曹操，勸令解和，操若不從，廝殺未遲。」於是傳檄三寨，且按兵不動，遣人齎書以達曹操。

卻說曹操正在軍中，與諸將議事，人報徐州有戰書到，操拆而觀之，乃劉備書也。書略曰：

「備自關外得拜君顏，嗣後天各一方，不及趨侍，向者尊父曹侯，實因張闓不仁，以致被害，非陶恭祖之罪也。目今黃巾遺孽，擾亂於外；董卓餘黨，盤踞於內。願明公先朝廷之急，而後私讎，撤徐州之兵，以救國難，則徐州幸甚！天下幸甚！」

〈評點〉

◎15：畢竟玄德英雄。（毛宗崗）

◎16：陶恭祖一讓徐州。（毛宗崗）

◎17：眞耶！假耶！（毛宗崗）

注釋

※5：犄，捉足。角，捉角。犄角是捕鹿時兩處同時下手的方式。把軍隊分開，以便互相呼應，牽制敵方，方法與此相似，因此叫做犄角之勢。

曹操看書，大罵劉備何人？敢以書來勸我！且中間有譏諷之意，命斬來使，一面竭力攻城。郭嘉諫曰：「劉備遠來救援，先禮後兵，主公當用好言答之，以慢備心，然後進兵攻城，城可破也。」◎18操從其言，款留來使，候發回書。

正商議間，忽流星馬飛報禍事，操問其故，報說呂布已襲破兗州，進據濮陽。原來呂布自遭李郭之亂，逃出武關，去投袁術，術怪呂布反覆不定，拒而不納。投袁紹，紹納之，與布共破張燕於常山，布自以爲得志，傲慢袁紹手下將士，紹欲殺之，布乃去投張揚，揚納之。時龐舒在長安城中，私藏呂布妻小，送還呂布。李傕、郭汜知之，遂斬龐舒，寫書於張揚，教殺呂布。布因棄張揚，去投張邈。恰好張邈弟張超，引陳宮來見張邈，宮說邈曰：「今天下分崩，英雄並起，君以千里之眾，而反受制於人，不亦鄙乎？今曹操征東，兗州空虛，而呂布乃當世勇士，若與之共取兗州，伯業可圖也！」張邈大喜！便令呂布襲破兗州，隨據濮陽。止有鄄城、東阿、范縣三處，被荀彧、程昱設計死守得全，其餘俱破，曹仁屢戰，皆不能勝，特此告急。◎19操聞報大驚曰：「兗州有失，使吾無家可歸矣，不可不亟圖之！」◎20郭嘉曰：「主公正好賣個人情與劉備，退軍去復兗州。」操然之。即時答書與劉備，拔寨退兵。

且說來使回徐州，入城見陶謙，呈上書札，言曹兵已退，謙大喜。差人請孔融、田楷、雲長、子龍等，赴城大會。◎21飲宴既畢，謙延玄德於上座，拱手對眾

曰：「老夫年邁，二子不才，不堪國家重任，劉公乃帝室之冑，德高才廣，可領徐州，老夫情願乞閒養病。」◎22玄德曰：「孔文舉令備來救徐州，爲義也。今無端據而有之，天下將以備爲無義人矣。」糜竺曰：「今漢室凌遲※6，海宇顛覆，樹功立業，正在此時，徐州殷富，戶口百萬，劉使君領此，不可辭也。」◎23玄德曰：「此事決不敢應命。」陳登曰：「陶府君多病，不能視事，明公勿辭。」玄德曰：「袁公路四世三公，海內所歸，近在壽春，何不以州讓之。」孔融曰：「袁公路，塚中枯骨，◎24何足挂齒，今日之事，天與不取，悔不可追。」玄德堅執不肯，陶謙泣下曰：「君若捨我而去，吾死不瞑目矣。」雲長曰：「既承陶公相讓，兄且權領州事。」張飛曰：「又不是我強要他的州郡，他好意相讓，何必苦苦推

〈評點〉

◎18：謀之甚正。（李漁）
◎19：不是劉備救陶謙，卻是呂布救陶謙，亦不是呂布救陶謙，乃是陳宮救陶謙也。（毛宗崗）
◎20：欲報父讎，奈何顧耶？（毛宗崗）
◎21：眾軍齊赴，必謂一場大戰矣，不意曹兵已不戰而退奇幻。（毛宗崗）
◎22：陶恭祖二讓徐州。（毛宗崗）
◎23：糜竺亦看上玄德了。（毛宗崗）
◎24：四字罵得惡。（毛宗崗）

注釋

※6：衰微的意思。

辭。」◎25玄德曰：「汝等欲陷我於不義耶!?」陶謙推讓者三，玄德只是不受。陶謙曰：「如玄德必不肯從，此間近邑，名曰小沛，足可屯軍，請玄德暫駐軍此邑，以保徐州，何如？」眾皆勸玄德留小沛，玄德從之，陶謙勞軍已畢，趙雲辭去。玄德執手揮淚而別。孔融、田楷亦各相別，引軍自回。玄德與關張引本部軍來至小沛，修葺城垣，撫諭居民。◎26

卻說曹操回軍，曹仁接著，言呂布勢大，更有陳宮為輔，兗州已失，其鄄城、東阿、范縣三處，賴荀彧、程昱二人，設計相連，死守城郭。操曰：「吾料呂布有勇無謀，不足慮也。」教且安營下寨，再作商議。

呂布知曹操回兵，已過滕縣，召副將薛蘭、李封曰：「吾欲用汝二人久矣，汝可引軍一萬，堅守兗州，親自率兵，前去破曹。」二人應諾，陳宮急入見曰：「將軍棄兗州，欲何往乎？」布曰：「吾欲屯兵濮陽，以成鼎足之勢。」宮曰：「差矣！薛蘭必守兗州不住，此去正南一百八十里，泰山路險，可伏精兵萬人在彼，曹兵聞失兗州，必然倍道而進，待其過半，一擊可擒也。」布曰：「吾屯濮陽，別有良謀，汝豈知之。」遂不用陳宮之言，而用薛蘭守兗州而行。

◆惜別圖。劉備與趙子龍依依相別。劉備對趙子龍是一見傾心，後來得到巨大回報。（鄧嘉德）

曹操兵行至泰山險路，郭嘉曰：「且不可進，恐此處有伏兵。」曹操笑曰：「呂布無謀之輩，故教薛蘭守兗州，自往濮陽，安得此處有埋伏耶？」◎27教曹仁領一軍圍兗州，吾進兵濮陽，速攻呂布。陳宮聞曹兵至近，乃獻計曰：「今曹兵遠來疲困，利在速戰，不可養成氣力。」布曰：「吾匹馬縱橫天下，何愁曹操，待其下寨，吾自擒之。」

卻說曹操兵近濮陽，下住寨腳，次日引眾將出，陳兵于野。操立馬于門旗下，遙望呂布兵到，陣圓處，呂布當先出馬，兩邊排開八員健將；第一個鴈門馬邑人，姓張名遼，字文遠；第二個泰山華陰人，姓臧名霸，字宣高。兩將又各引六員健將，郝萌、曹性、成廉、魏續、宋憲、侯成，布軍五萬，鼓聲大震。

操指呂布而言曰：「吾與汝自來無讎，何得奪吾州郡？」布曰：「漢家城池，諸人有分，偏爾合得？」◎28便叫臧霸出馬搦戰。曹軍內樂進出迎，兩馬相交，雙槍齊舉。戰到三十餘合，勝負不分。夏侯惇拍馬便出助戰，呂布陣上，張遼截住廝殺，惱得呂布性起，挺戟驟馬衝出陣來，夏侯惇樂進皆走，呂布掩殺，曹軍大敗，

〈評點〉

◎25：說得爽利。（毛宗崗）

◎26：高祖起於沛，玄德亦居小沛，可稱小沛公。（毛宗崗）

◎27：呂布不聽陳宮之言，曹操又暗暗料著。（毛宗崗）

◎28：極無理語，說來卻甚是有理。（毛宗崗）

退三四十里，布自收軍。

曹操輸了一陣，回寨與諸將商議。于禁曰：「某今日上山觀望，濮陽之西，呂布有一寨，約無多軍，今夜彼將謂我軍敗走，必不準備，可引兵擊之，若得寨，布軍必懼，此爲上策。」操從其言，帶曹洪、李典、毛玠、呂虔、于禁，典韋，六將選馬步二萬人，連夜從小路進發。

卻說呂布於寨中勞軍，陳宮曰：「西寨是個要緊去處，倘或曹操襲之，奈何？」布曰：「他今日輸了一陣，如何敢來？」宮曰：「曹操是極能用兵之人，須防他攻我不備。」◎29布乃撥高順，并魏續、侯成，引兵往守西寨。卻說曹操於黃昏時分，引軍至西寨，四面突入，寨兵不能抵擋，四散奔走，曹操奪了寨，將及四更，高順方引軍到，殺將入來，曹操自引軍馬來迎，正逢高順，三軍混戰，將及天明，正西鼓聲大震，人報呂布自引救軍來了，操棄寨而走，◎30背後高順、魏續、侯成趕來，當頭呂布親自引軍來到，于禁樂進，雙戰呂布不住，操望北而行，山後一彪軍出，左有張遼，右有臧霸，操使呂虔、曹洪戰之，不

◆呂溫侯濮陽破曹操。曹操大敗，幾乎為呂布所擒。（fotoe提供）

利，操望西而走。忽又喊聲大震，一彪軍至，郝萌、曹性、成廉、宋憲，四將攔住去路。眾將死戰，操當先衝陣，梆子響處，箭如驟雨射將來，操不能前進，無計可脫，大叫誰人救我？馬軍隊裏一將踴出，乃典韋也，手挺雙鐵戟，大叫主公勿憂，飛身下馬，撐住雙戟，取短戟十數枝，挾在手中，◎31顧從人曰：「賊來十步。乃呼我。」遂放開腳步，冒箭前行，布軍數十騎追至，從人大叫曰：「十步矣。」韋曰：「五步乃呼我。」從人又曰：「五步矣。」韋乃飛戟刺之，一戟一人墜馬，並無虛發，立殺十數人，眾皆奔走。韋復飛身上馬，挺一雙大鐵戟，衝殺入去。◎32郝、曹、侯、宋四將，不能抵擋，各自逃去。典韋殺散敵軍，救出曹操，眾將隨後也到，尋路歸寨，看看天色傍晚，背後喊聲起處，呂布驟馬提戟趕來，大叫曹賊休走！此時人馬困乏，大家面面相覷，各欲逃生，正是：

「雖能暫把重圍脫，只怕難當勁敵追。」

不知曹操性命如何，且聽下文分解……

〈評點〉

◎29：于禁之謀，陳宮又暗暗料著。（毛宗崗）

◎30：既奪而使之不能不棄，可見陳宮應敵之妙。（毛宗崗）

◎31：呂布一戟，典韋雙戟奇矣，乃不用兩大戟，而用無數小戟，更奇。（毛宗崗）

◎32：忽下馬忽上馬，忽用小戟，忽用大戟，寫典韋如生龍活虎。（毛宗崗）

◆典韋（？～197），陳留己吾（今河南寧陵縣西南）人，三國時期曹操的猛將，後因醉酒身亡。三國以酒誤事者，大有人在。（葉雄繪）

第十二回　陶恭祖三讓徐州　曹孟德大戰呂布

曹操正慌走間，正南上一彪軍到，乃夏侯惇引軍來救援，截住呂布大戰，鬭到黃昏時分，大雨如注，各自引軍分散。操回寨，重賞典韋，加爲領軍都尉。

卻說呂布到寨，與陳宮商議。宮曰：「濮陽城中，有富戶田氏，家僮千百，爲一郡之巨室，可令彼密使人往操寨中下書，言呂溫侯殘暴不仁，民心大怨，◎1今欲移兵黎陽，止有高順在城內，可連夜進兵，我爲內應，◎2操若來，誘之入城，四門放火，外設伏兵，曹操雖有經天緯地之才，到此安能得脫也？※1」呂布從其計，密諭田氏，使人逕到操寨。操因新敗正在躊躇，忽報田氏人到，呈上密書云：「呂布已往黎陽，城中空虛，萬望速來，當爲內應，城上插白旗，大書義字，便是暗號。」操大喜曰：「天使我得濮陽也。」重賞來人，一面收拾起兵。劉曄曰：「布雖無謀，陳宮多計，只恐其中有詐，不可不防。明公欲去，當分三軍爲三隊，兩隊伏城外接應，一隊入城方可。」◎3操從其言，分軍三隊，來至濮陽城下，操先往觀之，見城上遍豎旗旛，西門角上有一義字白旗，心中暗喜。是日午牌，城門開處，兩員將引軍出戰，前軍侯成，後軍高順，操即使典韋出馬，直取侯成，侯成抵敵不過，回馬望城中走，韋趕到弔橋邊，高順亦攔當不住，都退入城中去了，內有數軍人，乘勢混過陣來見操。說是田氏之使，呈上密書，約云：「今夜初更時分，城上鳴鑼爲號，便可進兵，某當獻門。」

操撥夏侯惇引軍在左，曹洪引軍在右，自己引夏侯淵、李典、樂進、典韋四將率兵入城。李典曰：「主公且在城外，容某等先入城去。」◎4操喝曰：「我自不往，誰肯向前？」遂當先領兵直入，時約初更，月光未上，只聽得西門上吹贏殼※2聲喊聲忽起，門上火把繚亂，城門大開，弔橋放落，曹操爭先拍馬而入，直到州衙，路上不見一人，操知是計，忙撥回馬，大叫退兵。州衙中一聲礮響，四門烈火轟天而起，金鼓齊鳴，喊聲如江翻海沸，東巷內轉出張遼，西巷內轉出臧霸，夾攻掩殺，操走北門，道旁轉出郝萌、曹性，又殺一陣，操急走南門，高順、侯成攔住，典韋怒目咬牙，衝殺出去，

〈評點〉

◎1：後呂布之敗，果然爲此兩句。（毛宗崗）

◎2：不想後來，弄假成眞。（毛宗崗）

◎3：操之不死于是役，全虧劉曄此數語。（毛宗崗）

◎4：李典所見亦是。（毛宗崗）

◆李典（180～215），字曼成，山陽郡鉅野縣（今山東鉅野）人。曹魏將領，官至破虜將軍。據本書描寫，作戰很少獨當一面，自立大功，常是與人相互配合。（葉雄繪）

注釋

※1：布的直線叫經，橫線叫緯，經緯交錯就織成布匹。這話是誇張形容才能極大的人，好像可以安排天地一樣。

※2：螺殼，可作號角吹奏。

高順侯成，倒走出城。◎5典韋殺離弔橋，回頭不見了曹操，翻身復殺入城來，門內撞著李典，典韋問主公何在？典曰：「吾亦尋不見。」韋曰：「汝在城外催救軍，我入去尋主公。」李典去了，典韋殺入城中，尋覓不見，再殺出城，河邊撞著樂進。進曰：「主公何在？」韋曰：「我往復兩遭，尋覓不見。」進曰：「同殺入去救主。」兩人到門邊，城上火礮滾下，樂進馬不能入，典韋衝煙突火又殺入去，到處尋覓。◎6

卻說曹操見典韋殺出去了，四下裏人馬截來，不得出南門，再轉北門，火光裏正撞見呂布，挺戟躍馬而來。操以手掩面，加鞭縱馬竟過。呂布從後拍馬趕來，將戟於操盔上一擊。問曰：「曹操何在？」操反指曰：「前面騎黃馬者是也。」◎7呂布聽說，棄了曹操，縱馬向前追趕。◎8曹操撥轉馬頭，望東門而走，正逢典韋，韋擁護曹操，殺條血路到城門邊，火焰甚盛，城上推下柴草，遍地都是火，韋用戟撥開，飛馬冒煙突火先出。曹操隨後亦出，方到門道邊，城門上崩下一條火梁來，正打著曹操戰馬後胯，那馬撲地倒了，操用手託梁，推放地下，手臂鬚髮，盡被燒傷。典韋回馬來救，恰好夏侯淵亦到，兩個同救起曹操，突火而出，操乘淵馬，典

◆清代上海年畫《濮陽城火燒曹操》。（王樹村提供／中國工藝美術出版社）

◆曹操何在。曹操急中生智，躲過一劫。（鄧嘉德繪）

韋殺條大路而走，直混戰到天明，操方回寨，眾將拜伏問安。

曹操仰面笑曰：◎9「誤中匹夫之計，吾必當報之。」郭嘉曰：「計可速發。」操曰：「今只將計就計，詐言我被火傷，火毒攻發，五更已經身死，布必引兵來攻，我伏兵於馬陵山中，候其兵半度而擊之，布可擒矣。」嘉曰：「眞良策也！」於是令軍士掛孝發喪，詐言操死，早有人來濮陽報呂布，說曹操被火燒傷

〈評點〉

◎5：中計者未得其入城，殺敵者倒走出城，好笑。（毛宗崗）

◎6：典韋三入火城，可謂忠勇。（毛宗崗）

◎7：眞奸雄，好急智。（李漁）

◎8：諺云：方說曹操，曹操就到，迎面錯過，豈不好笑。（毛宗崗）

◎9：如此一番驚恐後反發笑，曹操從來如此。（李漁）

肢體，到寨身死，布隨點起軍馬，殺奔馬陵山來，將到曹寨，一聲鼓響，伏兵四起，呂布死戰得脫，折了好些人馬，敗回濮陽，堅守不出。

是年蝗蟲忽起，食盡禾稻，關東一境，每穀一斛，值錢五十貫，人民相食。曹操因軍中糧盡，引兵回鄄城暫往，呂布亦引兵出屯山陽就食，因此二處權且罷兵。

◎10

卻說陶謙在徐州，時年已六十三歲，忽然染病，看看沉重，請糜竺陳登議事。竺曰：「曹兵之去，止爲呂布襲兗州故也，今因歲荒罷兵，來春又必至矣，府君兩番欲讓位於劉玄德，時府君尚強健，故玄德不肯受，今病已沉重，正可就此而與之，玄德必不辭矣。」◎11

謙大喜，使人來小沛請劉玄德議軍務，玄德引關、張，帶數十騎到徐州，陶謙教請入臥內，玄德問安畢，謙曰：「請玄德公來，不爲別事，止因老夫病已危篤，朝夕難保，萬望明公可憐漢家城池爲重，◎12受取徐州牌印，老夫死亦瞑目矣。」玄德曰：「君有二子，何不傳之？」謙曰：「長子商，次子應，其才皆不堪任，老夫死後，猶望明公教誨，切勿令掌州事。」玄德曰：「備

◆三讓徐州圖。陶謙臨死仍在請求劉備接受徐州牌印，為徐州牧。（鄧嘉德繪）

一身安能當此大任？」謙曰：「某舉一人，可爲公輔，係北海人，姓孫名乾，字公祐，此人可使爲從事。」又謂麋竺曰：「劉公當世人傑，汝當善事之。」玄德終是推托，陶謙以手指心而死，眾軍舉哀畢，即捧牌印交送玄德，玄德固辭。次日徐州百姓，擁擠府前拜哭曰：「劉使君若不領此郡，我等皆不能安生矣。」◎13關、張二公亦再三相勸，玄德乃許權領徐州事，使孫乾、麋竺爲輔，陳登爲幕官，盡取小沛軍馬入城，出榜安民。一面安排喪事，玄德與大小軍士，盡皆挂孝，大設祭奠，祭畢，葬于黃河之原，將陶謙遺表，申奏朝廷。

　　操在鄄城，知陶謙已死，劉玄德領徐州牧，大怒曰：「我讎未報，汝不費半箭之功，坐得徐州，吾必先殺劉備，後戮謙屍，以雪先君之怨。」◎14即傳號令，尅日起兵，去打徐州。荀彧入諫曰：「昔高祖保關中，光武據河內，皆深根固本，以正天下，進足以勝敵，退足以堅守，故雖有困，終濟大業。明公本首事兗州，河濟乃天下之要地，是亦昔之關中河內也；今若取徐州，多留兵則不足用，少留兵則

〈評點〉

◎10：兩家俱因凶荒罷兵，蝗蟲倒是和事老。（毛宗崗）
◎11：麋竺心歸玄德久矣。（毛宗崗）
◎12：動玄德在此一句。（李漁）
◎13：民心悅服如此，想見劉公平日德政。（毛宗崗）
◎14：前番做人情，今番做不得人情矣。（李漁）

◆孫乾，字公祐，北海營陵人。生卒年不詳，劉備謀士。史載雍容有風度，以禮行事。（葉雄繪）

◆青陽腔曹洪臉譜。（毛小雨提供／江西美術出版社）

呂布乘虛寇之，是無兗州也；若徐州不得，明公安所歸乎？今陶謙雖死，已有劉備守之，徐州之民，既已服備，必助備死戰，明公棄兗州而取徐州，是棄大而就小，去本而求末，以安而易危也，願熟思之。」◎15

操曰：「今歲荒乏糧，軍士坐守于此，終非良策。」或曰：「不如東略陳地，使軍就食汝南、潁川，黃巾餘黨，何儀、黃邵等，劫掠州郡，多有金帛糧食，此等賊徒，又容易破，破而取其糧，以養三軍，朝廷喜，百姓悅，乃順天之事也。」操喜從之，乃留夏侯惇、曹仁守鄄城等處，自引兵先略※3陳地，次及汝潁，黃巾何儀黃邵知操兵到，引眾來迎，會于羊山，時賊兵雖眾，都是狐群狗黨，並無隊伍行列，操令強弓硬弩射住，令典韋出馬，何儀令副元帥出戰，不三合，被典韋一戟刺於馬下，操引眾乘勢趕過羊山下寨。

次日，黃邵自引軍來，陣圓處，一將步行出戰，頭裹黃巾，身披綠襖，手提鐵棒，大叫：「我乃截天夜叉何曼也，◎16誰敢與我廝鬭？」曹洪見了大喝一聲，飛身下馬，提刀步出，兩下裏陣前廝殺，四五十合，勝負不分，曹洪詐敗而走，何曼趕來，洪用拖刀背砍計，轉身一跳，砍中何曼，再復一刀殺死。李典乘勢，飛馬直入賊陣，黃邵不及隄備，被李典生擒活捉過來，曹兵掩殺賊眾，奪其金帛糧食無數。何儀勢孤，引數百騎奔走葛陂，正行之間，山背後撞出一軍，爲頭一個壯士，身長八尺，腰大十圍，手提大刀，截住去路，◎17何儀挺槍出迎，只一合被那壯士活挾過去，餘眾著忙，皆下馬受縛，被壯士盡驅入葛陂塢中。

卻說典韋，追襲何儀到葛陂，壯士引軍迎住。典韋曰：「汝亦黃巾賊耶？」壯士曰：「黃巾數百騎，盡被我擒在塢內。」韋曰：「何不獻出。」壯士曰：「你若贏得手中寶刀，我便獻出。」韋大怒，挺雙戟向前來戰，兩個從辰至午不分勝負；各自少歇，不一時，那壯士又出搦戰，典韋亦出。直戰到黃昏，各因馬乏暫止。◎18典韋手下軍士，飛報曹操，操大驚，忙引眾將來看。

次日，壯士又出搦戰，操見其人威風凜凜，心中暗喜，分付典韋，今日且詐敗。韋領命出戰，戰到三十合，敗走回陣，壯士趕到陣門中，弓弩射回，操急引軍退五里，密使人掘下陷坑，暗伏鉤手。次日再令典韋引百餘騎出戰，壯士笑曰：「敗將何敢復

〈評點〉

◎15：荀彧此人可用。（李贄）
◎16：確是強盜綽號。（毛宗崗）
◎17：橫閃出此一壯士，奇。（毛宗崗）
◎18：可見人自不乏。（毛宗崗）

◆許褚，字仲康，沛國譙（今安徽亳縣）人，三國曹魏著名猛將，號為虎癡。典韋死後，他是曹操的貼身護衛。（葉雄繪）

注釋

※3：掠奪、奪取。

來？」便縱馬接戰，典韋略戰數合，便回馬走，壯士只顧望前趕來，不隄防，連人帶馬都落於陷坑之內，被鉤手縛來見曹操。操下帳叱退軍士，親解其縛，急取衣衣之，命坐，問其鄉貫姓名。◎19壯士曰：「我乃譙國譙縣人也，姓許名褚，字仲康，向遭寇亂，聚宗族數百人，築堅壁於塢中以禦之。一日寇至，吾令眾人，多取石子準備，吾親自飛石擊之，無不中者，寇乃退去。又一日寇至，塢中無糧，遂與賊和，約以耕牛換米，米已送到，賊驅牛至塢外，牛皆奔走回還，被我雙手掣二牛尾，倒行百餘步，◎20賊大驚，不敢取牛而走，因此保守此處無事。」操曰：「吾聞大名久矣，還肯降否。」褚曰：「固所願也。」遂招宗族，數百人俱降。操拜許褚爲都尉，賞勞甚厚，隨將何儀、黃邵斬訖，汝潁悉平。

曹操班師，曹仁夏侯惇接見，言近日細作，報說兗州薛蘭、李封軍士皆出擄掠，城邑空虛，可引得勝之兵，攻之一鼓可下。操遂引軍，逕奔兗州，薛蘭、李封出其不意，只得引兵出城迎戰。許褚曰：「吾願取此二人，以爲贄見之禮。」◎21操大喜，遂令出戰，李封使畫戟，向前來迎，交馬兩合，許褚斬封於馬下，薛蘭急走回陣，弔橋邊李典攔住，薛蘭不敢回城，引軍投鉅野而去，卻被呂虔飛馬趕來，一箭射於馬下，軍皆潰散，曹操復得兗州。

程昱便請進兵取濮陽，操令典韋、許褚爲先鋒，夏侯惇、夏侯淵爲左軍，李典、樂進爲右軍，操自領中軍，于禁、呂虔爲合後，兵至濮陽，呂布欲自將出迎，陳宮諫曰：「不可出戰，待眾將聚會後方可。」呂布曰：「吾怕誰來。」遂不聽宮言，引兵出陣，橫戟大罵，許褚便出鬬二十合，不分勝負。操曰：「呂布非一人可勝。」便差典韋助戰，兩將夾攻，左邊夏侯惇、夏侯淵，右邊李典樂進齊到，六員將共攻呂布，◎22布遮攔不住，撥馬回城。城上田氏見布敗回，急令人拽起弔橋，布大叫開門，田氏曰：「吾已降曹將軍矣。」◎23布大罵，引軍奔定陶而去。陳宮急開東門，保護呂布老

〈評點〉

◎19：曹操得英雄心，俱用此法。（毛宗崗）
◎20：大奇人，大奇事！可述！可述！（李贄）
◎21：典韋見了本事，此處專寫許褚。（毛宗崗）
◎22：此可云大戰呂布。（毛宗崗）
◎23：誰知弄假反成眞。（毛宗崗）

◆曹孟德大戰呂布。呂布被許褚、典韋等六將圍攻戰敗，城池又被田氏獻與曹操，只好逃向定陶。（fotoe提供）

小出城，◎24操遂得濮陽，恕田氏舊日之非。

劉曄曰：「呂布乃猛虎也，今日困乏，不可少容。」操令劉曄等守濮陽，自己引軍，趕至定陶，時呂布與張邈、張超，盡在城中，高順、張遼、臧霸、侯成巡海打糧未回。操軍至定陶，連日不戰，引軍退四十里下寨，正值濟郡麥熟，即令軍割麥爲食。

細作報知呂布，布引軍趕來，將近操寨，見左邊一望，林木茂盛，恐有伏兵而回。操知布軍回去，乃謂諸將曰：「布疑林中有伏兵耳，可多插旌旗於林中以疑之。寨西一帶，長堤無水，可盡伏精兵。明日呂布必來燒林，◎25堤中軍斷其後，布可擒矣。」於是止留鼓手五十人，於寨中擂鼓，將村中擄來男女在寨內吶喊，精兵多伏堤中。卻說呂布回報陳宮，宮曰：「操多詭計，不可輕敵。」布曰：「吾用火攻，可破伏兵。」◎26乃留陳宮、高順守城，布次日引大軍來，遙見林中有旗，驅兵大進，四面放火，竟無一人，欲投寨中，卻聞鼓聲大震，正自疑惑不定，忽然

寨後一彪軍出，呂布縱馬趕來，礮響處，堤內伏兵盡出，夏侯惇，夏侯淵、許褚、典韋、李典、樂進驟馬殺來，呂布料敵不過，落荒而走，從將成廉，被樂進一箭射死，布軍三停※4去了二停，敗卒回報陳宮。宮曰：「空城難守，不若急去。」遂與高順保著呂布老小棄定陶而走。◎27曹操將得勝之兵，殺入城中，勢如破竹，張超自焚，張邈投袁術去了，山東一境，盡被曹操所得，安民修城，不在話下。卻說呂布正走，逢諸將皆回，◎28陳宮亦已尋著。布曰：「吾軍雖少，尚可破曹。」遂再引軍來，正是：

「兵家勝敗眞常事，捲甲重來未可知。」

不知呂布勝負如何？且聽下文分解……

◆三國「小人物」：曹操、夏侯惇、典韋等。（馮暉／fotoe提供）

〈評點〉

◎24：不知此時貂蟬安在。（毛宗崗）

◎25：呂布心腸早被曹操猜破。（毛宗崗）

◎26：此處火攻用不著了。（李漁）

◎27：處處寫呂布老小，蓋因呂布所注意者在此也。（毛宗崗）

◎28：打糧回也。（毛宗崗）

注釋

※4：三分。

第十三回　李傕郭汜大交兵　楊奉董承雙救駕

卻說曹操大破呂布於定陶，布乃收集敗殘軍馬於海濱，眾將皆來會集，欲再與曹操決戰。陳宮曰：「今曹兵勢大，未可與爭，先尋取安身之地，那時再來未遲。」布曰：「吾欲再投袁紹何如？」◎1宮曰：「先使人往冀州，探聽消息，然後可去。」布從之。

且說袁紹在冀州，聞知曹操與呂布相持，謀士審配進曰：「呂布豺虎也，若得兗州，必圖冀州，不若助操攻之，方可無患。」紹遂遣顏良將兵五萬，往助曹操。細作探知這個消息，飛報呂布，布大驚，與陳宮商議。宮曰：「聞劉玄德新領徐州可往投之。」布從其言，竟投徐州來，有人報知玄德，玄德曰：「布乃當今英勇之士，可出迎之。」糜竺曰：「呂布乃虎狼之徒，不可收留，收則傷人矣。」玄德曰：「前者非布襲兗州，怎解此郡之禍，◎2今彼窮而投我，豈有他心？」張飛曰：「哥哥心腸忒好，雖然如此，也要準備。」◎3

玄德領眾出城三十里，接著呂布，並馬入城，都到州衙廳上，講禮畢，坐下。布曰：「某自與王司徒計殺董卓之後，又遭傕、汜之變，飄零關東，諸侯多不能相容，◎4怎因曹賊不仁，侵犯徐州，蒙使君力救陶謙，布因襲兗州，以分其勢，不料反墮奸計，敗兵折將，今投使君，共圖大事，未審尊意如何？」玄德曰：「陶使君新逝，無人管領徐州，因令備權攝州事，今幸將軍至此，合當相讓。」遂將牌印送與呂布。◎5呂布卻待要接，只見玄德背後關張二人，各有怒色，布乃佯笑曰：「量呂布一勇夫，何能作州牧乎？」玄德又讓，陳宮曰：「強賓不壓主，請使君勿疑。」玄德方止，遂

〈評點〉

◎1：未敘袁紹那邊要來，先敘呂布這邊要去。（毛宗崗）

◎2：前者曹軍之退，名虧玄德，實虧呂布，今玄德明明說出，何等光明忠厚。（毛宗崗）

◎3：老張卻是粗中有細。（毛宗崗）

◎4：豈非以汝連殺兩義父，故人多疑汝耶。（毛宗崗）

◎5：有玄德今日之讓，便有呂布後日之奪，一似先知其將奪，故作此讓。（毛宗崗）

◆劉備欲將徐州牌印讓與呂布，呂布要接時，見劉備背後關羽、張飛各有怒色，於是推辭不敢接受。（朱寶榮繪）

設宴相待，收拾宅院安下。

次日，呂布回席請玄德，玄德乃與關張同往，飲酒至半酣，布請玄德入後堂，關張隨入，令妻女出拜玄德，玄德再三謙讓。布曰：「賢弟不必推讓。」張飛聽了，瞋目大叱曰：「我哥哥是金枝玉葉，你是何等人，敢稱我哥哥爲賢弟，你來，我和你鬬三百合。」玄德連忙喝住，關公勸飛出，玄德與呂布陪話曰：「劣弟酒後狂言，兄勿見責。」布默然無語，須臾席散，布送玄德出門，張飛躍馬橫槍而來，大叫呂布我和你拚三百合。◎6玄德急令關公勸止。

次日，呂布來辭玄德曰：「蒙使君不棄，但恐令弟輩不能相容，布當別投他處。」玄德曰：「將軍若去，某罪大矣，劣弟冒犯，另日當令陪話，近邑小沛，乃備昔日屯兵之處，將軍不嫌淺狹，權且歇馬如何？糧食軍需，謹當應付。」呂布謝了玄德，自引軍投小沛安身去了。玄德自去埋怨張飛不題。

卻說曹操平了山東，表奏朝廷，加操爲建德將軍費亭侯。其時李傕自爲大司馬，郭汜自爲大將軍，橫行無忌，朝廷無人敢言。太尉楊彪，大司農朱雋，暗奏獻帝曰：「今曹操擁兵二十餘萬，謀臣武將數十員，若得此人扶持社稷，剿除奸黨，天下幸甚。」◎7獻帝泣曰：「朕被二賊欺凌久矣，若得誅之，誠

◆張飛除害壁畫，河北涿州張飛廟。張飛多次與呂布不和，在民間，張飛一直是嫉惡如仇、匡正驅邪的化身。（Legacy images 提供）

爲大幸。」彪奏曰：「臣有一計，先令二賊自相殘害，然後詔曹操引兵殺之，掃清賊黨，以安朝廷。」獻帝曰：「計將安出？」彪曰：「聞郭汜之妻最妬，可令人於汜妻處，用反間計，則二賊自相害矣。」◎8帝乃書密詔付楊彪，彪即暗使夫人以他事入郭汜府，乘間告汜妻曰：「聞郭將軍與李司馬夫人有染，其情甚密，倘司馬知之，必遭其害，夫人宜絕其往來爲妙。」汜妻訝曰：「怪見他經宿不歸，卻幹出如此無恥之事。非夫人言，妾不知也，當愼防之。」彪妻告歸，汜妻再三稱謝而別。

過了數日，郭汜又將往李傕府中飲宴。妻曰：「傕性不測，況今兩雄不並立，倘彼酒後置毒，妾將奈何？」汜不肯聽，妻再三勸住。至晚間，傕使人送酒筵至，汜妻乃暗置毒於中，方始獻入，汜便欲食。妻曰：「食自外來，豈可便食。」乃先與犬試之，犬立死。自此汜心懷疑。一日朝罷，李傕立邀郭汜赴家飲酒，至夜席散，汜醉而歸，偶然腹痛。妻曰：「必中其毒矣。」急令將糞汁灌之，一吐方定。◎9汜乃大怒曰：「吾與李傕共圖大事，今無端欲謀害我，我不先發，必遭毒手。」

〈評點〉

◎6：寫張飛與呂布不合，爲後文徐州張本。（毛宗崗）

◎7：以此時大勢觀之，其才其力足以勤王室者必曹操也。（毛宗崗）

◎8：此計比王司徒連環計更妙。何也？連環計尚賠了一個貂蟬，此計只用他妻子便足了事故也。（李贄）

◎9：本是自己吃醋，卻教丈夫吃糞。（毛宗崗）

遂密整本部甲兵，欲攻李傕。早有人報知。李傕亦大怒曰：「郭亞多安敢如此？」遂點本部甲兵，來殺郭汜，兩處合兵數萬，就於長安城下混戰，乘勢擄掠居民。傕侄李暹，引兵圍住宮院，用車二乘，一乘載天子，一乘載伏皇后。使賈詡左靈監押車駕，其餘宮人內侍，並皆步走，擁出後宰門，正遇郭汜兵到，亂箭齊發，射死宮人不知其數，李傕隨後掩殺，郭汜兵退，車駕冒險出城。不由分說，竟擁到李傕營中，郭汜領兵入宮，盡搶擄宮嬪采女入營，放火燒宮殿。◎10次日，郭汜知李傕劫了天子，領軍來營前廝殺，帝后都受驚恐，後人有詩嘆之曰：

「光武中興興漢世，上下相承十二帝；桓靈無道宗社隳，閹臣擅權爲叔季。無謀何進作三公，欲除社鼠招奸雄。豺獺雖驅虎狼入，西州逆豎生淫凶。王允赤心託

◆李傕派人送酒筵至郭汜家，郭汜的妻子好妒，暗中加入毒藥，先讓一條狗吃了，立刻毒死。從此郭汜開始懷疑李傕，終至互相廝殺。（朱寶榮繪）

紅粉，致令董呂成矛盾。渠魁殄滅天下寧，誰知李郭心懷憤。神州荊棘爭奈何？六宮饑饉愁干戈。人心既離天命去，英雄割據分山河。後王規此存兢業，莫把金甌※1等閒缺。生靈糜爛肝腦塗，剩水殘山多怨血。我觀遺史不勝悲，今古茫茫嘆黍離。人君當守苞桑※2戒，太阿※3誰執全綱維。」

卻說郭汜兵到，李傕出營接戰，汜軍不利，暫且退去，傕乃移帝

〈評點〉

◎10：董卓焚洛陽，郭汜焚長安，又見咸陽三月火。（毛宗崗）

◆李傕郭汜大交兵。在李傕和郭汜眼裏，皇帝不過是一個傀儡罷了。（fotoe提供）

注釋

※1：盛酒的器皿。常比喻國土完整，也指國土。

※2：亦作「包桑」，根深柢固的桑樹。這裏比喻君王應該牢牢掌握權力，不應寄倚他人。

※3：亦作「泰阿」，古代寶劍名。含有權力的意思。

后車駕於郿塢，使侄李暹監之，斷絕內使，飲食不繼，侍臣皆有饑色。帝令人問傕取米五斛，牛骨五具，以賜左右，傕怒曰：「朝夕上飯，何又他求？」乃以腐肉朽糧與之，皆臭不可食。帝罵曰：「逆賊直如此相欺。」侍中楊彪急奏曰：「傕性殘暴，事勢至此，陛下且忍之，不可攖其鋒也。」帝乃低頭無語，淚盈龍袖。

忽左右報曰：「有一路軍馬，槍刀映日，金鼓震天，前來救駕。」帝教打聽是誰，乃郭汜也。帝心轉憂，只聞塢外喊聲大起，原來李傕引兵出迎郭汜，鞭指郭汜而罵曰：「我待你不薄，你如何謀害我？」汜曰：「你乃反賊，如何不殺你？」◎11傕曰：「我保駕在此，何爲反賊？」汜曰：「此乃劫駕，何爲保駕？」傕曰：「不須多言，我兩個各不許用軍士，只自拚輸贏，贏的便把皇帝取去罷了。」◎12二人便就陣前廝殺，戰到十合，不分勝負，只見楊彪拍馬而來。大叫二位將軍少歇，老夫特邀眾官來，與二位講和。」◎13傕、汜乃各自還營。

楊彪與朱雋，會合朝廷官僚，六十餘人，先詣郭汜營中勸和，郭汜竟將眾官盡行監下。眾官曰：「我等爲好而來，何乃如此相待？」汜曰：「李傕劫天子，偏我劫不得公卿？」◎14楊彪曰：「一劫天子，一劫公卿，意欲何爲？」汜大怒，便拔劍欲殺彪，中郎將楊密力勸，汜乃放了楊彪、朱雋，其餘都監在營中。彪謂雋曰：「爲社稷之臣，不能匡君

◆四川西昌衛星發射中心表現中國神話后羿射日故事的雕塑。（馮錦昆／fotoe 提供）

救主，空生天地間耳。」言訖相抱而哭，◎15昏絕於地，舁歸家，成病而死。自此之後，傕、汜每日廝殺，一連五十餘日，死者不知其數。

卻說李傕平日最喜左道妖邪之術，常使女巫擊鼓降神於軍中。賈詡屢諫不聽，侍中楊琦密奏帝曰：「臣觀賈詡雖爲李傕心腹，然實未嘗忘君，陛下當與謀之。」正說之間，賈詡來到，帝乃屏退左右，泣諭詡曰：「卿能憐漢朝，救朕命乎？」◎16詡拜伏於地曰：「固臣所願也，陛下且勿言，臣自圖之。」帝收淚而謝，少頃李傕來見，帶劍直入，帝面如土色。傕謂帝曰：「郭汜不臣，監禁公卿，欲劫陛下，非臣則駕被擄矣。」帝拱手稱謝，傕乃出。

時皇甫酈入見帝，帝知酈能言，又與李傕同鄉，詔使往兩邊解和。酈奉詔走至汜營說汜，汜曰：「如李傕送出天子，我便放出公卿。」酈即來見李傕曰：「今天

〈評點〉

◎11：然則公又是何等人。（毛宗崗）

◎12：以皇帝當賭輸贏之物，可笑可嘆！皇帝上用一把字，皇帝下用取去二字，自有皇帝二字以來，未有如此之狼狽者也。（毛宗崗）

◎13：楊彪始既欲用反間，今又欲爲講和，胸中全無主意。（毛宗崗）

◎14：極沒理語，說來卻是趣甚。（毛宗崗）

◎15：漢朝君臣專一會哭。（李漁）

◎16：朕字兩頭忽有救命二字，自有朕字以來，未有如此之狼狽者也。（毛宗崗）

子以某是西涼人，與公同鄉，特令某來勸和二公。汜已奉詔，公意若何？」傕曰：「吾有敗呂布之大功，輔政四年，多著勳績，◎[17]天下共知，郭亞多盜馬賊耳，乃敢擅劫公卿，與我相抗。誓必誅之，君試觀吾方略士眾，足勝郭亞多否？」酈答曰：「不然，昔有窮、后羿※[4]，恃其善射，不思患難，以致滅亡，近董太師之強，君頭懸國門，則強固不足恃矣，將軍身爲上將，所目見也，呂布受恩而反圖之，斯須之間，持鉞仗節，子孫宗族，皆居顯位，國恩不可謂不厚，今郭亞多劫公卿，而將軍劫至尊，果誰輕誰重耶？」◎[18]李傕大怒，拔劍叱曰：「天子使汝來辱我乎？我先斬汝頭。」騎都尉楊奉諫曰：「今郭汜未除而殺天使，則汜興兵有名，諸侯皆助之矣。」賈詡亦力勸，傕怒少息，詡遂推皇甫酈出，酈大叫曰：「李傕不奉詔，欲弒君自立。」侍中胡邈急止之曰：「無出此言，恐於身不利。」酈叱之曰：「胡敬才汝亦爲朝廷之臣，如何附賊，君辱臣死，吾被李傕所殺，乃分也。」大罵不止，帝知之，急令皇甫酈回西涼。

卻說李傕之軍，大半是西涼人氏，更賴羌兵爲助。卻被皇甫酈揚言於西涼人曰：「李傕謀反，從之者即爲賊黨，後患不淺！」西涼人多有聽酈之言，軍心漸渙。傕聞酈言，大怒！差虎賁王昌追之，昌知酈乃忠義之士，竟不往追，只回報曰：「酈已不知何往矣。」賈詡又密諭羌人曰：「天子知汝等忠義，久戰勞苦，密詔使汝還郡，後當有重賞。」羌人本怨李傕不與爵賞，遂聽詡言，都引兵去。詡又

密奏帝曰：「李傕貪而無謀，今兵散心怯，可以重爵餌之。」帝乃降詔，封傕爲大司馬。傕喜曰：「此女巫神降祈禱之力也。」遂重賞女巫，卻不賞軍將。◎19

騎都尉楊奉大怒，謂宋果曰：「吾等出生入死，身冒矢石，功反不及女巫耶？」宋果曰：「何不殺此賊以救天子？」奉曰：「你於軍中放火爲號，吾當引兵外應。」二人約定是夜二更時分舉事，不料其事不密，有人報知李傕，傕大怒，令人擒宋果先殺之。楊奉引兵在外，不見號火。李傕自將兵出，恰遇楊奉，就寨中混殺到四更，奉不勝，引軍投西安去了。

李傕自此軍勢漸衰，更兼郭汜常來攻擊，殺死者甚多。忽人來報張濟統領大軍，自陝西來到，欲與二公解和，聲言如不從者，引兵擊之。傕便賣個人情，先遣人赴張濟軍中許和，郭汜亦只得許諾，張濟上表，請天子駕幸弘農。帝喜曰：「朕思東都久矣，今乘此得還，乃萬幸也。」詔封張濟爲驃騎將軍，濟進糧食酒肉，供給百官。汜放公卿出營，傕收拾車駕東行，遣舊日御林軍數百，持戟護送，鑾輿過

〈評點〉

◎17：劫天子擄百姓，都算是勳績。（毛宗崗）

◎18：其詞太直，不是和事人說話。（李漁）

◎19：李傕如此著邪，其妻亦宜以糞汁灌之，蓋郭汜是吃糞人，李傕亦是吃糞人也。（毛宗崗）

注釋

※4：歷史傳說夏朝時有窮國的國王名后羿，善射箭，專恃勇力，政治昏亂，後來被他的臣子殺死。

新豐，至霸陵，時值秋天，金風※5驟起，◎20忽聞喊聲大作，數百軍兵來至橋上攔住車駕。厲聲問曰：「來者何人？」侍中楊琦，拍馬上橋曰：「聖駕過此，誰敢攔阻？」有二將出曰：「吾等奉郭將軍命把守此橋，以防奸細，既云聖駕，須親見帝，方可准信。」楊琦高揭珠簾，帝諭曰：「朕躬在此，卿何不退？」眾將皆呼萬歲，分於兩邊，駕乃得過。◎21二將回報郭汜曰：「駕已去矣。」汜曰：「我正欲哄過張濟，劫駕再入郿塢，爾如何擅自放了過去？」遂斬二將，起兵趕來。

車駕正到華陰縣，背後喊聲震天，大叫車駕且休動。帝泣告大臣曰：「方離狼窩，又逢虎口，如之奈何？」眾皆失色。賊軍漸近，只聽得一派鼓聲，山背後轉出一將，當先一面大旗，上書大漢楊奉四字，引軍千餘殺來。原來楊奉自爲李傕所敗，便引軍屯終南山下，今聞駕至，特來保護。當下列開陣勢，汜將崔勇出馬，大罵楊奉反賊。奉大怒，回顧陣中曰：「公明何在？」一將手執大斧，飛驟驊騮※6，直取崔勇，兩馬相交，只一合斬崔勇於馬下。楊奉乘勢掩殺，汜軍大敗，退走二十餘里。奉乃收軍，來見天子，帝慰諭曰：「卿救朕躬，其功不小。」奉頓首拜謝。帝曰：「適斬賊將者何人？」奉乃引此將拜於車下曰：「此人河東楊郡人，姓徐名晃，字公明。」◎22帝慰勞之。楊奉保駕，至華陰駐蹕※7。將軍段煨，

◆徐晃（？～227），字公明，河東楊縣（今山西洪洞縣東南）人，三國時魏國名將，曹操部下「五子良將」之一。（葉雄繪）

具衣服飲膳上獻，是夜天子宿於楊奉營中。

郭汜敗了一陣，次日，點軍又殺至營前來，徐晃當先出馬，郭汜大軍八面圍來，將天子、楊奉困在垓心，正在危急之中，忽然東南上喊聲大震，一將引軍縱馬殺來，賊眾奔潰，徐晃乘勢攻擊，大敗汜軍。那人來見天子，乃國戚董承也。帝哭訴前事，承曰：「陛下免憂。臣與楊將軍，誓斬二賊以靖天下。」帝命早赴東都，連夜起駕，前幸弘農。

卻說郭汜引敗軍回，撞著李傕言楊奉、董承，救駕往弘農去了。若到山東，立腳得定，必然布告天下，令諸侯共伐，我等三族不能保矣。傕曰：「今張濟兵據長安，未可輕動，我和你乘間合兵一處，至弘農殺了漢君，平分天下，有何不可？」汜喜諾，◎23二人合兵，於路劫掠，所過一空。

楊奉、董承知賊兵遠來，遂勒兵回，與賊大戰於東澗。傕、汜二人商議，我眾彼寡，只可以混戰勝之。於是李傕在左，郭汜在右，漫山遍野擁來。楊奉、董承兩邊死戰，剛保帝后車出，百官宮人，符冊典籍，一應御用之物，盡皆拋棄。郭汜引

〈評點〉

◎20：帝后但知宮庭春暖，今日卻受用鞍馬秋風，得此點染，悲涼之極。（毛宗崗）

◎21：霸陵秋景雖佳，天子過橋不易。（毛宗崗）

◎22：先出字後出姓名，又是一樣敘法。（毛宗崗）

◎23：看李郭二人如此，一番相爭後，忽又相合。小人之交，固都如是。（毛宗崗）

注釋

※5：秋風。古人以金、木、水、火、土五行配四方（實際指四方加「中央」）和四時（實際指春、秋、冬三季加孟夏兩月和季夏一月），西方和秋天屬金，故稱西風、秋風爲金風。

※6：傳說中周穆王的八大駿馬之一。後來用作赤色良馬的代稱。

※7：古代皇帝出巡住下，稱駐蹕。蹕，含有警戒、清道、禁止行人的意思。

軍入弘農擄掠，承、奉保駕走陝北，傕、汜分兵趕來，承、奉一面差人與傕、汜講和，一面密傳聖旨往河東，急召故白波帥韓暹、李樂、胡才三處軍兵，前來救應。那李樂亦是嘯聚山林之賊，今不得已而召之，◎24三處軍聞天子赦罪賜官，如何不來，並拔本營軍士，來與董承相會，一齊再取弘農。

其時李傕、郭汜但到之處，劫掠百姓，老弱者殺之，強壯者充軍，臨敵則驅民兵在前，名曰敢死軍，◎25賊勢浩大。李樂軍到，會於渭陽，郭汜令軍士將衣服物件，拋棄於道，樂軍見衣服滿地，爭往取之，隊伍盡失。傕、汜二軍，四面混戰，樂軍大敗。楊奉、董承遮攔不住，保駕北走，背後賊軍趕來。李樂曰：「事急矣，請天子上馬先行。」帝曰：「朕不可捨百官而去。」眾皆號泣相隨，胡才被亂軍所殺，承、奉見賊急追，請天子棄車駕，步行到黃河岸邊。李樂等尋得一隻小舟作渡船，時值天氣嚴寒，帝與后強扶到岸，◎26邊岸又高，不得下船，後面追兵將至。楊奉曰：「可解馬韁繩接連，拴縛帝腰，放下船去。」

◆河南許昌張潘鎮漢獻帝衣冠塚，又名「漢愍帝陵」。獻帝雖然在位二十餘年，但始終沒有自主權。（聶鳴／fotoe提供）

〈評點〉

◎24：以賊攻賊，豈是善計。（毛宗崗）

◎25：何嘗敢死，只是不敢求活耳，不當名爲敢死軍，只當名爲替死軍。（毛宗崗）

◎26：此時景象，比草堆螢火之時，更是悲涼，前是兄弟流離，此則夫婦逃難也。（毛宗崗）

◆楊奉董承雙救駕。李傕部將楊奉與國戚董承保護漢獻帝前行。（fotoe提供）

人叢中，國舅伏德，挾白絹十數疋至。曰：「我於亂軍中拾得此絹，可接連拽輦。」行軍校尉尚弘，用絹包帝及后，令眾先挂帝往下放之，乃得下船。李樂仗劍立於船頭上，后兄伏德，負后下船，岸上有不得下船者，爭扯船纜，李樂盡砍於水中，渡過帝后，再放船渡眾人，其爭渡者，皆被砍下手指，哭聲震天。既渡彼岸，帝左右止剩得十餘人。楊奉尋得牛車一輛，載帝至大陽，絕食，晚宿於瓦屋中，野老進粟飯，上與后共食，粗糲不能下咽。

次日，詔封李樂爲征北將軍，韓暹爲征東將軍，起駕前行，有二大臣尋至，哭拜車前，乃太尉楊彪，太僕韓融也。帝后俱哭，韓融曰：「傕、汜二賊，頗信臣言，臣捨命去說二賊罷兵，陛下善保龍體。」韓融去了，李樂請帝入楊奉營暫歇。楊彪請帝都安邑縣，駕至安邑，苦無高房，帝后都居於茅屋中，又無門關閉，四邊插荊棘以爲屏蔽。帝與大臣議事於茅屋之下，諸將引兵於籬外鎮壓。李樂等專權，百官稍有觸犯，竟於帝前毆罵，故意送濁酒粗食與帝，帝勉強納之。李樂、韓暹又連名保奏黥徒部曲巫醫走卒二百餘名，並爲校尉御史等官，◎27刻印不及，以錐畫之，全不成體統。

◆董承，東漢車騎將軍，漢獻帝之舅，因圖謀誅殺曹操被發現，遭曹操處斬。中國歷史上，外戚是很不安全的一種身份。（清・潘畫堂繪／上海書畫出版社提供）

卻說韓融曲說傕、汜二賊，二賊從其言，乃於百官及宮人歸，是歲大荒，百姓皆食野菜，餓莩遍野。河內太守張揚獻米肉，河東太守王邑獻絹帛。帝稍得寧。董承、楊奉商議，一面差人修洛陽宮院，欲奉車駕還東都。李樂不從，董承謂李樂曰：「洛陽本天子建都之地，安邑乃小地面，如何容得車駕？今奉駕還洛陽，是正理。」李樂曰：「汝等奉駕去，我只在此處住。」承、奉乃奉駕起程，李樂暗令人結連李傕、郭汜一同劫駕。◎28董承、楊奉、韓暹知其謀，連夜擺布軍士，護送車駕，前奔箕關。李樂聞知，不等傕、汜軍到，自引本部人馬，前來追趕。四更左右，趕到箕山下，大叫車駕休行，李傕、郭汜在此。唬得獻帝心驚膽戰，山上火光遍起。正是：

「前番兩賊分爲二，今番三賊合爲一。」

不知漢天子怎離此難？且聽下文分解……

〈評點〉

◎27：李傕、郭汜做了官，原做強盜，李樂等部曲做了強盜，又要做官，強盜是官做，官又是強盜做，然則做了官，是眞做了強盜。（毛宗崗）

◎28：賊畢竟是一家，舊性不改。（李漁）

第十四回　曹孟德移駕幸許都　呂奉先乘夜襲徐郡

卻說李樂引軍詐稱李傕、郭汜，來追車駕，天子大驚。楊奉曰：「此李樂也。」遂令徐晃出迎之，李樂親自出戰，兩馬相交，只一合，被徐晃一刀砍於馬下。◎[1]傕殺散餘黨，保護車駕過箕關。太守張揚，具粟帛迎駕於軹道※[1]，帝封張揚爲大司馬，揚辭帝，屯兵野王去了。帝入洛陽，見宮室燒盡，街市荒蕪，滿目皆是蒿萊，宮院中只有頹牆壞壁，命楊奉且蓋小宮居住。百官朝賀，皆立於荊棘之中，◎[2]詔改興平爲建安元年。是歲又大荒，洛陽居民，僅有數百家，無可爲食，盡去城中剝樹皮，掘草根食之。尚書郎以下，皆自出城樵採，◎[3]多有死於頹牆壞壁之間者，漢末氣運之衰無甚於此。後人有詩歎之曰：

「血流芒碭白蛇亡，赤幟縱橫擾四方；秦鹿逐翻興社稷，楚騅推倒立封疆。天子懦弱奸邪起，宗社凋零盜賊狂；看到兩京遭難處，鐵人無淚也悽惶。」

太尉楊彪奏帝曰：「前蒙降詔未曾發遣，今曹操在山東，兵強將盛，可宣入朝，以輔王室。」帝曰：「朕前既降詔，卿何必再奏，今即差人前去便了。」彪領旨，即差使命赴山東，宣召曹操。

卻說曹操在山東，聞知車駕，已還洛陽，聚謀士商議。荀彧進曰：「昔文公納周襄王，而諸侯服從，漢高祖爲義帝發喪，而天下歸心；今天子蒙塵※2，將軍因此時首倡義兵，奉天子以從眾望，不世※3之略也。若不早圖，人將先我而爲之矣！」◎4曹操大喜，正要收拾起兵，忽報有天子齎詔宣召，操接詔，尅日興師。

卻說帝在洛陽，百事未備，城郭崩倒，欲修未能，人報李傕、郭汜領兵將至。◎5帝大驚！問楊奉曰：「山東之使未回，李郭之兵又至，爲之奈何？」楊奉、韓暹曰：「臣願與賊決死戰，以保陛下。」董承曰：「城郭不堅，兵甲不多，戰如不勝，當復

〈評點〉

◎1：也算殺一李郭汜矣。（毛宗崗）

◎2：天子一向在長安，亦如在荊棘中耳。（毛宗崗）

◎3：群臣何罪，皆爲負薪。（毛宗崗）

◎4：此時此事，除卻曹操亦無人能爲。（毛宗崗）

◎5：到此時眞滿地刀兵。（李漁）

◆《漢高祖入關圖》，宋朝趙伯駒繪。描繪楚漢相爭時，項羽抵達潼關，漢高祖已入咸陽的場景。（fotoe提供）

注釋

※1：古亭名。在今陝西西安市東北。

※2：指皇帝被驅逐出宮廷，在外流亡。

※3：一世所無，意即極不平凡、非常了不起。

如何？不若且奉駕往山東避之。」帝從其言。即日起駕，望山東進發。百官無馬，皆隨駕步行，出了洛陽，行無一箭之地，但見塵頭蔽日，金鼓喧天，無限人馬來到。帝后戰慄不能言，◎6忽見一騎飛來，乃前差往山東之使命也。至車前拜啓曰：「曹將軍盡起山東之兵，應詔前來，聞李傕、郭汜犯洛陽，先差夏侯惇爲先鋒，引上將十員，精兵五萬，前來保駕。」◎7帝心方安。

少頃，夏侯惇引許褚典韋等至駕前面君，俱以軍禮見，帝慰諭方畢，忽報正東又有一路軍到，帝即命夏侯惇往探之。回奏曰：「乃曹操步軍也。」須臾，曹洪、李典、樂進來見駕，通名畢。洪奏曰：「臣兄知賊兵將近，恐夏侯惇孤力難爲，故又差臣等倍道而來協助。」帝曰：「曹將軍眞社稷臣也。」◎8遂命護駕前行。探馬來報李傕、郭汜，領兵長驅而來，帝令夏侯惇分兩路迎之，惇乃與曹洪分爲兩翼，馬軍先出，步軍後隨，儘力攻擊，傕、汜賊兵大敗，斬首萬餘，于是請帝還洛陽故宮。夏侯惇屯兵於城外，次日，曹操引大隊人馬到來，◎9安營畢，入城見帝，拜於殿階之下。帝賜平身，宣諭慰勞。操曰：「臣向蒙國恩，刻思圖報，今傕、汜二賊，罪惡貫盈，臣有精兵二十餘萬，以順討逆，無不克捷，陛下善保龍體，以社稷爲重。」帝乃封操領司隸校尉，假節鉞錄尚書事。

卻說李傕、郭汜知操遠來，議欲速戰，賈詡諫曰：「不可，操兵精將勇，不如降之，求免本身之罪。」傕怒曰：「你敢滅吾銳氣？」拔劍欲斬詡，眾將勸免，是

◆安徽亳州三國攬勝宮內的「曹操迎漢獻帝」蠟像。（聶鳴／fotoe提供）

夜賈詡單馬走回鄉里去了。◎10次日，李傕軍馬來迎操兵，操先令許褚、曹仁、典韋，領三百鐵騎於傕陣中衝突三遭，方纔布陣，陣圓處，李傕姪李暹、李別出馬陣前，未及開言，許褚飛馬過去，一刀先斬李暹，李別喫了一驚，倒撞下馬，褚亦斬之，雙挽人頭回陣。曹操撫許褚之背曰：「子眞吾之樊噲※4也。」隨令夏侯惇領兵左出，曹仁領兵右出，操自領中軍衝陣，鼓響一聲，三軍齊進，賊兵抵敵不住，大敗而走。操親掣寶劍押陣，率眾連夜追殺，剿戮極多，降者不計其數。傕、汜望西逃命，忙忙似喪家之狗，自知無

〈評點〉

◎6：此時不但不能言，並不能哭矣。（李漁）

◎7：說得勤王之意急切，可慰可感。（李漁）

◎8：只怕未必。（毛宗崗）

◎9：馬軍先到，步軍繼至，然後大隊人馬到，寫曹操來得聲勢。（毛宗崗）

◎10：去得是，獨恨其不早耳。（毛宗崗）

注釋

※4：漢劉邦的勇將，曾幾次以勇力使劉邦脫險。

處容身，只得往山中落草去了。◎11

曹操回兵，仍屯於洛陽城外。楊奉、韓暹兩個商議：「今曹操成了大功，必掌重權，如何容得我等？」乃入奏天子，只以追殺傕、汜爲名，引本部軍屯於大梁去了。帝一日命人至操營，宣操入宮議事。操聞天使至，請入相見，只見那人眉清目秀，精神充足。曹操暗想曰：「今東郡大荒，官僚軍民，皆有饑色，此人何得獨肥？」因問之曰：「公尊顏充腴，以何調理而至此？」對曰：「某無他法，只食淡三十年矣。」◎

◆曹孟德移駕幸許都。曹操大敗李傕、郭汜，許褚表現勇猛過人。（fotoe提供）

12操乃頷之，又問曰：「君居何職？」對曰：「某舉孝廉，原爲袁紹、張揚從事，今聞天子還都，特來朝覲※5，官封正議郎，濟陰定陶人，姓董名昭字公仁。」曹操避席曰：「聞名久矣，幸得於此相見！」遂置酒帳中相待，令與荀彧相會。忽人報曰：「一隊軍往東而去，不知何人？」操急令人探之，董昭曰：「此乃李傕舊將楊奉，與白波帥韓暹，因明公此來，故引兵欲投大梁去耳。」操曰：「莫非疑操乎？」昭曰：「此乃無謀之輩，明公何足慮也？」操又曰：「李郭二賊，此去若何？」昭曰：「虎無爪，鳥無翼，不久當爲明公所擒，無足介意。」◎13操見昭語言投機，便問以朝廷大事。昭曰：「明公興義兵以除暴亂，入朝輔佐天子，此五伯※6之功也！但諸將人殊意異，未必服從。今若留此，恐有不便，惟移駕幸許都爲上策。◎14然朝廷播越※7，新還京師，遠近仰望，以冀一朝之安。今復徙駕，不厭眾心，夫行非常之事，乃有非常之功，願將軍決計之！」操執昭手而笑曰：「此吾之本志也，但楊奉在大梁，大臣在朝，不有他變否？」昭曰：「易也，以書與楊奉，先安其心，明告大臣以京師無糧，欲車駕幸許都，近魯陽轉運糧食，庶無缺欠懸隔之憂，大臣聞之，當欣從也。」操大喜，昭謝別，操執其手曰：「凡操有所圖惟公教之。」昭稱謝而去。◎15

操由是日與眾謀事密議遷都之事，時侍中太史令王立，私謂宗正劉艾曰：「吾仰看天文，自去春太白犯鎮星於斗牛，過天津，熒惑又逆行，與太白會於天關，金

〈評點〉

◎11：一向做官原是做強盜，今去做強盜原只算去做官。（毛宗崗）
◎12：肥者必俗，好淡卻是不俗。（毛宗崗）
◎13：看得楊韓李郭四人雪淡。（毛宗崗）
◎14：此策非爲朝廷，專爲曹操。（毛宗崗）
◎15：曹操又得一謀士。（毛宗崗）

注釋

※5：謁見皇帝。
※6：春秋時五個最有勢力的諸侯：齊桓公、晉文公、秦穆公、宋襄公和楚莊王。他們先後利用尊崇周天子的口號，以擴張自己的勢力，操縱其他諸侯。
※7：到處流亡。

火交會，必有新天子出※8，吾觀大漢氣數將終，晉魏之地必有興者。」又密奏獻帝曰：「天命有去就，五行不常盛，代火者土也，代漢而有天下者，當在魏。」操聞之，使告立曰：「知公忠於朝廷，然天道深遠，幸勿多言。」

操以是告彧，彧曰：「漢以火德王，而明公乃土命也。許都屬土，到彼必興，火能生土，土能旺木，正合董昭王立之言，他日必有興者。」◎16操意遂決。次日入見帝，奏曰：「東都荒廢久矣，不可修葺，更兼轉運糧食艱辛，許都地近魯陽，城郭宮室，錢糧民物，足可備用，臣敢請駕幸許都，惟陛下從之。」帝不敢不從，群臣皆從操勢，亦莫敢有異議。遂擇日起駕。◎17

操引軍護行，百官皆從行，不到數程，前至一高陵，忽然喊聲大舉，楊奉、韓暹領兵攔路。徐晃當先大叫：「曹操欲劫駕何往？」操出馬視之，見徐晃威風凜凜，暗暗稱奇。便令許褚出馬，與徐晃交鋒，刀斧相交，戰五十餘合，不分勝敗，操即鳴金收軍，召謀士議曰：「楊奉、韓暹誠不足道，徐晃乃眞良將也，吾不忍以力併之，當以計招之。」◎18行軍從事滿寵曰：「主公勿慮，某向與徐晃有一面之交，今晚扮作小卒，偷入其營，以言說之，管教他傾心來降。」操欣然從之，是夜

◆武漢龜山三國城滿寵塑像。（劉兆明／fotoe提供）

滿寵扮作小卒，混入彼軍隊中，偷至徐晃帳前，只見晃秉燭披甲而坐，寵突至其前，揖曰：「故人別來無恙乎？」徐晃驚起，熟視之曰：「子非山陽滿伯寧耶？何以至此？」寵曰：「某現爲曹將軍從事，今日於陣前得見故人，欲進一言，故特冒死而來。」晃乃延之坐，問其來意。寵曰：「公之勇略，世所罕有，奈何屈身於楊韓之徒，曹將軍當世英雄，其好賢禮士，天下所知也。今日陣前見公之勇，十分敬愛，故不忍以健將決死戰，特遣寵來奉邀，公何不棄暗投明，共成大業？」◎19晃沉吟良久，乃喟然嘆曰：「吾固知奉暹非立業之人，奈從之久矣，不忍相捨。」◎20寵曰：「豈不聞良禽擇木而棲，賢臣擇主而事，遇可事之主而交臂失之，非丈夫也。」晃起謝曰：「願從公言。」寵曰：「何不就殺奉暹而去，以爲進見之禮。」晃曰：「以臣弒主，大不義也，吾決不爲。」◎21寵曰：「公眞義士也。」晃遂引帳下數十騎，連夜同滿寵來投曹操。

〈評點〉

◎16：雖云地利，實合天時，故曰曹操得天時。（毛宗崗）

◎17：此時皇帝，竟如雙陸象棋，搬來搬去，憑人安放。（毛宗崗）

◎18：曹操見才便愛，安得不成大業。（毛宗崗）

◎19：語甚明快。（毛宗崗）

◎20：徐公明是個好人。（李贄）

◎21：與呂布殺丁原，大相懸殊，公明眞義士，故後來獨與雲長公交厚。（毛宗崗）

注釋

※8：太白，即金星；鎭星，即土星；熒惑，即火星。斗、牛都是星宿名。天津、天關也是星宿名。星象是古代的天文學，古人迷信，常把星象和「五行生尅」等說法混雜在一起，解釋世間現象。

早有人報知楊奉，奉大怒。自引千騎來追，大叫徐晃反賊休走。正追趕間，忽然一聲礮響，上山下山火把齊明，伏軍四出，曹操親自引軍當先，大喝我在此等候多時，休教走脫。◎22楊奉大驚，急待回軍，早被曹操圍住。恰好韓暹引兵來救，兩軍混戰，楊奉走脫。曹操趁彼軍亂，乘勢攻擊，兩家軍士，大半多降，楊奉、韓暹勢孤，引敗兵投袁術去了。

曹操收軍回營，滿寵引徐晃入見，操大喜，厚待之。於是迎鑾駕※9到許都，蓋造宮室殿宇，立宗廟社稷，省臺司院衙門，修城郭府庫，封董承等十三人爲列侯，賞功罰罪，並聽曹操處置，操自封爲大將軍武平侯，以荀彧爲侍中尚書令；荀攸爲軍師；郭嘉爲司馬祭酒；劉曄爲司空椽曹；毛玠、任峻爲典農中郎將，催督錢糧；程昱爲東平相；范成、董昭爲洛陽令；滿寵爲許都令；夏侯惇、夏侯淵、曹洪、曹仁皆爲將軍；呂虔、李典、樂進、于禁、徐晃皆爲校尉；許褚、典韋皆爲都尉，其餘將士各各封官。自此大權皆歸於曹操，朝廷大務，先稟曹操，然後封奏天子。◎23

操既定大事，乃設宴後堂，聚眾謀士共議曰：「劉備屯兵徐州，自領州事，近呂布以兵敗投之，備使居於小沛，若二人同心，引兵來犯，乃心腹之患也，公等有何妙計可圖

◆安徽亳州曹氏公園曹操紀念館內的曹操蠟像。（聶鳴／fotoe提供）

之？」◎24許褚曰：「願借精兵五萬，斬劉備、呂布之頭，獻於丞相。」荀彧曰：「將軍勇則勇矣，不知用謀，今許都新定，未可造次用兵，或有一計，名曰二虎競食之計，今劉備雖領徐州，未得詔命，明公可奏請詔命，實授備爲徐州牧，因密與一書，教殺呂布，事成則備無猛士爲輔，亦漸可圖，事不成則呂布必殺備矣，此乃二虎競食之計也。」◎25操從其言，即時奏請詔命，遣使齎往徐州，封劉備爲征東將軍，宜城亭侯領徐州牧，并附密書一封。

卻說劉玄德在徐州，聞帝幸許都，正欲上表慶賀，忽報天使至，出郭迎接入郡，拜受恩命畢，設宴款待來使。使曰：「君侯得此恩命，實曹將軍於帝前保薦之力也。」玄德稱謝，使者乃取出私書，遞與玄德，玄德看罷，曰：「此事尚容計議。」◎26席散，安歇來使於館驛。玄德連夜與眾商議此事。張飛曰：「呂布本無義之人，殺之何礙。」玄德曰：「他勢窮而來投我，我若殺之，亦是不義。」張飛

〈評點〉

◎22：滿寵去而徐晃必來，徐晃來而楊奉必趕，都在曹操算中。（毛宗崗）

◎23：自此皇帝，又在曹操手中過活矣。（毛宗崗）

◎24：方才遷都，就以徐州爲心腹之患，可見徐州曹操所必爭也。（李漁）

◎25：極似戰國策士之謀。（毛宗崗）

◎26：已識破機關。（毛宗崗）

注釋

※9：皇帝的車乘和儀仗隊。

曰：「好人難做。」◎27玄德不從，次日，呂布來賀，玄德教請入見。布曰：「聞公受朝廷恩命，特來相賀。」玄德遜謝，只見張飛扯劍上廳，要殺呂布，玄德慌忙阻住。布大驚曰：「翼德何故只要殺我？」張飛叫曰：「曹操道你是無義之人，教我哥哥殺你。」◎28玄德連聲喝退，乃引呂布同入後堂，實告前因，就將曹操所送密書，與呂布看，◎29布看畢，泣曰：「此乃曹賊欲令我二人不和耳。」玄德曰：「兄勿憂，劉備誓不爲此不義之事。」呂布再三拜謝，備留布飲酒，至晚方回。

關張曰：「兄長何故不殺呂布？」玄德曰：「此曹孟德恐我與呂布同謀伐之，故用此計，使我兩人自相吞併，彼卻於中取利，奈何爲所使乎？」◎30關公點頭道是。張飛曰：「我只要殺此賊，以絕後患。」玄德曰：「此非大丈夫之所爲也。」次日，玄德送使命回京，就拜表謝恩，並回書與曹操，只言容緩圖之。使命回見曹操，言玄德不殺呂布之事。操問荀彧曰：「此計不成奈何？」彧曰：「又有一計，名曰驅虎吞狼之計。」操曰：「其計如何？」彧曰：「可暗令人往袁術處通問，報說劉備上密表，要略南郡，術聞之，必怒而攻備，公乃明詔劉備討袁術，兩邊相併，呂布必生異心，此驅虎吞狼之計也。」◎31操大喜，先發人往

◆翼德何故殺我。張飛因呂布是「無義之人」，多次欲要殺害。（鄧嘉德繪）

袁術處。次假天子詔，發人往徐州。

卻說玄德在徐州，聞使命至，出郭迎接，開讀詔書，卻是要起兵討袁術。玄德領命，送使者先回。麋竺曰：「此又是曹操之計。」玄德曰：「雖是計，王命不可違也。」◎32遂點軍馬，尅日起程。孫乾曰：「可先定守城之人。」玄德曰：「二弟之中，誰人可守？」關公曰：「弟願守此城。」玄德曰：「吾早晚欲與你議事，豈可相離。」張飛曰：「小弟願守此城。」玄德曰：「你守不得此城，你一者酒後剛強，鞭撻士卒，二者作事輕易，不從人諫，◎33吾不放心。」張飛曰：「弟自今以後不飲酒，◎34不打軍士，諸般聽人勸諫便了。」麋竺曰：「只恐口不應心。」飛怒曰：「我跟哥哥多

〈評點〉

◎27：看透世情語，然是為天下負好人者說法，非要人不做好人也。（毛宗崗）

◎28：曹操密書，卻被他一口喊出。（毛宗崗）

◎29：此是玄德誠處，亦是妙處。（李贄）

◎30：荀彧之計，早被料破，可見玄德機智過人，不是一味忠厚。（毛宗崗）

◎31：因劉呂二人不肯相併，又弄出一袁術來。（毛宗崗）

◎32：曹操所以能令人者，只為假託王命。（毛宗崗）

◎33：兩件說盡老張之病。（李漁）

◎34：只為不飲酒，倒弄出酒風來。（毛宗崗）

◆現代壁畫《張飛鎮青蛙》，河北涿州張飛廟。民間有很多關於張飛的演繹傳說，本的都是除惡務盡的精神。（Legacy images 提供）

年，未嘗失信，你如何輕料我？」玄德曰：「弟言雖如此，吾終不放心，還請陳元龍輔之，早晚令其少飲酒，勿致失事。」陳登應諾，玄德分付了當，乃統馬步軍三萬，離徐州望南陽進發。

卻說袁術聞說劉備上表，欲吞其州縣，乃大怒曰：「汝乃織蓆編履之夫，今輒占據大郡，與諸侯同列，吾正欲伐汝，汝卻反欲圖我，深爲可恨！」◎35乃使上將紀靈，起兵十萬，殺奔徐州，兩軍會於盱眙。玄德兵少，依山傍水下寨。那紀靈乃山東人，使一口三尖刀，重五十斤。是日引兵出陣，大罵劉備村夫，安敢侵吾境界？玄德曰：「吾奉天子詔，以討不臣，汝今敢來相拒，罪不容誅。」紀靈大怒，拍馬舞刀，來取玄德。關公大喝曰：「匹夫休得逞強。」出馬與紀靈大戰，一連三十合，不分勝負。紀靈大叫少歇，關公便撥馬回陣，立於陣前候之。◎36紀靈卻遣副將荀正出馬，關公曰：「只教紀靈來，與他決箇雌雄。」荀正曰：「汝乃無名下將，非紀將軍對手。」關公大怒，直取荀正，交馬一合，砍荀正於馬下。玄德驅兵殺將過去，紀靈大敗，退守淮陰河口，不敢交戰，只教軍士來偷營劫寨，皆被徐州兵殺敗。兩軍相拒，不在話下。

卻說張飛自送玄德起身後，一應雜事，俱付陳元龍管理，軍機大務，自家斟酌。一日設宴，請各官赴席，眾人坐定，張

◆河北涿州張飛廟《桃園三結義》雕塑中的張飛形象，表現其豪爽好飲神態。（Legacy images 提供）

飛開言曰：「我兄臨去時，吩咐我少飲酒，恐致失事，眾官今日盡此一醉，明日都各戒酒，幫我守城，今日卻都要滿飲。」◎37言罷起身，與眾官把盞，酒至曹豹面前，豹曰：「我從天戒不飲酒。」飛曰：「廝殺漢，如何不飲酒？我要你喫一盞。」豹懼怕，只得飲了一杯。張飛把遍各官，自斟巨觥※10，連飲了幾十杯，不覺大醉。卻又起身與眾官把盞，酒至曹豹，豹曰：「某實不能飲矣。」飛曰：「汝恰纔喫了，如今爲何推卻。」豹再三不飲，飛醉後使酒，便發怒曰：「你違我將令該打一百。」便喝軍士拏下，陳元龍曰：「玄德公臨去時，吩咐你甚來。」飛曰：「你文官只管文官事，休來管我。」曹豹無奈，只得告求曰：「翼德公看我女婿之面，且恕我罷！」飛曰：「你女婿是誰？」豹曰：「呂布是也。」飛大怒曰：「我本不欲打你，你把呂布來嚇我，我偏要打你，我打你便是打呂布。」◎38諸人勸不住，將曹豹鞭至五十，眾人苦苦告饒，方止。

席散，曹豹回去，深恨張飛，連夜差人齎書一封，逕投小沛見呂布，備說張飛無禮，且云玄德已往淮南，今夜可乘飛醉，引兵來襲徐州，不可錯此機會。呂布見

〈評點〉

◎35：袁術自恃世家，只是輕薄別人。（李漁）

◎36：儒雅之極，是雲長身分，不是翼德身分。（毛宗崗）

◎37：妙人趣事，眞堪千古。（李贄）

◎38：張飛使酒罵曹豹，意不在曹豹，而在呂布。（毛宗崗）

注釋

※10：用野牛角做的大酒杯。

書，便請陳宮來議。宮曰：「小沛原非久居之地，今徐州既有可乘之隙，失此不取，悔之晚矣。」布從之，隨即披挂上馬，領五百騎先行，使陳宮引大軍繼進，高順亦隨後進發。小沛離徐州，只四五十里，上馬便到。呂布到城下時，恰纔四更，月色澄清，◎39城上更不知覺。布到城邊叫曰：「劉使君有機密使人至。」城上有曹豹軍，報知曹豹，豹上城看之，便令軍士開門。呂布一聲暗號，眾軍齊入，喊聲大舉，張飛正醉臥府中，左右急忙搖醒，報說呂布賺開城門，殺將進來了。張飛大怒，慌忙披挂，綽了丈八蛇矛，纔出府門，上得馬時，呂布軍馬已到，正與相迎。張飛此時酒猶未醒，不能力戰，呂布素知飛勇，◎40亦不敢相逼，十八騎燕將保著張飛，殺出東門。玄德家眷在府中，都不及顧了。

卻說曹豹見張飛，只十

◆張飛剛出府上馬，呂布軍馬已到。張飛酒醉未醒，不能力戰，在十八員燕將保衛下殺出東門，棄劉備家眷逃跑，呂布也不追趕。（朱寶榮繪）

數護從，又欺他醉，遂引百十人趕來，◎41飛見豹大怒，拍馬來迎，戰了三合，曹豹敗走，飛趕到河邊，一槍正刺中曹豹後心，連人帶馬死於河中，◎42飛於城外招士卒，出城者，盡隨飛投淮南而去。呂布入城，安撫居民，令軍士一百人把守。玄德宅門，諸人不許擅入。◎43

卻說張飛引十數騎，直到盱眙，來見玄德，具說曹豹與呂布，裏應外合，夜襲徐州，眾皆失色。玄德嘆曰：「得何足喜？失何足憂？」◎44關公曰：「嫂嫂安在？」飛曰：「皆陷於城中矣。」玄德默然無語，◎45關公頓足埋怨曰：「你當初要守城時，說甚來？兄長吩咐你甚來？今日城池又失了，嫂嫂又陷了，如何得好？」張飛聞言，惶恐無地，掣劍欲自刎，正是：

「舉杯暢飲情何放？拔劍捐生悔已遲。」

不知性命如何？且看下文分解……

〈評點〉

◎39：當此月明人靜，正好再飲酒，如何卻動兵。（毛宗崗）

◎40：虎牢關前，已曾領教。（毛宗崗）

◎41：豈非討死。（毛宗崗）

◎42：活時不肯飲酒，死時罰他吃水。（毛宗崗）

◎43：玄德恩待呂布，剛得這些。（李漁）

◎44：落落丈夫語。（毛宗崗）

◎45：聞家眷失陷，只默然不語，後見翼德欲自刎，卻放聲大哭，是至情亦是妙用。（毛宗崗）

第十五回　太史慈酣鬪小霸王　孫伯符大戰嚴白虎

卻說張飛拔劍欲自刎，玄德向前抱住，擲劍於地曰：「古人云：兄弟如手足，妻子如衣服，衣服破，尚可縫，手足斷，安可續？吾三人桃園結義，不求同生，但願同死，今雖失了城池家小，安忍教兄弟中道而亡？況城池本非吾有，家眷雖被陷，呂布必不謀害，尚可設計救之，賢弟一時之誤，何至遽欲捐生耶？」說罷大哭，◎1關張俱感泣。

且說袁術知呂布襲了徐州，星夜差人至呂布處，許以糧五萬斛，馬五百匹，金銀一萬兩，綵緞一千疋，使夾攻劉備。布喜，令高順領兵五萬，襲玄德之後。◎2玄德聞得此信，乘陰雨撤兵，棄盱眙而走，思欲東取廣陵。比及高順軍來，玄德已去。高順與紀靈相見，就索所許之物。靈曰：「公且回軍，容某見主公計之。」高

◆失徐州。張飛醉酒失了徐州，欲要自刎，劉備勸阻，認為兄弟之情遠重於夫妻。（鄧嘉德繪）

順乃別紀靈，回軍見呂布，具述紀靈語，布正在遲疑，忽有袁術書至，書意云：「高順雖來，而劉備未除，且待捉了劉備，那時方以所許之物相送。」布怒，罵袁術失信，欲起兵伐之。陳宮曰：「不可，術據壽春，兵多糧廣，不可輕敵，不如請玄德還屯小沛，使爲我羽翼，他日令玄德爲先鋒，那時先取袁術，後取袁紹，可縱橫天下矣。」布聽其言，令人齎書迎玄德回。◎3

卻說玄德引兵東取廣陵，被袁術劫寨，折兵大半，回來正遇呂布之使，呈上書箚。玄德大喜，關張曰：「呂布乃無義之人，不可信也。」玄德曰：「彼既以好情待我，奈何疑之？」遂來到徐州，◎4布恐玄德疑惑，先令人送還家眷，甘糜二夫人見玄德，具說呂布令兵把守宅門，禁諸人不得入，又常使侍妾送物未嘗有缺。玄德謂關張曰：「我知呂布必不害我家眷也。」乃入城謝呂布。張飛恨呂布，不肯隨往，先奉二嫂往小沛去了。◎5玄德入見呂布拜謝，呂布曰：「吾非欲奪城，因令弟張飛，在此恃酒殺人，恐有失事，故來守之耳。」玄德曰：「備欲讓兄久矣。」

〈評點〉

◎1：此一哭是眞情，決不可少。（李漁）

◎2：前曾爲其所拒，今又爲其所使，呂布不但無義亦無氣。（毛宗崗）

◎3：忽欲攻之，忽欲進之，反覆無常可笑。（毛宗崗）

◎4：此在他人，決不肯來，亦決不敢來。（毛宗崗）

◎5：有志氣。（李漁）

布假意仍讓玄德，玄德力辭，還屯小沛住劄。◎6關張心中不平，玄德曰：「屈身守分，以待天時，不可與命爭也。」◎7呂布令人送糧米緞疋，自此兩家和好，不在話下。

卻說袁術，大宴將士於壽春，人報孫策征盧江太守陸康，得勝而回，術喚策至，策拜於堂下。問勞已畢，便令侍坐飲宴。原來孫策，自父喪之後，退居江南，禮賢下士。後因陶謙與策母舅丹陽太守吳璟不和，策乃移母并家屬居於曲阿，自己卻投袁術。術甚愛之，常歎曰：「使術有子如孫郎，死復何恨！」因使爲懷義校尉，引兵攻涇縣太師祖郎得勝。術見策勇，復使攻陸康，今又得勝而回。

當日筵散，策歸營寨，見術席間相待之禮甚傲，◎8心中鬱悶，乃步月於中庭，因思父孫堅如此英雄，我今淪落至此，不覺放聲大哭。忽見一人自外而入，大笑曰：「伯符何故如此？尊父在日，多曾用我，君若有不決之事，何不問我？乃自哭耶？」策視之，乃丹陽故鄣人，姓朱名治，字君理，孫堅舊從事官也。策收淚而延之坐曰：「策所哭者，恨不能繼父之志耳！」治曰：「君何不告袁公路？借兵往江東，假名救吳璟，實圖大業，而乃久困於人之下乎？」正商議間，一人忽入曰：「公等所謀，吾已知之，吾手下有精壯百人，暫助伯符一臂之力。」策視其人，乃袁術謀士，汝陽細陽人姓呂名範，字子衡，◎9策大喜，延坐共議。呂範曰：「只恐袁公路不肯借兵。」策曰：「吾有亡父留下傳國玉璽，以爲質當※1。」◎10範曰：「公路欲得此久矣，以此相質，必肯發兵。」三人計議已定。

次日，策入見袁術，哭拜曰：「父讎不能報，今母舅吳璟，又爲揚州刺史劉繇所逼，策老母家小，皆在曲阿，必將被害，策敢借雄兵數千，渡江救難省親，恐明公不信，有亡父遺下玉璽，權爲質當。」術聞有玉璽，取而視之，大喜曰：「吾非要你玉璽，今且權留在此，我借兵三千，馬五百匹與你，平定之後，可速回來，你職位卑微，難掌大權，我表你爲折衝校尉殄寇將軍，◎11尅日領兵便行。」策拜謝，遂引軍馬，帶領朱治、呂範，舊將程普、黃蓋、韓當等，擇日起兵。

行至歷陽，見一軍到，當先一人姿質風流，儀容秀麗，見了孫策，下馬便拜，策視其人，乃廬江舒城人，姓周名瑜，字公瑾。原來孫堅討董卓之時，移家舒城，瑜與孫策同年，交情甚密，因結爲昆仲※2，策長瑜兩月，瑜以兄事策，瑜叔周

〈評點〉

◎6：本是呂布寄寓於劉備，今反弄成劉備寄寓於呂布，眞客反爲主，主爲客。（毛宗崗）

◎7：能屈然後能伸，確是至言。（毛宗崗）

◎8：策雖少猶虎也。術雖髮白，不過一老牛而已。（毛宗崗）

◎9：袁術謀士爲他人用，術之無成可知矣。（毛宗崗）

◎10：以無用之璽，換有用之兵，大有計算。（毛宗崗）

◎11：不但借得兵馬，兼得一個大官。（毛宗崗）

◆周瑜（175～210），字公瑾，廬舒（今安徽舒城）人。三國東吳名將，赤壁大戰的統帥。但在歷史演義中，他卻成了心胸狹窄的典型，赤壁之戰的功勞也主要算在了諸葛亮頭上。（葉雄繪）

注釋

※1：抵押品。

※2：兄弟。

◆張昭（156～236），字子布，彭城人，三國東吳重要謀士。少時好學，博覽群書。孫策死前將孫權託付給他。敢於直言諫議，曾因違背孫權意願而一度不讓他朝見。孫權稱帝之後，因年老多病而辭官，著有《春秋左氏傳》和《論語注》。（葉雄繪）

尙，爲丹陽太守，今往省親，到此與策相遇。策見瑜大喜，訴以衷情。瑜曰：「某願效犬馬之力，共圖大事。」策喜曰：「吾得公瑾，大事諧矣。」便令與朱治、呂範等相見，瑜謂策曰：「吾兄欲濟大事，可知江東有二張乎？」◎12策曰：「何爲二張？」瑜曰：「一人乃彭城張昭，字子布，一人乃廣陵張紘，字子綱，二人皆有經天緯地之才，因避亂隱居於此，吾兄何不聘之？」策喜，即便令人齎禮往聘，俱辭不至。策乃親到其家，與語大悅，力聘之，二人許允。策遂拜張昭爲長史，兼撫軍中郎將，張紘爲參謀正議校尉，◎13商議攻擊劉繇。

卻說劉繇字正禮，東萊牟平人也，亦是漢室宗親，太尉劉寵之姪，兗州刺史劉岱之弟，舊爲揚州刺史，屯於壽春，被袁術趕過江東，故來曲阿。當下聞孫策兵至，急聚眾將商議。部將張英曰：「某領一軍屯於牛渚，縱有百萬之兵，亦不敢近。」言未畢，帳下一人高叫曰：「某願爲前部先鋒。」眾視之，乃東萊黃縣人，太史慈也。慈自解了北海之圍後，便來見劉繇，繇留於帳下，當日聽得孫策來到，願爲前部先鋒，繇曰：「你年尚輕，未可爲大將，◎14只在吾左右聽令。」太史慈不喜而退，張英領兵至牛渚，積糧十萬於邸閣※3，孫策引兵到，張英出迎，兩軍會於牛渚灘上，孫策出馬，張英大罵，黃蓋便出，與張英戰不數合，忽然張英軍中大亂，報說寨中有人放火，張英急回軍，孫策引軍前來，乘勢掩殺，張英棄了牛渚，望深山而逃。

原來那寨後放火的，乃是兩員健將：一人乃九江壽春人，姓蔣名欽，字公奕，一人乃九江下蔡人，姓周名泰，字幼平，二人皆遭世亂，聚人在揚子江中劫掠爲生，久聞孫策爲江東豪傑，能招賢納士，故特引其黨三百餘人，前來相投。◎15策大喜，用爲軍前校尉，收得牛渚邸閣糧食軍器并降卒四千餘人，遂進兵神亭。

〈評點〉

◎12：能成大事者，必能得士，能助人成大事者，必能薦賢。（毛宗崗）

◎13：薦人用人皆豪傑事也，只有小人妒人阻人耳。（毛宗崗）

◎14：袁術以年輕孫策，劉繇亦以年輕太史慈，術與繇是一流人。（毛宗崗）

◎15：先立功後相投，來得甚奇。（李漁）

◆劉繇，字正禮，東萊牟平人，生卒年不詳。曾任揚州刺史。先後與袁術、孫策作戰，失敗病死，卒年四十二。（葉雄繪）

注釋

※3：儲糧的倉庫。

卻說張英敗回見劉繇，繇怒欲斬之。謀士笮融、薛禮勸免，使屯兵零陵城拒敵，劉繇自領兵於神亭嶺南下營。孫策於嶺北下營，策問土人曰：「近山有漢光武廟否？」土人曰：「有廟在嶺上。」策曰：「吾夜夢光武，召我相見，當往祈之。」長史張昭曰：「不可，嶺南乃劉繇寨，倘有伏兵奈何？」策曰：「神人佑我，吾何懼焉？」遂披挂綽槍上馬，引程普、黃蓋、韓當、蔣欽、周泰等共十三騎，出寨上嶺，到廟焚香，下馬參拜已畢，策向前跪祝曰：「若孫策能於江東立業，復興故父之基，即當重修廟宇，四時祭祀。」◎16祀畢，出廟上馬，回顧眾將曰：「吾欲過嶺探看劉繇寨柵。」諸將皆以爲不可，策不從，遂同上嶺，南望村林，早有伏路小軍飛報劉繇。繇曰：「此必是孫策誘敵之計，不可迎之。」太史慈踴躍曰：「此時不捉孫策，更待何時？」遂不候劉繇將令，竟自披挂上馬，綽槍出營大叫曰：「有膽氣者都跟我來。」諸將不動，惟有一小將曰：「太史慈眞猛將也，吾可助之。」拍馬同行，◎17眾將皆笑。

卻說孫策看了半晌，方始回馬，正行過嶺，只聽得嶺上叫孫策休走。策回頭視之，見兩匹馬飛下嶺來，策將十三騎一齊擺開，策橫槍立馬於嶺下待之。◎18太史慈高叫曰：「那個是孫策？」策曰：「你是何人？」答曰：「我便是東萊太史慈也，

◆漢光武帝劉秀（西元前6～西元57年），東漢王朝建立者。在位期間實行一系列變革，尤其是推崇廉吏、打擊豪強，取得「光武中興」的局面。(fotoe提供)

特來捉孫策。」策笑曰：「只我便是，◎19你兩個一齊來併我一個，我不懼你，我若怕你，非孫伯符也。」慈曰：「你便眾人都來，我亦不怕！」縱馬橫槍，來取孫策，策挺槍來迎，兩馬相交，戰五十合，不分勝負，程普等暗暗稱奇。慈見孫策槍法無半點兒差漏，乃佯作輸敗，引孫策趕來，慈卻不由舊路上嶺，竟轉過山背後，策趕來大喝曰：「走的不算好漢。」慈心中自忖，這廝有十二從人，我只一人，便活捉了他，也被眾人奪去。◎20再引一程，教這廝沒尋處，方好下手，於是且戰且走，策那裏肯捨，一直趕到平川之地，慈兜回馬再戰，又到五十合，策一槍搠去，慈閃過挾住槍，慈也一槍搠去，策亦閃過挾住槍，兩個用力只一拖，多滾下馬來，馬不知走的那裏去了，兩個棄了槍，揪住廝打，◎21戰袍扯得粉碎，策手快，掣了

〈評點〉

◎16：卿自欲興孫家基業，與劉家何與？且正與劉家宗親作對，何反向漢室祖先致祝也。小霸王欲求神力助攻劉氏，當求項羽廟而祝之。（毛宗崗）

◎17：此小將惜不傳其名，可竟稱之爲小太史慈。（毛宗崗）

◎18：儒雅之極。（毛宗崗）

◎19：從容之極。（毛宗崗）

◎20：不愁捉不得孫策，只愁捉了被人奪去，可謂目無孫策矣。（毛宗崗）

◎21：不打不成相識。（毛宗崗）

太史慈背上的短戟；慈亦掣了策頭上的兜鍪，策把戟來刺慈，慈把兜鍪遮架。

忽然喊聲後起，乃劉繇接應軍到來，約有千餘，策正慌急，程普等十二騎亦衝到，策與慈方纔放手，慈於軍中討了一匹馬，取了槍，上馬復來；孫策的馬卻是程普收得，策亦取槍上馬。劉繇一千餘軍和程普等十二騎混戰，逶迤※4殺到神亭嶺下，喊聲起處，周瑜領軍來到。劉繇自引大兵殺下嶺來，時近黃昏，風雨暴至，兩下各自收軍。◎22

次日，孫策引軍到劉繇營前，繇引軍出迎，兩陣圓處，孫策把槍挑太史慈的小戟於陣前，令軍士大叫曰：「太史慈若不是走的快，已被刺死了。」太史慈亦將孫策兜鍪挑於陣前，也令軍士大叫曰：「孫策頭已在此。」兩軍吶喊，這邊誇勝，那

◆太史慈酣鬥小霸王。太史慈與孫策滾下馬來，棄槍廝打。（fotoe提供）

邊道輸，太史慈出馬，要與孫策決個勝負。策遂欲出，程普曰：「不須主公勞力，某自擒之。」程普出到陣前，太史慈曰：「你非我之敵手，只教孫策出馬來。」程普大怒，挺槍直取太史慈，兩馬相交，戰到三十合，劉繇急鳴金收軍，太史慈曰：「我正要捉拏賊將，何故收軍？」劉繇曰：「人報周瑜領軍襲取曲阿，有廬江松滋人陳武，字子烈，接應周瑜入去，吾家基業已失，不可久留，速往秣陵，會薛禮、笮融，軍馬急來接應。」太史慈跟著劉繇退軍，孫策不趕，收住人馬，◎23長史張昭曰：「彼軍被周瑜襲取曲阿，無戀戰之心，今夜正好劫營。」孫策然之。當夜分軍五路，長驅大進，劉繇軍兵大敗，眾皆四紛五落，太史慈獨力難當，引十數騎連夜投涇縣去了。

卻說孫策又得陳武為輔，其人身長七尺，面黃睛赤，形容古怪，策甚敬愛之，拜為校尉，使作先鋒，攻薛禮，武引十數騎突入陣去，斬首級五十餘顆。薛禮閉門

〈評點〉

◎22：又是天做和事老人。（李漁）

◎23：好收拾，好接脈。文情雖了，文勢不斷。（李漁）

◆陳武（176～215），字子烈，三國吳廬江郡松滋縣（今宿松縣）人，為東吳名將，仁厚好施。十多歲即有戰功，最後在東吳攻打合肥一戰中戰死。（葉雄繪）

注釋

※4：形容過程的連綿進展。

不出，策正攻城，忽有人報，劉繇會合笮融，去取牛渚，孫策大怒，自提大軍竟奔牛渚，劉繇、笮融二人出馬迎敵，孫策曰：「吾今到此，你如何不降？」劉繇背後一人挺槍出馬，乃部將于糜也。與策戰不三合，被策生擒過去，撥馬回陣。繇將樊能，見捉了于糜，挺槍來趕。那槍剛搠到策後心，策陣上軍士大叫背後有人暗算，策回頭，忽見樊能馬到，乃大喝一聲，聲如巨雷，樊能驚駭，倒翻身撞下馬來，破頭而死。策到門旗下，將于糜丟下，已被挾死。一霎時，挾死一將，喝死一將，自此人皆呼孫策爲小霸王。◎24

當時劉繇兵大敗，人馬大半降策，策斬首級萬餘，劉繇與笮融走豫章，投劉表去了。孫策還兵復攻秣陵，親到城河邊，招諭薛禮投降，城上暗放一冷箭，正中孫策左腿，翻身落馬，眾將急救起，還營拔箭，以金瘡藥敷之。策令軍中詐稱主將中箭身死，◎25軍中舉哀，拔寨齊起。薛禮聽知孫策已死，連夜起城內之軍，與驍將張英、陳橫，殺出城來追之。忽然伏兵四起，孫策當先出馬，高聲大叫：「孫郎在此！」眾軍皆驚，盡棄槍刀，拜於地下。策令休殺一人，張英撥馬回走，被陳武一槍刺死，陳橫被蔣欽一箭射死，薛禮死於亂軍之中。策入秣陵，安輯※5居民，移兵至涇縣來捉太史慈。

卻說太史慈招得精壯二千餘人，并所部兵，正要來與劉繇報讎，孫策與周瑜商議活捉太史慈之計，瑜令三面攻城，只留東門放走，離城二十五里，三路各伏一

軍，太史慈到那裏，人困馬乏，必然被擒。原來太史慈所招軍，大半是山野之民，不諳紀律，◎26涇縣城頭，苦不甚高，當夜孫策命陳武，短衣持刀，首先爬上城放火；太史慈見城上火起，上馬投東門走，背後孫策引軍來趕，太史慈正走，後軍趕至三十里，卻不趕了；太史慈走了五十里，人困馬乏，蘆葦之中，喊聲忽起，慈急待走，兩下裏絆馬索齊來，將馬絆翻了，生擒太史慈，解投大寨。策知解到太史慈，親自出營，喝散士卒，自釋其縛，將自己錦袍衣之。請入寨中謂曰：「我知子義眞丈夫也，劉繇蠢輩，不能用爲大將，以致此敗。」◎27慈見策待之甚厚，遂請降，策執慈手笑曰：「神亭相戰之時，若公獲我，還相害否？」慈笑曰：「未可知也？」策大笑，請入帳，邀之上坐，設宴款待。慈曰：「劉君新破，士卒離心，某欲自往收拾餘眾，以助明公，不識能相信否？」策起謝曰：「此誠策所願也，今與公約，明日日中，望公來還！」慈應諾而去，諸將曰：「太史慈此去，必不來矣。」策曰：「子義乃信義之士，必不背我。」眾皆未信，次日，立竿於營門，以候日

〈評點〉

◎24：忙中夾註一筆妙，霸王無面見江東，今小霸王復霸江東，或即項羽後身亦未可知。（毛宗崗）

◎25：孫堅眞被射死，孫策詐作射死，一眞一假，一生一死，令人不測。（毛宗崗）

◎26：然則雖有二千人，原只太史慈一人耳。（毛宗崗）

◎27：孫策收拾太史慈，英雄之見無不如此。（李贄）

注釋

※5：安撫、安定。

影，恰將日中，太史慈引一千餘眾到寨，孫策大喜，眾皆服策之知人。◎28

於是孫策聚數萬之眾下江東，安民恤眾，投者無數，江東之民，皆呼策爲孫郎，但聞孫郎兵至，皆喪膽而走，及策軍到，並不許一人擄掠，雞犬不驚，人民皆悅，齎牛酒到寨勞軍，策以金帛答之，懽聲遍野。◎29其劉繇舊軍，願從軍者聽從，不願爲軍者，給賞歸農，江南之民，無不仰頌。由是兵勢大盛，策乃迎母叔諸弟，俱歸曲阿，使弟孫權與周泰守宣城，◎30策領兵南取吳郡；時有嚴白虎，自稱東吳德王，據吳郡，遣部將守住烏程、嘉興，當日白虎聞策兵至，命弟嚴輿出兵，會於楓橋，輿橫刀立馬於橋上，有人報入中軍，策便欲出，張紘諫曰：「夫主將乃三軍之所繫命，不宜輕敵小寇，願將軍自重。」策謝曰：「先生之言如金石※6，但恐不親冒矢石，則將士不用命耳。」遂遣韓當出馬，比及韓當到橋上時，蔣欽、陳武早駕小舟從河岸邊殺過橋來，亂箭射倒岸上軍二人，飛身上岸砍殺，嚴輿退走，韓當引軍，直殺到閶門下，賊退入城裏去了。策分兵水陸並進，圍住吳城，一圍三日，無人出戰，策引眾軍到閶門外，招諭，城上一員裨將※7，左手托定護樑，右手指著城下大罵，太史慈就馬上拈弓取箭，顧軍將曰：「看我射中這廝左手。」說聲未絕，弓弦響處，果然射個正中，把那將的左手射透，反牢釘在護樑

◆周泰，字幼平，九江郡下蔡（今安徽鳳台縣）人。生卒年不詳。三國時期吳國武將，勇猛過人，血戰中常帶傷繼續作戰，在對曹軍數次戰役中發揮出色，深受孫權喜愛。（葉雄繪）

上。◎31城下城上見者，無不喝采，眾人救了這人下城。白虎大驚曰：「彼軍有如此人，安能敵乎？」遂商量求和。

次日，使嚴輿出城，來見孫策，策請輿入帳飲酒，酒酣問輿曰：「令兄意欲如何？」輿曰：「欲與將軍平分江東。」策大怒曰：「鼠輩安敢

◆孫伯符大戰嚴白虎。孫策不願與嚴白虎平分江東，斬殺前來求和的嚴輿，割下首級送還。（fotoe提供）

〈評點〉

◎28：有孫策之信太史慈，乃有孫權之信諸葛瑾，弟正學其兄也。（毛宗崗）
◎29：小霸王做事絕勝老霸王。（李漁）
◎30：孫權此處方出頭。（毛宗崗）
◎31：此時但會罵人，卻不能口手相應。（毛宗崗）

注釋

※6：指刻在鐘鼎石上的文字，比喻極其重要、可以傳之久遠的言論。
※7：副將。

與吾相等？」命斬嚴輿，輿拔劍起身，策飛劍砍之，應手而倒，割下首級，令人送入城中，白虎料敵不過，棄城而走。策進兵追襲，黃蓋攻取嘉興，太史慈攻取烏程，數州皆平。白虎奔餘杭，於路劫掠，◎32被土人凌操，領鄉人殺敗，望會稽而走。凌操父子二人來接孫策，策使爲從征校尉，遂同引兵渡江。嚴白虎聚寇，分布於西津渡口，程普與戰，復大敗之，連夜趕到會稽。

會稽太守王朗，欲引兵救白虎，忽一人出曰：「不可，孫策用仁義之師，白虎乃暴虐之將，還宜擒白虎以獻孫策。」朗視之，乃會稽餘姚人，姓虞名翻，字仲翔，現爲郡吏，朗怒叱之。翻長嘆而出，朗遂引兵會合白虎，同陳兵於山陰之野，兩陣對圓，孫策出馬，謂王朗曰：「吾興仁義之兵，來安浙江，汝何故助賊？」朗罵曰：「汝貪心不足，既得吳郡，而又強併吾界，今日特與嚴氏報讎。」◎33孫策大怒，正待交戰，太史慈早出，王朗拍馬舞刀，與慈戰不數合，朗將周昕殺出助戰，孫策陣中黃蓋，飛馬接住周昕交鋒，兩下鼓聲大震，互相鏖戰※8，忽王朗陣後先亂，一彪軍從背後抄來，朗大驚，急回馬來迎，原來是周瑜、程普引軍刺斜殺來，◎34前後夾攻，王朗寡不敵眾，與白虎、周昕殺條血路，走入城中，拽起弔橋，堅閉城門。孫策大軍，乘勢趕到城下，分布眾軍，四門攻打，王朗在城中，見孫策攻城甚急，欲再出兵，決一死戰，嚴白虎曰：「孫策兵勢甚大，足下只宜深溝高壘，堅壁勿出，不消一月，彼軍糧盡，自然退走，那時乘勢掩之，可不戰而破

也。」朗依其議，乃固守會稽城而不出。

孫策一連攻了數日，不能成功，乃與眾將計議。孫靜曰：「王朗負固守城，難可卒※9拔，會稽錢糧，大半屯於查瀆，其地離此數十里，莫若以兵先據其內，所謂攻其無備，出其不意也。」◎35策大喜曰：「叔父妙用，足破賊人矣。」即下令於各門燃火，虛張旗號，設為疑兵，連夜撤圍南去。周瑜進曰：「主公大兵一起，王朗必然出城來趕，可用奇兵勝之。」策曰：「吾今準備下了，取城只在今夜。」遂令軍馬起行。

卻說王朗聞報孫策軍馬退去，自引眾人在敵樓上觀望，見城下煙火併起，旌旗不雜，心下遲疑。周昕曰：「孫策走矣，特設此計以疑我耳，可出兵襲之。」嚴白虎曰：「孫策此去，莫非要去查瀆，我引部兵追之。」朗曰：「查瀆是我屯糧之所，正須隄防，汝引兵先行，吾隨後接應。」白虎與周昕領五千兵出城追趕，將近初更，離城二十餘里，忽密林裏一聲鼓響，火把齊明，白虎大驚，便勒馬回走，一將當先攔住，火光中視之，乃孫策也。周昕舞刀來迎，被策一槍刺死，餘眾皆降，

〈評點〉

◎32：人遇孫家兵，如遇青龍，遇嚴家兵，真是遇白虎。（毛宗崗）

◎33：王朗亦一時名士，何不識好歹至此。（毛宗崗）

◎34：孫郎每虧周郎接應，孫郎之下江東，周郎之功居多。（毛宗崗）

◎35：孫策有叔，孫堅有弟。（毛宗崗）

注釋

※8：激烈戰鬥的意思。

※9：同猝，倉促之間。後文第四十九回「卒病」，是突然病倒的意思。

白虎殺條血路，望餘杭而走。王朗聽知前軍已敗，不敢入城，引部下奔逃海隅去了。孫策回復，大軍乘勢取了城池，安定人民。

不隔一日，只見一人，將嚴白虎首級來孫策軍前投獻，策視其人，身長八尺，面方口闊，問其姓名，乃會稽餘姚人，姓董，名襲，字元代。◎36策喜命爲別部司馬。自是東路皆平，令叔孫靜守之，朱治爲吳郡太守，收軍回江東。

卻說孫權與周泰守宣城，忽山賊竊發，四面殺至，時值更深，不及抵敵，泰抱權上馬，賊用刀來砍，泰赤體步行，提刀殺賊，砍殺十餘人，隨後一賊，躍馬挺槍，直取周泰，被泰扯住槍拖下馬來，奪了槍馬，殺條血路，救出孫權，餘賊遠遁。周泰身被十二槍，◎37金瘡發脹，命在須臾。策聞之大驚，帳下董襲曰：「某曾與海寇相持，身遭數槍，得會稽一個賢郡吏虞翻，薦一醫者，半月而癒。」策曰：「虞翻莫非虞仲翔乎？」襲曰：「然。」策曰：「此賢士也，我當用之。」乃令張昭與董襲，同往聘請虞翻。翻至，策優禮相待，拜爲功曹，因言及求醫之意。◎38翻曰：「此人乃沛國譙郡人，姓華名陀，字元化，眞當世之神醫也，當引之來見。」不一日，引至，策見其人，童顏鶴髮，飄然有出世之姿，乃待爲上賓，請視周泰瘡。佗曰：「此易事耳。」投之以藥，一月而癒。策大喜，厚謝華佗。遂進兵殺除山賊，江南皆平。

◆華佗（？～208），字元化，沛國譙（今安徽亳縣）人，東漢末著名醫學家，被譽為神醫，曾發明外科麻醉藥「麻沸散」。民間傳說他活了百歲以上，卻鶴髮童顏，像是神仙。生平不慕名利，不願作曹操的侍醫，終於被害。（葉雄繪）

孫策分撥將士，把守各處隘口，一面寫表申奏朝廷，一面結交曹操，一面使人致書與袁術取玉璽。◎39

卻說袁術暗有稱帝之心，乃回書推托不還，◎40急聚長史楊大將，都督張勳、紀靈、橋蕤，上將雷薄、陳蘭等三十餘人，商議曰：「孫策借我軍馬起事，今日盡得江東地面，乃不思報本，而反來索璽，殊爲無禮，當以何策圖之？」長史楊大將曰：「孫策據長江之險，兵精糧廣，未可圖也。◎41今當先伐劉備，◎42以報前日無故相攻之恨，然後圖取孫策未遲，某獻一計，使備即日就擒。」正是：

「不去江東圖虎豹，卻來徐郡鬬蛟龍。」

不知其計若何？且看下文分解……

〈評點〉

◎36：此人亦先立功，而後出姓名，與前文一樣筆法。（毛宗崗）

◎37：有如此用命之將，安得不興？（毛宗崗）

◎38：先拜官而後問醫，是爲其賢士而用之，非專託其請醫生也。（毛宗崗）

◎39：好作用，索璽亦可不必。（李漁）

◎40：孫堅匿璽而不出，袁術賴璽而不還，皆以此璽爲奇貨，不知在人不在璽，猶之在德不在鼎也。（毛宗崗）

◎41：作者得移花接木之法。（李漁）

◎42：此卷書以備始，亦以備終。（毛宗崗）

第十六回　呂奉先射戟轅門　曹孟德敗師淯水

卻說楊大將獻計欲攻劉備。袁術曰：「計將安出？」大將曰：「劉備軍屯小沛，雖然易取；奈呂布虎踞徐州，前次許他金、帛、糧、馬，至今未與，恐其助備。今當令人送與糧食以結其心，◎[1]使其按兵不動，則劉備可擒。先擒劉備，後圖呂布，徐州可得也。」術喜，便具粟二十萬斛，令韓胤齎密書，往見呂布。呂布大喜，◎[2]重待韓胤。

胤回告袁術，術遂遣紀靈為大將，雷薄、陳蘭為副將，統兵數萬，進取小沛。玄德聞知此信，聚眾商議。張飛要出戰，孫乾曰：「今小沛糧寡兵微，如何抵敵？可修書告急於呂布。」張飛曰：「那廝如何肯來？」◎[3]玄德曰：「乾之言善。」遂修書與呂布。書略曰：

「伏自將軍垂念，今備於小沛容身，實拜雲天※[1]之德！今袁術欲報私讎，遣紀靈領兵到縣，亡在旦夕，非將軍莫能救。望驅一旅之師，以救倒懸之急，不勝幸甚……」

呂布看了書，與陳宮計議，曰：「前者袁術送糧致書，蓋欲使我不救玄德也！

今玄德又來求救。吾想玄德屯軍小沛，未必遂能為我害※2；若袁術併了玄德，則北連泰山諸將以圖我，我不能安枕矣！不若救玄德。」遂點兵起程。◎4

卻說紀靈起兵，長驅大進；已到沛縣東南，箚下營寨。晝列旌旗，遮映山川；夜設火鼓，震明天地，玄德縣中止有五千餘人，也只得勉強出縣，布陣安營。

忽報呂布引兵，離縣一里，西南上箚下營寨。紀靈知呂布領兵來救劉備，急令人致書於呂布，責其無信。◎5布笑曰：「我有一計，使袁、劉兩家都不怨我。」乃發使往紀靈、劉備寨中，請二人飲宴。◎6

玄德聞布相請，即便欲往，關、張曰：「兄長不可去，呂布必有異心。」玄德曰：「我待彼不薄，彼必不害我。」遂上馬而行。◎7關張隨往——到呂布寨中，入

〈評點〉

◎1：還賒帳了。（李漁）

◎2：賴物便怒，得物便喜，眞如小兒。（毛宗崗）

◎3：老張最有主張，玄德不如也。（李贄）

◎4：呂布從來沒主張，獨此番大有定見。（毛宗崗）

◎5：袁術先曾無信，今怪呂布不得。（毛宗崗）

◎6：此人亦思用計，奇。（李漁）

◎7：去得有膽！（毛宗崗）

◆戲曲臉譜《轅門射戟》之紀靈。袁術麾下大將，勾紅三塊瓦臉。與劉備相對峙，被呂布迫退。（田有亮繪）

注釋

※1：形容高遠的意思。

※2：未必就能成爲我的禍害。

見。布曰：「吾今特解公之危，異日得志，不可相忘。」◎[8]玄德稱謝。

布請玄德坐，關張按劍立於背後——人報紀靈到，玄德大驚，欲避之。布曰：「吾特請你二人來會議，勿得生疑。」玄德未知其意，心下不安——紀靈下馬入寨，卻見玄德在帳上坐，大驚抽身便回。◎[9]左右留之不住，呂布向前一把扯回，如提童稚。

靈曰：「將軍欲殺紀靈耶？」布曰：「非也。」靈曰：「莫非殺大耳兒乎？」布曰：「亦非也！」靈曰：「然則爲何？」布曰：「玄德與布乃兄弟也！今爲將軍所困，故來救之。」靈曰：「若此，則殺靈也。」布曰：「無有此理，布平生不好鬬，惟好解鬬。吾今爲兩家解之。」靈曰：「請問今日解之之法。」布曰：「吾有一法，從天所決。」乃拉靈入帳，與玄德相見。

二人各懷疑忌，布乃居中坐，使靈居左，備居右。且教設宴行酒。酒行數巡，布曰：「你兩家看我面上，俱各罷兵。」玄德無語，靈曰：「吾奉主公之命，提十萬之兵，專捉劉備。如何罷得？」張飛大怒，拔劍在手，叱曰：「吾雖兵少，覷汝輩如兒戲耳！你比百萬黃巾如何？你敢傷我哥哥！」◎[10]關公急止之，曰：「且看呂將軍如何主意，那時各回營寨，廝殺未遲。」

呂布曰：「我請你兩家解鬬，須不教你廝殺。」這邊紀靈忿忿，那邊張飛只要廝殺！布大怒，教左右：「取我戟來！」布提畫戟在手，紀靈、玄德盡皆失色。◎[11]

布曰：「我勸你兩家不要廝殺，盡在天命。」令左右接過畫戟，去轅門外遠遠插定，乃回顧紀靈、玄德曰：「轅門離中軍一百五十步；吾若一箭射中戟上小枝，你兩家罷兵。◎12如射不中，你各自回營，安排廝殺。有不從吾言者，併力拒之。」◎13

紀靈私忖：「戟在一百五十步之外，安能便中？且落得應允。待其不中，那時憑我廝殺！」便一口許諾。玄德自無不允，布都教坐，再各飲一杯酒。酒畢，布教取弓箭來。玄德暗祝曰：「只願他射得中便好。」

只見呂布挽起袍袖，搭上箭，扯滿弓，叫一聲：

〈評點〉

◎8：埋伏後日不救怨語。（李漁）
◎9：同時一驚，紀靈尤甚！（毛宗崗）
◎10：有玄德之無語，少不得張飛之發作。（毛宗崗）
◎11：本是解和，卻故作此驚人之法。（毛宗崗）
◎12：方說出解之之法，妙！（毛宗崗）
◎13：布一生只擲戟與射戟二事，眞風流千古。（李漁）

◆天津楊柳青年畫《轅門射戟》，自左至右分別為呂布、劉備、紀靈。（王樹村提供／中國工藝美術出版社）

「著！」正是：弓開如秋月行天，箭去似流星落地。一箭正中畫戟小枝，帳上帳下將校，齊聲喝采。後人有詩贊之曰：

溫侯神射世間稀，曾向轅門獨解危。
落日果然欺后羿，號猿直欲勝由基。
虎觔弦響弓開處，雕羽翎飛箭到時。
豹子尾搖穿畫戟，雄兵十萬脫征衣！

當下呂布射中畫戟小枝，呵呵大笑。◎14擲弓于地，執紀靈、玄德之手，曰：「此天令你兩家罷兵也！」喝教軍士斟酒來，各飲之大觥。玄德暗稱慚愧。

紀靈默然半晌，告布曰：「將軍之言，不敢不聽。奈紀靈回去，主人如何肯信？」布曰：「吾自作書覆之便了！」◎15

酒行數巡，紀靈求書先回。布謂玄德曰：「非我則公危矣！」玄德拜謝，與關張回。次日，三處軍馬都散。不說玄德入小沛，呂布歸徐州。卻說紀靈回淮南見袁

◆轅門射戟。呂布以精湛的射術迫使紀靈和劉備罷兵。（鄧嘉德繪）

術，說呂布轅門射戟解和之事，呈上書信。袁術大怒曰：「呂布受吾許多糧米，◎16反以此兒戲之事，偏護劉備？吾當自提重兵，親征劉備，兼討呂布。」紀靈曰：「主公不可造次！呂布勇力過人，兼有徐州之地。若布與備首尾相連，不易圖也。靈聞布妻嚴氏，有一女年已及笄※3，主公有一子，可令人求親於布。布若嫁女於主公，必殺劉備。此乃『疏不間親』之計也。」◎17袁術從之，即日遣韓胤爲媒，齎禮物往徐州求親。

胤到徐州見布，稱說：「主公仰慕將軍；欲求令愛爲兒婦，永結秦晉之好※4。」布入謀於妻嚴氏。——原來呂布有二妻，一妾。先娶嚴氏爲正妻，後娶貂蟬爲妾，及居小沛時，又娶曹豹之女爲次妻。曹氏先亡，無出。貂蟬亦無所出，惟嚴氏生一女，布

〈評點〉

◎14：其實得意！（毛宗崗）

◎15：一枝箭消繳二十萬斛。（毛宗崗）

◎16：正項軍糧且不肯發，今白送了二十萬斛。豈不着惱？（毛宗崗）

◎17：賄賂不中，變爲讎敵，讎敵不便，變爲婚姻，愈出愈奇。前處處說呂布妻小，知布兒女情深。（毛宗崗）

◆ 清代晉南年畫《轅門射戟》。（毛小雨提供／江西美術出版社）

注釋

※3：指女子可以盤髮插簪的年齡，爲十五歲。古人早婚，及笄表示已經成年，該許婚了。笄，即簪子，用來插住挽起的頭髮。

※4：春秋時秦晉兩國的國君常互通婚姻，後來就把雙方結親叫做秦晉之好。

最鍾愛。

當下嚴氏對布曰：「吾聞袁公路久鎮淮南，兵多糧廣，早晚將爲天子。若成大事，則吾女有后妃之望，只不知他有幾子？」布曰：「止有一子！」妻曰：「既如此，即當許之。縱不爲皇后，吾徐州亦無憂矣。」布意遂決，厚款韓胤，許了親事。

韓胤回報袁術，術即備聘禮，仍令韓胤送至徐州。呂布受了，設席相待，留於館驛安歇。

次日，陳宮竟往館驛內拜望韓胤。講禮畢，坐定。宮乃叱退左右，對胤曰：「誰獻此計，教袁公與奉先聯姻？意在取劉玄德之頭乎？」◎18胤失驚起，謝曰：「乞公臺勿洩！」宮曰：「吾自不洩，只恐其事若遲，必被他人識破，事將中變！」胤曰：「然則奈何？願公教之。」宮曰：「吾見奉先，使其即日送女就親，何如？」◎19胤大喜，稱謝曰：「若如此，袁公感佩明德不淺矣！」

宮遂辭別韓胤，入見呂布。曰：「聞公女許嫁袁公路，甚喜。但不知於何日結親？」布曰：「尚容徐議。」宮曰：「古者自受聘至成婚之期，各有定例。天子一年，諸侯半年，大夫一季，庶民一月。」布曰：「袁公路天賜國寶，早晚當爲帝。今從天子例，可乎？」◎20宮曰：「不可！」布曰：「然則仍從諸侯例！」宮曰：「亦不可！」布曰：「然則將從卿大夫例矣？」宮曰：「亦不可！」布笑曰：「公

豈欲吾依庶民例耶？」宮曰：「非也！」

布曰：「然則公意欲如何？」宮曰：「方今天下，諸侯互相爭雄。今公與袁公路結親，諸侯保無有嫉妒者乎？若復遠擇吉期，或竟乘我良辰，伏兵半路以奪之，如之奈何？◎21爲今之計，不許便休；既已許之，當趁諸侯未知之時，即便送女到壽春，另居別館。然後擇吉成親，萬無一失也。」布喜曰：「公臺之言甚當。」遂入告嚴氏，連夜具辦粧奩；收拾寶馬、香車，令宋憲、魏續一同韓胤送女前去。鼓樂喧天，送出城外。◎22

時陳元龍之父陳珪養老在家，聞鼓樂之聲，遂問左右，左右告以故。珪曰：「此乃『疏不間親』之計也，玄德危矣！」遂扶病來見呂布。

布曰：「大夫何來？」珪曰：「聞將軍死，故特來弔喪！」◎23布驚曰：「何出此言？」珪曰：「前者袁公路以金帛送公，欲殺劉玄德；而公以射戟解之。今忽

〈評點〉

◎18：一語道破！（毛宗崗）

◎19：一個方來下聘，一個便去催妝。（毛宗崗）

◎20：是何言與？與嚴氏如出一口。（毛宗崗）

◎21：此言亦爲動聽。（毛宗崗）

◎22：竟似娶妾一般可笑。（毛宗崗）

◎23：故作驚人語，婚、喪、賀、弔，映襯成文。（毛宗崗）

◆呂布和謀士陳宮商量將女兒嫁與袁術的婚期一事，陳宮勸呂布速將女兒送去。（朱寶榮繪）

來求親，其意蓋欲以公女爲質，隨後就來攻玄德而取小沛。小沛亡，徐州危矣！且彼或來借糧，或來借兵；公若應之，是疲於奔命，而又結怨於人，若其不允，是棄親而啓兵端也。況聞袁術有稱帝之意，是造反也！彼若造反，則公乃反賊親屬矣！得無爲天下所不容乎？」◎24

布大驚，曰：「陳宮誤我！」急令張遼引兵追趕，至三十里之外，將女搶歸；◎25連韓胤都拏回監禁，不放歸去。卻令人回覆袁術，只說女兒粧奩未備，俟畢備便自送來。

陳珪又說呂布，使解韓胤赴許都。布猶豫未決，忽人報：「玄德在小沛招軍買馬，不知何意。」布曰：「此爲將者本分事，何足爲怪？……」正話間，宋憲、魏續至，告布曰：「我二人奉明公之命，往山東買馬。買得好馬三百餘匹，回至沛縣界首，被強寇劫去一半。打聽得是劉備之弟張飛，詐裝山賊，搶劫馬匹去了。」◎26呂布聽了大怒，隨即點兵往小沛，來攻張飛。

玄德聞之，大驚！慌忙領軍出迎。兩陣圓處，玄德出馬曰：「兄長何故領兵到

〈評點〉

◎24：言天下皆將攻徐州。（毛宗崗）

◎25：高祖刻印銷印，正見其有決斷。呂布送婚奪婚，正見其無主張。（毛宗崗）

◎26：老張又惹事了，此番定好看也。（李贄）

此？」布指罵曰：「我轅門射戟，救你大難。你何故奪我馬匹？」◎27玄德曰：「備因缺馬，令人四下收買。安敢奪兄馬匹？」布曰：「你便使張飛奪了我好馬一百五十匹，尚自抵賴？」張飛挺槍出馬，曰：「是我奪了你好馬，你今待怎麼？」布罵曰：「環眼賊，你累次藐視我？」飛曰：「我奪你馬，你便惱。你奪我哥哥的徐州，便不說了！」◎28布挺戟出馬，來戰張飛，飛亦挺槍來迎。兩個酣戰一百餘合，未見勝負。玄德恐有疏失，急鳴金收軍入城。呂布分軍四面圍定。

玄德喚張飛，責之曰：「都是你奪他馬匹，惹起事端！如今馬匹在何處？」飛曰：「都寄在各寺院內。」玄德隨令人出城，至呂布營中說：「情願送還馬匹，兩相罷兵。」布欲從之，陳宮曰：「今不殺劉備，久後必爲所害。」◎29布聽之，不從所請，攻城愈急。

玄德與糜竺、孫乾商議。孫乾曰：「曹操所恨者，呂布也。不若棄城走許都，投奔曹操，借軍破布，此爲上策。」玄德曰：「誰可當先，破圍而出？」飛曰：「小弟情願死戰！」玄德令飛在前，雲長在後，自居其中，保護老少。

當夜三更，乘著月明，出北門而走，正遇宋憲、魏續，被翼德一陣殺退，得出重圍。後面張遼趕來，關公敵住。呂布見玄德去了，也不來趕；隨即入城安民，令高順守小沛，自己仍回徐州去了。◎30

卻說玄德前奔許都，到城外下寨。先使孫乾來見曹操，言：「被呂布追逼，特來相投……」操曰：「玄德與吾兄弟也。」便請入城相見。次日，玄德留關、張在城外，自帶孫乾、糜竺入見操。操待以上賓之禮。玄德備訴呂布之事，操曰：「布乃無義之輩，吾與賢弟併力誅之。」◎31玄德稱謝，操設宴相待，至晚送出。

荀彧入見，曰：「劉備，英雄也，今不早圖，後必爲患。」操不答，彧出、郭嘉入。操曰：「荀彧勸我殺玄德，當如何？」嘉曰：「不可！主公興義兵，爲百姓除暴，惟仗信義以招俊傑，猶懼其不來也。今玄德素有英雄之名，以困窮而來投，若殺之，是害賢也。天下智謀之士聞而自疑，將裹足不前，主公與誰定天下乎？夫除一人之患，以阻四海之望。安危之機，不可不察。」◎32操大喜，曰：「君言正合吾心。」次日，即表薦劉

〈評點〉

◎27：好處只管在口頭提拔，亦不成恩德矣。今人往往如此，可笑，可笑。（李漁）

◎28：有理有理，呂布自然沒得說。（李贄）

◎29：亦伏白門樓之事。（毛宗崗）

◎30：玄德既失徐州，又失小沛。雖皆因翼德起釁，然實陳宮搆之也。（毛宗崗）

◎31：又是一個呼賢弟的，幸翼德此時不在側也。（毛宗崗）

◎32：二人都是。（李贄）

◆安徽亳州曹操觀稼臺遺址。（聶鳴／fotoe提供）

備領豫州牧。

程昱諫曰：「劉備終不爲人之下，不如早圖之！」操曰：「方今正用英雄之時，不可殺一人而失天下之心！此郭奉孝與吾有同見也。」◎33遂不聽昱言，以兵三千，糧萬斛，送與玄德，使往豫州到任；進兵屯小沛，招集原散之兵，以攻呂布。

玄德至豫州，令人約會曹操。操正欲起兵自往征呂布，忽流星馬報說：「張濟自關中引兵攻南陽，爲流矢所中而死。濟姪張繡統其眾，用賈詡爲謀士，結連劉表，屯兵宛城，欲興兵犯闕※5奪駕。」◎34操大怒，欲興兵討之，又恐呂布來侵許都，乃問計於荀彧。

彧曰：「此易事耳！呂布無謀之輩，見利必喜。明公可遣使往徐州，加官賜賞，令與玄德解和。布喜，則不思遠圖矣。」

操曰：「善！」遂差奉車都尉王則齎官誥，併和解書，往徐州去訖。一面起兵十五萬，親討張繡，軍分三路而行，以夏侯惇爲先鋒。

軍馬至淯水下寨。賈詡勸張繡曰：「操兵勢大，不可與

◆山東濰縣年畫《戰宛城》，描繪張繡讓出宛城、投降曹操情景。（王樹村提供／中國工藝美術出版社）

敵。不如舉眾投降。」張繡從之，使賈詡至操寨通款※6。

操見詡應對如流，甚愛之，欲用爲謀士。詡曰：「某昔從李傕，得罪天下。今從張繡，言聽計從，未忍棄之。」乃辭去。

次日，引繡來見操，操待之甚厚。引兵入宛城屯箚，餘軍分屯城外，寨柵聯絡十餘里。一住數日，繡每日設宴請操。

一日，操醉。退入寢所，私問左右曰：「此城中有妓女否？」◎35操之兄子曹安民知操意，乃密對曰：「昨晚小姪窺見館舍之側，有一婦人，生得十分美麗；問之，即繡叔張濟之妻也。」操聞言，便令安民領五十甲兵往取之。須臾，取到軍中。操見之，果然美麗。問其姓，婦答曰：「妾乃張濟之妻鄒氏也。」

操曰：「夫人識吾否？」鄒氏曰：「久聞丞相威名，今夕幸得瞻拜。」操曰：「吾爲夫人故，特納張繡之降。不然，滅族矣！」◎36鄒氏拜曰：「實感再生之恩！」操曰：「今日得見夫人，乃天幸也！今宵願同枕席；隨吾還都，安享富貴，何如？」

〈評點〉

◎33：操非不欲殺備，但欲使呂布殺之，袁術殺之，必不欲自殺之也，奸雄奸甚！（毛宗崗）

◎34：補接處如奇峰突起。（毛宗崗）

◎35：因酒及色，阿瞞頗露本相。（毛宗崗）

◎36：忽將大人情賣與婦人，確是醉後狂語。（毛宗崗）

注釋

※5：宮殿，引申爲朝廷。

※6：向敵方表示願意降服。

鄒氏拜謝。是夜共宿於帳中。

鄒氏曰：「久住城中，繡必生疑，亦恐外人議論。」操曰：「明日同夫人去寨中住。」

次日，移于城外安歇，喚典韋就中軍帳房外宿衛，他人非奉呼喚，不許輒入。因此內外不通，操每日與鄒氏取樂，不想歸期。◎37

張繡家人密報繡，繡怒曰：「操賊辱我太甚！」◎38便請賈詡商議。詡曰：「此事不可泄漏。來日等操出帳議事，如此如此……」

次日，操在帳中。張繡入告曰：「新降兵多有逃亡者，乞移屯中軍。」操許之，繡乃移屯其軍，分為四寨，刻期舉事。因畏典韋勇猛，急切難近。乃與偏將胡車兒商議。

那胡車兒力能負五百觔，日行七百里，亦異人也。當下獻計于繡曰：「典韋之可畏者，雙鐵戟耳。主公明日可請他來吃酒，使盡醉而歸。那時某便溷入他跟來軍士數內，偷入帳房，盜其戟，此人不足畏矣。」繡甚喜，預先準備弓箭甲兵，告示各寨。

◆今宵願同枕席。曹操看中張繡之嬸鄒氏的美色，流連不已。（鄧嘉德繪）

至期，令賈詡致意，請典韋到寨；慇勤待酒，至晚醉歸。胡車兒雜在眾人隊裏，直入大寨。

是夜，曹操於帳中與鄒氏飲酒，忽聽帳外人言馬嘶。操使人觀之，回報：「是張繡軍夜巡！」操乃不疑。

時近二更，忽聞寨後吶喊，報說：「草車上火起！」操曰：「軍中失火，勿得驚動。」須臾，四下裏火起。操始着忙，急喚典韋。韋方醉臥，睡夢中聽得金鼓喊殺之聲，便跳起身來，卻尋不見了雙戟，時敵兵已到轅門，韋急掣步卒腰刀在手，只見門首無數軍馬各挺長槍，搶入寨來。韋奮力向前，砍死二十餘人。馬軍方退，步軍又到。兩邊槍如葦列，韋身無片甲，上下被數十槍，兀自死戰。刀砍缺不堪用，韋即棄刀，雙手提著兩個軍人迎敵，擊死者八九人。群賊不敢近，只遠遠以箭射之。箭如驟雨，韋猶死拒寨門。◎39爭奈寨後賊軍已入，韋背上又中一槍，乃大叫數聲，血流滿地而死。死了半晌，還無一人敢從前門而入

◆戲曲臉譜《戰宛城》之胡車。張繡偏將，勇力過人，善疾行，勾武丑臉，畫絡鬍，示其膽大勇為。（田有亮繪）

〈評點〉

◎37：奸雄如操，至此亦流連忘返。色之於人，甚矣哉！（毛宗崗）

◎38：張繡尚有廉恥，若使勢利無恥者，當認曹操爲繼叔矣！（毛宗崗）

◎39：摹寫神勇，令人心驚魄動。（李漁）

者。◎40

卻說曹操賴典韋當住寨門，乃得從寨後上馬逃奔，只有曹安民步隨。操右臂中了一箭，馬亦中了三箭；虧得那馬是大宛良馬※7，熬得痛，走得快。剛剛走到淯水河邊，賊兵追至，安民被砍爲肉泥。操急驟馬衝波過河。纔上得岸，賊兵一箭射來，正中馬眼，那馬撲地倒了。操長子曹昂即以己所乘之馬奉操，操上馬急奔，曹昂卻被亂箭射死。操乃走脫。路逢諸將，收集殘兵。

時夏侯惇所領青州之兵乘勢下鄉，劫掠民家。平虜校尉于禁即將本部軍于路剿殺，安撫鄉民。◎41青州兵走回，迎操，泣拜於地，言：「于禁造反，趕殺青州軍馬。」操大驚！須臾，夏侯惇、許褚、李典、樂進都到。操言于禁造反，可整兵迎之。

卻說于禁見操等俱到，乃引軍射住陣角，鑿塹安營。或告之曰：「青州軍言將軍造反。今丞相已到，何不分辨，乃先立營寨耶？」于禁曰：「今賊追兵在後，不時即至。若不先準備，何以拒敵？分辨小事，退敵大

◆京劇《醉韋》中的淨角典韋。（毛小雨提供／江西美術出版社）

事。」◎42安營方畢，張繡軍兩路殺至。于禁身先出寨迎敵，繡急退兵，左右諸將見于禁向前，各引兵擊之，繡軍大敗。追殺百餘里，繡勢窮力孤，引敗兵投劉表去了。

曹操收軍點將，于禁入見，備言：「青州之兵，肆行劫掠，大失民望。某故殺之！」操曰：「不告我，先下

◆曹孟德敗師淯水。猛將典韋雙手提著兩個軍人迎敵，直至戰死。（fotoe提供）

〈評點〉

◎40：漢子，漢子！（李贄）

◎41：爲民殺兵，乃眞將軍。（毛宗崗）

◎42：退敵正是分辨。（毛宗崗）

注釋

※7：古代西域大宛國所產的馬，漢代稱爲汗血馬、天馬，非常有名。

寨！何也？」禁以前言對。操曰：「將軍在匆忙之中，能整兵堅壘，任謗任勞，使反敗爲勝。雖古之名將，何以加茲※8？」乃賜以金器一副，封益壽亭侯。責夏侯惇治兵不嚴之過。又設祭祭典韋。操親自哭而奠之，顧謂諸將曰：「吾折長子愛姪，俱無深痛。獨號泣典韋也。」◎43眾皆感嘆……次日下令班師。

不說曹操還兵許都。且說王則齎詔至徐州，布迎接入府，開讀詔書；封布爲平東將軍，特賜印綬……。又出操私書，王則在呂布面前，極道曹公相敬之意；布大喜。忽報袁術遣人至，布喚入問之，使言：「袁公早晚即皇帝位，立東宮。催取皇妃，早到淮南。」布大怒曰：「反賊焉敢如此？」遂殺來使，將韓胤用枷釘了，遣陳登齎謝表，解韓胤一同王則上許都來謝恩；且答書於操；欲求實授徐州牧。

操知布絕婚袁術，大喜。遂斬韓胤于市曹。

陳登密諫操曰：「呂布，豺狼也。勇而無謀，輕於去就。◎44宜早圖之！」操曰：「吾素知呂布狼子野心，誠難久養！非公父子，莫能究其情，公當與吾謀之。」登曰：「丞相若有舉動，某當爲內應。」操喜，表贈陳珪秩中二千石※9，登爲廣

◆戲曲臉譜《戰宛城》之張繡。宛城守將，老生俊扮。善用人。（田有亮繪）

陵太守。登辭回，操執登手曰：「東方之事，便以相付……」登點頭允諾。

登回徐州見呂布。布問之，登言：「父贈祿，某爲太守。」布大怒曰：「汝不爲吾求徐州牧，而乃自求爵祿？汝父教我協同曹公，絕婚公路。今吾所求，終無一獲，而汝父子俱各顯貴，吾爲汝父子所賣耳！」遂拔劍欲斬之。登大笑曰：「將軍何其不明之甚也？」布曰：「吾何不明？」登曰：「吾見曹公，言：『養軍譬如養虎，當飽其肉，不飽則將噬人。』曹公笑曰：『不如卿言，吾待溫侯如養鷹耳，狐、兔未息，不敢先飽。饑則爲用，飽則颺※10去。』某問：『誰爲狐、兔？』曹公曰：『淮南袁術、江東孫策、冀州袁紹、荊州劉表、益州劉璋、漢中張魯，皆狐、兔也。』」◎45布擲劍笑曰：「曹公知我也。」◎46

正說話間，忽報袁術來取徐州，呂布聞言失驚，正是：

「秦晉未諧吳、越鬭，婚姻惹出甲兵來！」

畢竟後事如何？且看下文分解……

〈評點〉

◎43：正是曹操得人心處，然必用自說，便知其假。（毛宗崗）

◎44：八字定評！（毛宗崗）

◎45：陳登弄呂布竟如小兒。（李贄）

◎46：癡人。（毛宗崗）

注釋

※8：誰能勝過。

※9：秩，官祿等級。漢代官制，俸祿有中二千石、二千石、比二千石等級別。中二千石是很高的俸級，月俸達一百八十斛穀之多。

※10：飛揚。

第十七回　袁公路大起七軍　曹孟德會合三將

卻說袁術在淮南，地廣糧多；又有孫策所質玉璽，遂思僭稱帝號。大會群下，議曰：「昔漢高祖不過泗上一亭長，而有天下。今歷年四百，氣數已盡，海內鼎沸※1。吾家四世三公，百姓所歸。吾欲應天順人，正位九五。爾眾人以爲如何？」主簿閻象曰：「不可！昔周后稷※2，積德累功，至於文王，三分天下有其二，猶以服事殷。明公家世雖貴，未若有周之盛；漢室雖微，未若殷紂之暴也！此事決不可行。」◎1術怒曰：「吾袁姓出於陳，陳乃大舜之後。以土承火，正應其運。又讖云：『代漢者，當塗高也。』吾字公路，正應其讖。又有傳國玉璽；若不爲君，背天道也！吾意已決，多言者斬。」

遂建號仲氏，立臺、省等官；乘龍鳳輦，祀南北郊※3。立馮方女爲后，立子爲東宮。

因命使催取呂布之女爲東宮妃，卻聞布已將韓胤解赴許都，爲曹操所斬，乃大怒。遂拜張勳爲大將軍，統領大軍二十餘萬，分七路征徐州。第一路，大將張勳居中，第二路，上將橋蕤居左，第三路，上將陳紀居右，第四路，副將雷薄居左，第五路，副將陳蘭居右，第六路，降將韓暹居左，第七路，降將楊奉居右。各領部下健將，尅日起行。命兗州刺史金尙爲太尉，監運七路錢糧。尙不從，術殺之，以紀靈爲七路都救應使。術自引軍三萬，使李豐、梁剛、樂就爲催進使，接應七路之兵。

呂布使人探聽得：「張勳一軍從大路逕取徐州，橋蕤一軍取小沛，陳紀一軍取沂都，雷薄一軍取瑯琊，陳蘭一軍取碣石，韓暹一軍取下邳，楊奉一軍取浚山。七路軍馬，日行五十里，於路劫掠將來……」◎2乃急召眾謀士商議。陳宮與陳珪父子俱至。

◆袁公路大起七軍。袁術不聽謀士之言，在淮南稱帝，起七路大軍征徐州。（fotoe提供）

〈評點〉

◎1：此事曹操亦不敢行，而必留待其後人者，正怕此一段議論耳。（毛宗崗）

◎2：好個皇帝兵！（毛宗崗）

注釋

※1：鼎，鍋。沸，水煮開了。比喻社會動亂不安。

※2：周代的始祖。

※3：古代皇帝神化自己爲受「天命」的「天子」，即位後在南城郊外祭天，北城郊外祭地。

陳宮曰：「徐州之禍，乃陳珪父子所招。媚朝廷以求爵祿，今日移禍於將軍；可斬二人之頭獻袁術，其軍自退。」布聽其言，即命擒下陳珪、陳登；陳登大笑，曰：「何如是之懦也？吾觀七路之兵，如七堆腐草，何足介意？」◎3

布曰：「汝若有計破敵，免汝死罪。」陳登曰：「將軍若用愚夫之言，徐州可保無虞。」布曰：「試言之！」登曰：「術兵雖眾，皆烏合之師，素不親信。我以正兵守之，出奇兵勝之，無不成功。更有一計，不止保安徐州，并可生擒袁術。」布曰：「計將安出？」登曰：「韓暹、楊奉乃漢舊臣，因懼曹操而走，無家可依，暫歸袁術，術必輕之，彼亦不樂爲術用。若憑尺書，結爲內應，更連劉備爲外合，必擒袁術矣！」布曰：「汝須親到韓暹、楊奉處下書。」陳登允諾。

布乃發表上許都，并致書於豫州。然後令陳登引數騎先於下邳道上候韓暹。暹引兵至，下寨畢。登入見，暹問曰：「汝乃呂布之人，來此何幹？」登笑曰：「某爲大漢公卿，◎4何謂呂布之人？若將軍者，向爲漢臣，今乃爲叛賊之臣，使昔日關中保駕之功，化爲烏有。竊爲將軍不取也！◎5且袁術性最多疑，將軍後必爲其所害！今不早圖，悔之無及。」◎6暹嘆曰：「吾欲歸漢，恨無門耳。」登乃出布書。暹覽書畢，曰：「吾已知之，公先回。吾與楊將軍反戈擊之。但看火起爲號，溫侯以兵相應，可也。」◎7

登辭暹，急回報呂布。布乃分兵五路。高順引一軍進小沛，敵橋蕤。陳宮引一軍進沂都，敵陳紀。張遼、臧霸引一軍，出瑯琊，敵雷薄。宋憲、魏續引一軍，出碣石，敵陳蘭。呂布自引一軍，出大道，敵張勳。各領軍一萬，餘者守城。

呂布出城三十里下寨。張勳軍到，料敵呂布不過，且退二十里屯住，待四下兵接應。是夜二更時分，韓暹、楊奉分兵到處放火，接應呂家軍入寨；勳軍大亂，呂布乘勢掩殺，張勳敗走。呂布趕到天明，正撞著紀靈接應。兩軍相迎，恰待交鋒，韓暹、楊奉兩路殺來，紀靈大敗而走，呂布引兵追殺，山後一彪軍到。門旗開處，只見一隊軍馬，打龍鳳日月旗旛，四斗五方旌幟，金瓜銀斧。黃鉞白旄。黃羅銷金傘蓋之下，袁術身披金甲，腕懸兩刀，立馬陣前，大罵呂布：「背主家奴！」布怒，挺戟向

〈評點〉

◎3：元龍會說大話，亦會幹大事。今人幹大事，則不如元龍，說大話則學元龍，可嘆也！（毛宗崗）

◎4：四字便打動韓暹。（毛宗崗）

◎5：揭其前功，搔著癢處。（毛宗崗）

◎6：說出後患，刺著痛處。（毛宗崗）

◎7：前欲兩處下書，今說得此一處，而彼一處已不必復往。如摧枯拉朽，全不費力。（毛宗崗）

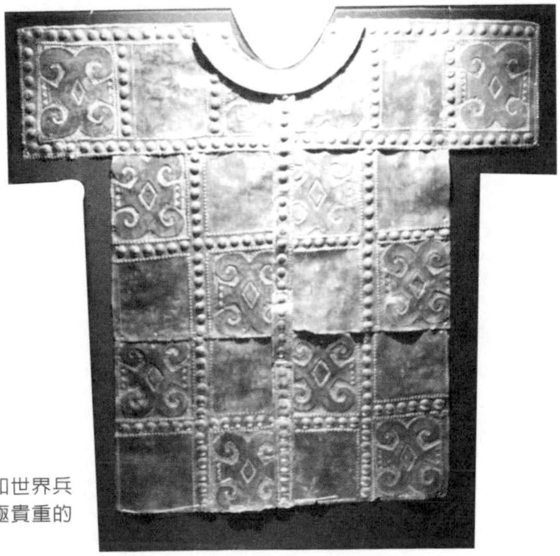

◆印第安黃金甲，秘魯利馬黃金製品和世界兵器博物館展品。袁術身披金甲，是極貴重的裝束。（張奮泉／fotoe提供）

前！術將李豐挺槍來迎；戰不三合，被布刺傷其手，豐棄槍而走。呂布麾兵衝殺，術軍大亂。呂布引軍從後追趕，搶奪馬匹衣甲無數。

袁術引著敗軍，走不上數里；山背後一彪兵出，截住去路。當先一將，乃關雲長也。大叫：「反賊，還不受死？」袁術慌走，餘眾四散奔逃，被雲長大殺了一陣。袁術收拾敗軍，奔回淮南去了。◎8

呂布得勝，邀請雲長，并楊奉、韓暹等，一行人馬，到徐州大排筵宴，款待軍士，都有犒賞。

次日，雲長辭歸。布保韓暹爲沂都牧，楊奉爲瑯琊牧，商議欲留二人在徐州。陳珪曰：「不可，韓、楊二人據山東，不出一年，則山東城郭皆不屬將軍也。」布然之，遂送二將暫於沂都、瑯琊二處屯箚，以候恩命。陳登私問父曰：「何不留二人在徐州，爲殺呂布之根？」珪曰：「倘二人協助呂布，是反爲虎添爪牙也！」◎9登乃服父之高見。

卻說袁術敗回淮南，遣人往江東問孫策借兵報讎。策怒曰：「汝賴吾玉璽，僭稱帝號，背反漢室，大逆不道。吾方欲加兵治罪，豈肯反助叛賊

◆《三國策Online》（皓宇科技）是首款萬人策略對戰的線上遊戲，需要熟悉原著的情節，才能解開一個個任務，成為推動三國歷史的關鍵人物。不僅古典細膩的藝術風格更上一層樓，更豐富多元的遊戲的玩法，也考驗了三國迷的三國智商。（全新《三國策V》國際中文版預計2007年12月22日上市）

乎？」遂作書以絕之。◎10

使者齎書回見袁術。術看畢，怒曰：「黃口孺子，何敢乃爾？◎11吾先伐之！」長史楊大將力諫方止。

卻說孫策自發書後，防袁術兵來，點軍守住江口。忽曹操使至，拜策爲會稽太守，令起兵征討袁術。策乃商議便欲起兵。長史張昭曰：「術雖新敗，兵多糧足，未可輕敵。不如遺書曹操，勸他南征，吾爲後應；兩軍相援，術軍必敗。萬有一失，亦望曹操救援。」策從其言，遣使以此意達操。

卻說曹操至許都，思慕典韋立祀祭之，封其子典滿爲中郎，收養在府。忽報孫策遣使致書。操覽書畢，又有人報：「袁術乏糧，劫掠陳留。」欲乘虛攻之，遂興兵南征。

令曹仁守許都，其餘皆從征。馬步兵十七萬，糧食輜重千餘車。一面先發人會合孫策與劉備、呂布。

兵至豫章界上，玄德早引兵來迎。操命請入營，相見畢，玄德獻上首級二顆。

〈評點〉

◎8：術兵甚不經戰，眞如腐草。（毛宗崗）
◎9：老成之見，自是不同。（李贄）
◎10：回思月下大哭之時，今日始得一雪其憤。（毛宗崗）
◎11：猶以年幼輕之，殊屬夢寐。（毛宗崗）

操驚曰：「此是何人首級？」玄德曰：「此韓暹、楊奉之首級也！」操曰：「何以得之！」玄德曰：「呂布令二人權住沂都、瑯琊兩縣。不意二人縱兵掠民，人人嗟怨。因此備乃設一宴，詐請議事。飲酒間，擲盞爲號，使關、張二弟殺之，盡降其眾。今特來請罪！」操曰：「君爲國家除害，正是大功，何言罪也！」遂厚勞玄德。◎12

合兵到徐州界，呂布出迎。操善言撫慰，封爲左將軍，許於還都之時換給印綬。布大喜。操即分呂布一軍在左，玄德一軍在右，自統大軍居中，令夏侯惇、于禁爲先鋒。

袁術知曹兵至，令大將橋蕤引兵五萬作先鋒。兩軍會於壽春界口，橋蕤當先出馬，與夏侯惇戰不三合，被夏侯惇搠死。術軍大敗，奔走回城。

忽報孫策發船攻江邊西面，呂布引兵攻東面，劉備、關、張引兵攻南面，操自

◆曹孟德會合三將。劉備、關羽、張飛入見曹操，獻上韓暹、楊奉首級。（fotoe提供）

引兵十七萬攻北面。術大驚，急聚眾文武商議。

楊大將曰：「壽春水旱連年，人皆缺食。今又動兵擾民，民既生怨，兵至難以拒敵。不如留軍在壽春，不必與戰。待彼兵糧盡，必然生變。陛下且統御林軍渡淮，一者就熟，二者暫避其銳。」術用其言，留李豐、樂就、梁剛、陳紀四人，分兵十萬，堅守壽春。其餘將卒，并庫藏金、玉、寶、貝盡數收拾過淮去了。

卻說曹操兵十七萬，日費糧食浩大；諸郡又荒旱，接濟不及。操催軍速戰，李豐等閉門不出。操軍相拒月餘，糧食將盡。致書於孫策，借得糧米十萬斛，不敷支散。管糧官任峻，部下倉官王垕，入稟操曰：「兵多糧少，當如之何？」操曰：「可將小斛散之，權且救一時之急。」垕曰：「兵士倘怨，如何？」操曰：「吾自有策！」垕依命以小斛分散。

操暗使人各寨探聽，無不嗟怨。皆言：「丞相欺眾。」操乃密召王垕入曰：「吾欲問汝借一物以壓眾心，汝勿吝。」◎13垕曰：「承相欲用何物？」操曰：「欲借汝頭以示眾耳！」垕大驚！曰：「某實無罪！」操曰：「吾亦知汝無罪，但不殺汝，軍心變矣！汝死後，汝妻子吾自養之！汝勿慮也。」垕再欲言時，操早呼刀斧

〈評點〉

◎12：縱兵掠民者，于禁治其兵，玄德治其將，更足痛快。固當厚勞。（毛宗崗）

◎13：不敢吝借，但此物只好借這一次。（毛宗崗）

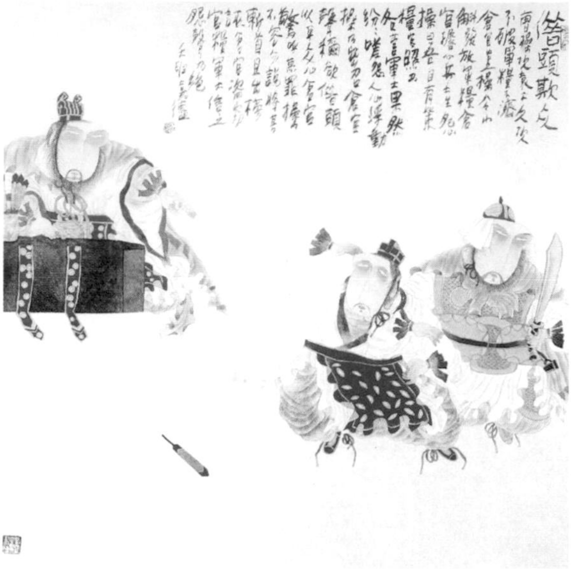

◆借頭欺衆。曹操為達目的，不擇手段，靠欺騙穩定軍心。（鄧嘉德繪）

手推出門外，一刀斬訖，懸頭高竿，出榜曉示曰：「王垕故行小斛，盜竊官糧，謹按軍法。」於是眾怨始解。◎14

次日，操傳令各營將領：「如三日內不併力破城，皆斬！」操親自至城下，督諸軍搬土運石，塡濠塞塹。城上矢、石如雨，有兩員裨將畏避而回，操掣劍親斬於城下。遂自下馬，接土塡坑。於是大小將士無不向前，軍威大振。城上抵敵不住，曹兵爭先上城，斬關落鎖。大隊擁入。李豐、陳紀、樂就、梁剛，都被生擒。操令皆斬於市，焚燒僞造宮、室、殿、宇，一應犯禁之物。壽春城中收掠一空。商議欲進兵渡淮，追趕袁術。

荀彧諫曰：「年來荒旱，糧草艱難。若更進兵，勞軍損民，未必有利。不若暫回許都，待來春麥熟，軍糧足備，方可圖之。」

操躊躇未決。忽報馬到，報說：「張繡依託劉表，復肆猖獗。南陽、張陵諸縣復反。曹洪拒敵不住，連輸數陣。今特來告急。」操乃馳書與孫策，令其跨江布陣，以爲劉表疑兵，使不敢妄動。◎15自己即日班師，別議征張繡之事。臨行令玄德仍屯兵小沛；與呂布結爲兄弟，互相救助，再無相侵。

呂布領兵自回徐州，操密謂玄德曰：「吾令汝屯兵小沛，是『掘坑待虎』之計也。公但與陳珪父子商議，勿致有失。某當爲公外援。」◎16話畢而別。

卻說曹操引兵回許都，人報：「段煨殺了李傕，伍習殺了郭汜，將頭來獻。段煨併將李傕合族老小，二百餘口，活解入許都。」操令分於各門處斬，傳首號令。人民稱快。天子陞殿，會集文武作太平筵宴。◎17封段煨爲盪寇將軍，伍習爲殄虜將軍。各引兵鎮守長安。二人謝恩而去。

操即奏：「張繡作亂，當興兵伐之。」天子乃親排鑾駕，送操出師，時建安三年，夏四月也。

操留荀彧在許都調遣兵將，自統大軍進發。行軍之次，見一路

〈評點〉

◎14：純用霸術。（毛宗崗）

◎15：拒劉表專使孫策，妙！（毛宗崗）

◎16：陽使合，陰使離，奸甚！（毛宗崗）

◎17：二賊之死，天子亦酌酒相賀。（毛宗崗）

◆張繡（？～207），東漢武威郡祖厲縣（今甘肅靖遠縣）人。驃騎將軍張濟族侄。先從董卓，曾與曹操多次交戰而不被攻克。官渡之戰前夕，張繡在賈詡建議下再次投降曹操，被拜為揚武將軍，在與袁紹交戰中數立戰功，於遠征烏桓途中去世。（fotoe提供）

麥已熟；民因兵至，逃避在外，不敢刈麥。操使人遠近遍諭村人父老，及各牧守境官吏曰：「吾奉天子明詔，出兵討逆，與民除害。方今麥熟之時，不得已而起兵。大小將校，凡過麥田，但有踐踏者，並皆斬首。軍法甚嚴，爾民勿得驚疑。」◎18

百姓聞諭，無不歡喜稱頌，望塵遮道而拜。官軍經過麥田，皆下馬以手扶麥，遞相傳送而過，並不敢踐踏。

操乘馬正行，忽田中驚起一鳩。那馬眼生，竄入麥中，踐壞了一大塊麥田。操隨呼行軍主簿，擬議自己踐麥之罪。◎19主簿曰：「丞相豈可議罪？」操曰：「吾自制法，吾自犯之！何以服眾？」即掣所佩之劍欲自刎！眾急救住。

郭嘉曰：「古者春秋之義，法不加於尊。丞相總統大軍，豈可自戕？」操沉吟良久，乃曰：「既春秋有『法不加於尊』之義，吾姑免死。」◎20乃以劍割自己之髮，擲於地。曰：「割髮權代首。」使人以髮傳示三軍，曰：「丞相踐麥，本當斬首號令。今割髮以代。」◎21於是三軍悚然，無不懔※4遵軍令。後人有詩論之曰：

「十萬貔貅※5十萬心，一人號令眾難禁；
拔刀割髮權爲首，方見曹瞞詐術深。」

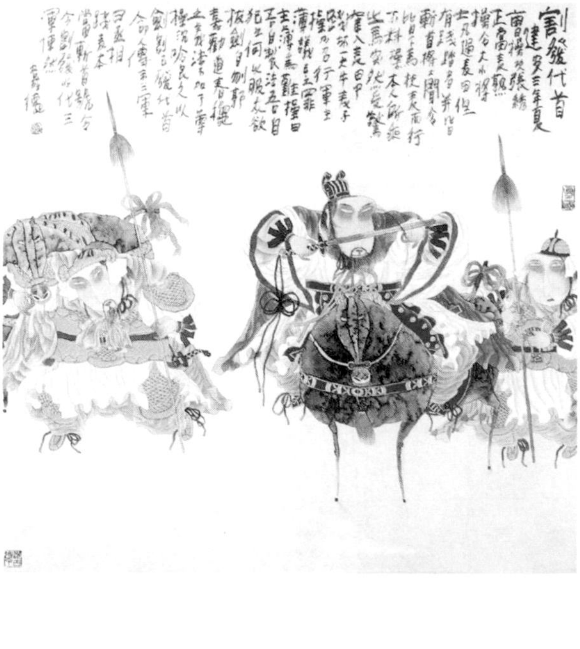

◆割髮代首。儘管曹操不無表演成分，但此舉對嚴明軍紀非常有效。（鄧嘉德繪）

卻說張繡知操引兵來，急發書報劉表；使爲後應。一面與雷敘、張先二將領兵出城迎敵。兩陣對圓，張繡出馬。指操罵曰：「汝乃假仁假義，無廉恥之人，與禽獸何異？」◎22操大怒，令許褚出馬。

繡令張先接戰，只三合，許褚斬張先於馬下。繡軍大敗。操引軍趕至南陽城下，繡入城，閉門不出。操圍城攻打，見城濠甚闊，水勢又深，急難近城，乃令軍士運土填濠。又用土布袋、并柴薪草把，相雜於城邊，作梯凳。又立雲梯，窺望城中。操自騎馬遶城觀之。

如此三日，操傳令教軍士於西門角上堆積柴薪，會集諸將，就那裏上城。城中賈詡見如此光景，便謂張繡曰：「某已知曹操之意矣，今可將計就計而行……」正是：

「強中自有強中手，用詐還逢識詐人。」

不知其計若何，且聽下文分解……

〈評點〉

◎18：君以民爲天，民以食爲天。曹操可謂知天之人。（毛宗崗）

◎19：權詐可愛！（毛宗崗）

◎20：即借郭嘉口中語，輕輕將死罪抛開。（毛宗崗）

◎21：奸雄，奸雄，此人所不能及也。（李贄）

◎22：隱然爲其叔母發恨。（毛宗崗）

注釋

※4：危懼，看見危險而害怕。

※5：古代傳說中的猛獸，比喻勇猛的軍隊。

第十八回　賈文和料敵決勝　夏侯惇拔矢啖睛

卻說賈詡料知曹操之意，便欲將計就計而行，乃謂張繡曰：「某在城上，見曹操遶城而觀者三日；他見城東南角，磚土之色新舊不等，鹿角※1多半毀壞，意將從此處攻進，卻虛去西北上積草，詐爲聲勢；欲哄我撤兵守西北，彼乘黑夜，必爬東南角而進也。」◎1

繡曰：「然則奈何？」詡曰：「此易事耳！來日可令精壯之兵，飽食輕裝，盡藏於東南房屋內。卻教百姓假扮軍士，虛守西北。夜間任他在東南角上爬；候其爬進城時，一聲礮響，伏兵齊起，操可擒矣。」◎2繡喜，從其計。

早有探馬報曹操說：「張繡盡撤兵在西北角上，吶喊守城。東南卻甚空虛。」操曰：「中吾計矣！」◎3遂命軍中密備鍫、钁，爬城器具。日間只引軍攻西北角。至二更時分，卻領精兵於東南角上爬入濠去，砍開鹿角。

城中全無動靜，眾軍一齊擁入。只聽得一聲礮響！伏兵四起。曹

◆山東濰縣年畫《刺嬸》，描繪張繡見其嬸與曹操私通，大怒而刺死之。（王樹村提供／中國工藝美術出版社）

軍急退，背後張繡親驅勇將殺來！曹軍大敗，退出城外，奔走數十里。張繡直殺至天明，方收軍入城。曹操計點敗軍，已折五萬餘人，失去輜重無數。呂虔、于禁俱各被傷。◎4

卻說賈詡見操敗走，急勸張繡遺書劉表，使起兵截其後路。表得書，即欲起兵。忽探馬報：「孫策屯兵湖口。」良曰：「策屯兵湖口，乃曹操之計也。今操新敗，若不乘勢擊之，後必有患。」◎5表乃令黃祖堅守隘口，自己統兵至安眾縣，截操後路。一面約會張繡。繡知表兵已起，即同賈詡引兵襲操。

且說：操軍緩緩而行，至襄城到淯水。操忽於馬上放聲大哭，眾驚問其故？操曰：「吾思去年於此地，折了吾大將典韋不由不哭耳。」◎6因即下令屯住軍馬，大設祭筵，弔奠典韋亡魂。操親自拈香哭拜。三軍無不感嘆◎7。祭典韋畢，方祭

〈評點〉

◎1：虛者實之，實者虛之。早被賈生看破。（毛宗崗）

◎2：以詐待詐！正是將計就計。（毛宗崗）

◎3：誰知反中彼計！（毛宗崗）

◎4：此皆爲城中有智囊也。（毛宗崗）

◎5：蒯良之智亦不在賈詡下。（毛宗崗）

◎6：此老得將士心，慣用斯法。（毛宗崗）

◎7：其所以親自拈香哭拜者，正要使三軍無不感嘆耳。（毛宗崗）

注釋

※1：把帶枝的樹木削尖，交叉擺在營寨周圍或交通路口。用來阻止敵人兵馬的一種障礙物。

姪曹安民，及長子曹昂。并祭陣亡軍士。連那匹射死的大宛馬也都致祭。

次日，忽荀彧差人報說：「劉表助張繡，屯兵安眾截吾歸路。」操答彧書曰：「吾日行數里，非不知賊來追我！然我計畫已定，若到安眾破繡必矣！君等勿疑。」◎8便催軍行。

至安眾縣界，劉表軍已守險要，張繡隨後引軍趕來。操乃令眾軍黑夜鑿險開道，暗伏奇兵。◎9及天色微明，劉表、張繡軍會合，見操兵少，疑操遁去，俱引兵入險擊之。操縱奇兵出，大破兩家之兵。

曹兵出了安眾界口，於隘外下寨。劉表、張繡各整敗兵相見。表曰：「何期反中曹操奸計？」繡曰：「容再圖之！」於是兩軍集於安眾。

且說荀彧探知袁紹欲興兵犯許都，星夜馳書報曹操。操得書心慌，即日回兵。細作報知張繡，繡欲追之。賈詡曰：「不可追也！追之必敗。」劉表曰：「今日不追，坐失機會矣！」力勸繡引軍萬餘，同往追之。約行十餘里，趕上曹軍後隊。曹軍奮力接戰，繡、表兩軍大敗而還。

繡謂詡曰：「不用公言，果有此敗。」詡曰：「今可整兵再往追之！」◎10繡與表俱曰：「今已敗，奈何復追？」詡曰：「今番追兵去，必獲大勝！如其不然，請斬吾首。」繡信之，劉表疑慮，不肯同往。繡乃自引一軍往追。◎11操兵果然大敗，車馬輜重連路散棄而走。繡正往前追趕，忽山後一彪軍擁出，繡不敢前追，收

◆魏晉南北朝時期的雙層甲冑騎馬俑。（fotoe提供）

軍回安眾。

劉表問賈詡：「前以精兵追退兵，而公曰：『必敗！』後以敗卒擊勝兵，而公曰：『必克！』究竟悉如公言，何其事不同而皆驗也？願公明以教我。」◎12詡曰：「此易知耳！將軍雖善用兵，然非曹操敵手，操軍雖敗，必有勁將爲後殿※2以防追兵。我兵雖銳，不能敵之也。故知必敗！夫操之急於退兵者，必因許都有事。既破我追軍之後，必輕車速回，不復爲備。我乘其不備，而更追之！故能勝也。」劉表、張繡俱服其高見。◎13詡勸表回荊州，繡守襄城。以爲唇齒，兩軍各散。

且說曹操正行間，聞報後軍爲繡所追急引眾將回身救應。只見繡軍已退。敗兵回告操曰：「若非山後這一路人馬阻住中路，我等皆被擒矣！」操急問：「何人？」

〈評點〉

◎8：妙算先定，此時卻不明言。（毛宗崗）

◎9：前黑夜爬城，我中彼伏兵之計。今黑夜鑿險，彼亦中我伏兵之計。眞正奇妙！（毛宗崗）

◎10：奇語似戲！（毛宗崗）

◎11：繡能深知賈詡，詡故不忍棄之。（李漁）

◎12：讀者亦亟欲請教！（毛宗崗）

◎13：不特表、繡服之，即曹操當亦服之。（毛宗崗）

注釋

※2：指行軍時的後衛部隊。

那人綽槍下馬，拜見曹操，乃鎮威中郎將江夏平春人，姓李名通，字文達。操問何來？通曰：「近守汝南，聞丞相與張繡、劉表戰，特來接應。」操喜，封通爲建功侯，守汝南西界，以防表、繡。通拜謝而去。

操還許都，表奏孫策有功，封爲討逆將軍，賜爵吳侯。遣使齎詔江東，諭令防剿劉表。

操回府，眾官參見畢。荀彧問曰：「丞相緩行至安眾，何以知必勝賊兵？」操曰：「彼退無歸路，必將死戰，吾緩誘之，而暗圖之，是以知其必勝也。」◎14荀彧拜服。

郭嘉入，操曰：「公來何暮也？」嘉袖出一書，告操曰：「袁紹使人致書丞相，言欲出兵攻公孫瓚，特來借糧借兵。」操曰：「吾聞紹欲圖許都。今見吾歸，又別生他議？」遂拆書觀之。見其詞意驕慢，乃問嘉曰：「袁紹如此無狀，吾欲討之，恨力不及。如何？」

嘉曰：「劉項之不敵，公所知也。高祖惟智勝，項羽雖強，終爲所擒。今紹有

◆賈文和料敵決勝。賈詡向張繡、劉表道出勝敗之由。（fotoe提供）

十敗，公有十勝。◎15紹兵雖盛，不足懼也。紹繁禮多儀，公體認自然；此『道勝』也。紹以逆動，公以順率；此『義勝』也。桓、靈以來，政失於寬。紹以寬濟，公以猛糾；此『治勝』也。紹外寬內忌，所任多親戚，公外簡內明，用人惟才；此『度勝』也。紹多謀少決，公得策則行；此『謀勝』也。紹專收名譽，公以至誠待人；此『德勝』也。紹恤近忽遠，公慮無不周；此『仁勝』也。紹聽讒惑亂，公浸潤不行※3；此『明勝』也。紹是非混淆，公法度嚴明；此『文勝』也。紹好爲虛勢，不知兵要，公以少克眾，用兵如神；此『武勝』也。公有十勝，於以敗紹，無難矣！」◎16

操笑曰：「如公所言，孤何足以當之？」荀彧曰：「郭奉孝十勝十敗之說，正與愚見相合。紹兵雖眾，何足懼耶？」嘉曰：「徐州呂布，實心腹大患。今紹北征公孫瓚，我當乘其遠出，先除呂布，掃除東南，然後圖紹，乃爲上計，否則，我方攻紹，布必乘虛來犯許都，爲害不淺也。」◎17操然其言，遂議東征呂布。

〈評點〉

◎14：前有賈詡論兵，此又有曹操論兵。可當兵書一則。（毛宗崗）

◎15：語雖多，然皆實而非諛。（李漁）

◎16：上文只說操之十勝，而紹之十敗已舉於中。（毛宗崗）

◎17：數陳十勝十敗之後，讀者必將謂攻紹矣，乃忽欲舍紹而攻布，殊出意外。（毛宗崗）

◆安徽巢湖和縣烏江西楚霸王祠項羽雕像。項羽（前232～前202），名籍，字羽，下相（今江蘇宿遷）人，楚國名將項燕之孫。楚漢相爭，劉邦終以智勝，項羽被迫於烏江自刎。（汪順陵／fotoe提供）

注釋

※3：浸潤，「浸潤之譖」的省語，意思是時時利用說壞話進行挑撥傾軋活動，以逐漸滲入的方式進行，就像水浸泡物體，使聽者不易察覺。不行，行不通。

荀彧曰：「可先使人往約劉備，待其回報，方可動兵。」操從之，一面發書與玄德，一面厚遣紹使，奏封紹爲大將軍太尉，兼都督冀、青、幽、并四州。密書答之云：「公可討公孫瓚，吾當相助。」紹得書大喜，便進兵攻公孫瓚。

且說呂布在徐州，每當賓客宴會之際，陳珪父子必盛稱布德。陳宮不悅，乘間告布曰：「陳珪父子面諛將軍，其心不可測。宜善防之！」◎18布怒，叱曰：「汝無端獻讒，欲害好人耶？」宮出，嘆曰：「忠言不入，吾輩必受殃矣！」意欲棄布他往，卻又不忍，又恐被人嗤笑，◎19乃終日悶悶不樂。一日帶領數騎去小沛地面圍獵解悶，忽見官道上一騎驛馬※4飛奔前去。宮疑之，棄了圍場，引從騎從小路趕上。問曰：「汝是何處使命？」那使者知是呂布部下人，慌不能答。宮令搜其身，得玄德回答曹操密書一封。宮即連人與書，拏見呂布。

布問其故。來使曰：「曹丞相差我往劉豫州處下書。今得回書，不知書中所言何事。」布乃拆書細看◎20，書略曰：

「奉明命欲圖呂布，敢不夙夜用心？但備兵微將少，不敢輕動。丞相若興大師，備當爲前驅。謹嚴兵整甲，專待鈞※5命……」

呂布見了，大驚！曰：「操賊焉敢如此？」遂將使者斬首，先使陳宮、臧霸結連泰山寇孫觀、吳敦、尹禮、昌豨。東取山東、兗州諸郡。復令高順、張遼取沛城，攻玄德。令宋憲、魏續西取汝潁，布自總中軍，爲三路救應。◎21

且說高順等兵出徐州，將至小沛；有人報知玄德，玄德急與眾商議。孫乾曰：「可速告急於曹操！」玄德曰：「誰可去許都告急？」階下一人出曰：「某願往！」視之乃玄德同郡人，姓簡名雍，字憲和，現爲玄德幕賓。玄德即修書付簡雍，使星夜赴許都求救援。一面整頓守城器具，玄德自守南門，孫乾守北門，雲長守西門，張飛守東門。令糜竺與其弟糜芳守護中軍。——原來糜竺有一妹，嫁與玄德爲次妻。玄德與他兄弟有郎舅之親。故令其守中軍，保護妻小。

高順軍至，玄德在敵樓上問曰：「吾與奉先無隙，何故引兵至此？」順曰：「你結連曹操欲害吾主。今事已露，何不就縛？」言訖，便麾軍攻城。玄德閉門不出。次日，張遼引兵攻打西門。雲長從城上謂之曰：「公儀表非俗，何故失身於賊？」◎22張遼低頭不語。雲長知此人有忠義之氣，更不以惡言相加，亦不出戰。◎23

〈評點〉

◎18：凡面諛人者，必腹算人者也。陳珪父子便是榜樣。（毛宗崗）

◎19：此時若去，誰來笑你？不能引決，爲可笑耳。（毛宗崗）

◎20：陳宮不先折，俟呂布手折，俱細甚。（毛宗崗）

◎21：本是操欲攻布，卻反致布先發作，又出意表！（毛宗崗）

◎22：壯士惜壯士，爲後白門樓相救伏筆。（毛宗崗）

◎23：豪傑愛豪傑！（毛宗崗）

注釋

◆簡雍，字憲和，河北涿郡人，劉備幕僚，官至昭德將軍。某年天旱，蜀漢禁酒，以釀酒為犯法行為。有官吏在一戶人家搜得釀具，有人以為應當與釀酒者一樣處罰。簡雍和劉備同行，在路上碰見一對男女，簡雍於是說：「那個人想實施奸淫行為，為什麼不綁起來？」劉備問道：「你怎麼知道？」簡雍回答說：「他有行淫的器具，正和那個想要釀酒的人一樣。」劉備大笑，於是放了那家藏有釀酒器具的人。（葉雄繪）

※4：爲公家傳遞文書所使用的馬匹。

※5：敬辭，用於有關對方的事物或行爲（對尊長或上級使用）。

遼引兵退至東門，張飛便出迎戰。早有人報知關公，關公急來東門看時，只見張飛方出城，張遼軍已退！飛欲追趕，關公急召入城。飛曰：「彼懼而退！何不追之？」關公曰：「此人武藝不在你我之下。因我以正言感之，頗有自悔之心，故不與我等戰耳！」◎24飛乃悟，只令士卒堅守城門，更不出戰。

卻說簡雍至許都見曹操，具言前事。操即聚眾謀士，議曰：「吾欲攻呂布，不憂袁紹掣肘，只恐劉表、張繡躡其後耳！」

荀攸曰：「二人新破，未敢輕動。呂布驍勇，若更結連袁術，縱橫淮泗，急難圖矣。」郭嘉曰：「今可乘其初叛，眾心未附，疾往擊之。」操從其言，即命夏侯惇與夏侯淵、呂虔、李典，領兵五萬，先行，自統大軍陸續進發；簡雍隨行。——早有探馬報知高順，順飛報呂布。布先令侯成、郝萌、曹性引二百餘騎接應高順，使離沛城三十里，去迎曹軍。自引大軍隨後接應。

玄德在小沛城中，見高順退去，知是曹家兵至。乃只留孫乾守城，糜竺、糜芳守家。自己卻與關、張二公提兵盡出城外，分頭下寨，接應曹軍。◎25卻說夏侯惇引軍前進，正與高順軍相遇，便挺槍出馬搦戰，高順迎敵。兩馬相交，戰有四五十合，高順抵敵不住，敗下陣來，惇縱馬追趕，順遶陣而走。惇不捨，亦遶陣追之。陣上曹性看見，暗地拈弓搭箭，覷得親切，一箭射去！正中夏侯惇左目，惇大叫一

◆張遼（169～222），字文遠，雁門馬邑（今山西朔州）人，初從丁原、董卓、呂布，後為曹魏名將，「五子良將」之一。多次對抗孫權，有一次更差點活捉孫權，名震天下。孫權告誡諸將：「張遼雖然得病，仍勇不可當，你們一定要謹慎對待！」（葉雄繪）

聲，急用手拔箭，不想連眼珠拔出，◎26乃大呼曰：「父精母血，不可棄也！」遂納於口內啖之，仍復提槍縱馬，直取曹性。◎27性不及早提防，早被一槍搠透面門，死於馬下。兩邊軍士，見者無不駭然！◎28

夏侯惇既殺曹性，縱馬便回！高順從背後趕來，麾軍齊上！曹軍大敗。夏侯淵救護其兄而走，呂虔、李典將敗軍退去濟北下寨。

高順得勝，引軍回擊玄德，恰好呂布大軍亦至，布與張遼、高順分兵三路，夾攻玄德、關、張三寨。正是：

「啖睛猛將雖云勇，中箭前鋒難久持。」

未知玄德勝負如何，且聽下文分解……

〈評點〉

◎24：好漢識好漢！（毛宗崗）

◎25：空城出屯，是失著。（毛宗崗）

◎26：好痛也！（毛宗崗）

◎27：漢子。（李贄）

◎28：此勇者之常事，亦武夫之小節，史官津津樂道，陋矣。（李贄）

◆夏侯惇撥矢啖睛。曹操部下將領多有以勇猛著名者，夏侯惇是其一。（fotoe提供）

第十九回　下邳城曹操鏖兵　白門樓呂布殞命

卻說高順引張遼擊關公寨，呂布自擊張飛寨。關、張各出迎戰，玄德引兵兩路接應。呂布分軍從背後殺來，關，張兩軍皆潰，玄德引數十騎奔回沛城。呂布趕來，玄德急喚城上軍士放下吊橋，呂布隨後也到。城上欲待放箭，又恐射了玄德，被呂布乘勢殺入城門。把門將士抵敵不住，都四散奔避，呂布招軍入城。玄德見勢已急，到家不及。只得棄了妻小，◎1穿城而過，走出西門，匹馬逃難。

呂布趕到玄德家中，糜竺出迎，告布曰：「吾聞大丈夫不廢人之妻。今與將軍爭天下者，曹公耳。玄德常念轅門射戟之恩，不敢背將軍也。今不得已而投曹公，惟將軍憐之。」布曰：「吾與玄德舊交，豈忍害他妻子？」◎2便令糜竺引玄德妻小去徐州安置。

布自引軍投山東兗州境上，留高順、張遼守小沛。此時孫乾已逃出城外，關、張二人亦各自收得些人馬，往山中住箚。

且說玄德匹馬逃難，正行間，背後一人趕至。視之乃孫乾也，玄德曰：「吾今二弟不知存亡，妻小失散！為之奈何？」◎3孫乾曰：「不若且投曹操，以圖後

計。」玄德依言，尋小路投許都。途次絕糧，嘗往村中求食。但到處，聞劉豫州；皆爭進飲食。

一日，到一家投宿。其家一少年出拜。問其姓名，乃獵戶劉安也。當下劉安聞豫州牧至，欲尋野味供食，一時不能得；乃殺其妻以食之。◎4

玄德曰：「此何肉也？」安曰：「乃狼肉也！」玄德不疑，遂飽食了一頓。天晚就宿。◎5至曉將去，往後院取馬，忽見一婦人殺於廚下，臂上肉已都割去。玄德驚問，方知昨夜食者，乃其妻之肉也。玄德不勝傷感，洒淚上馬。劉安告玄德曰：「本欲相隨使君。因老母在堂，未敢遠行。」玄德稱謝而別。

取路出梁城，忽見塵頭蔽日，一彪大軍來到。玄德知是曹操之軍，同孫乾徑至中軍旗下，與曹操相見，具說失沛城，散二弟，陷妻小之事。操亦爲之下淚，又說劉安殺妻爲食之事，操乃令孫乾以金百兩往賜之。◎6

〈評點〉

◎1：此卷中以玄德棄妻，劉安殺妻，呂布戀妻，相對成趣。（毛宗崗）

◎2：莫說竟是無義之徒，此處也還頗知恩義。（李漁）

◎3：先說兩弟，後及妻小，妙！（毛宗崗）

◎4：婦人不幸生亂世，遂使命如草菅。哀哉！（毛宗崗）

◎5：不知劉安此夜如何睡得著？（毛宗崗）

◎6：劉安得此金，又可娶一妻矣！但恐無人肯嫁之耳！何也？恐其又當作野味請客也。（毛宗崗）

　　軍行至濟北，夏侯淵等迎接入寨，備言兄夏侯惇損其一目，臥病未痊。操臨臥處視之，令先回許都調理。一面使人打探呂布現在何處？探馬回報云：「呂布與陳宮、臧霸，結連泰山賊寇，共攻兗州諸郡。」操即令曹仁引兵三千打沛城，操親提大軍與玄德來戰呂布。

　　前至山東，路近蕭關，正遇泰山寇孫觀、吳敦、尹禮、昌豨，領兵三萬餘，攔住去路。操令許褚迎戰，四將一齊出馬，許褚奮力死戰。四將抵敵不住，各自敗走。操乘勢掩殺，追至蕭關。——探馬飛報呂布。

　　時布已回徐州，欲同陳登往救小沛。◎7令陳珪守徐州。◎8陳登臨行，珪謂之曰：「昔曹公曾言：『東方事盡付與汝。』今布將敗，可便圖之。」登曰：「外面之事，兒自爲之。倘布敗回，父親便請糜竺一同守城，休放布入。兒自有脫身之計。」

　　珪曰：「布妻小在此，心腹頗多。爲之奈何？」登曰：「兒亦有計了。」◎9乃入見呂布曰：「徐州四面受敵，操必力攻。我當先思退步，可將錢糧移於下邳，

◆劉安殺妻饗劉備。日本浮世繪，葛飾戴斗《繪本通俗三國志》。（葛飾戴斗／fotoe 提供）

◎10儻徐州被圍，下邳有糧可救。主公盍※1早爲計？」布曰：「元龍之言甚善！吾當并妻小移去。」◎11遂令宋憲、魏續保護妻小與錢糧，移屯下邳。一面自引軍與陳登往救蕭關。

到半路，登曰：「容某先到關探曹兵虛實，主公方可行。」布許之，登乃先到關上。陳宮等接見。登曰：「溫侯深怪公等不肯向前，要來責罰。」宮曰：「今曹兵勢大，未可輕敵。吾等緊守關隘，可勸主公深保沛城，乃爲上策。」陳登唯唯。◎12至晚，上關而望。見曹兵直逼關下，乃乘夜連寫三封書，拴在箭上，射下關去。

次日，辭了陳宮，飛馬來見呂布，曰：「關上孫觀等皆欲獻關。某已留下陳宮把守，將軍可於黃昏時殺去救應。」布曰：「非公則此關休矣！」◎13便教陳登飛

〈評點〉

◎7：小沛休矣！（毛宗崗）
◎8：徐州休矣！（毛宗崗）
◎9：陳登大是可兒。（李贄）
◎10：只說錢糧，不說妻小，妙甚。（李贄）
◎11：此句待他自說，甚妙！（毛宗崗）
◎12：陳宮雖至，不出陳登之手。（李漁）
◎13：非公則此關安得休？（毛宗崗）

注釋

※1：何不。

騎先至關，約陳宮爲內應，舉火爲號。登逕往報宮曰：「曹兵已抄小路到關內，恐徐州有失，公等宜急回。」◎14宮遂引眾棄關而走。

登就關上放起火來，呂布乘黑殺至，陳宮軍和呂布軍在黑暗裏自相掩殺。◎15曹兵望見號火，一齊殺到，乘勢攻擊。孫觀等各自四散，逃避去了。

呂布直殺到天明，方知是計◎16，急與陳宮回徐州。到得城邊，叫門時，城上亂箭射下。糜竺在敵樓上喝曰：「汝奪吾主城池，今當仍還吾主。汝不得復入此城也。」布大怒，曰：「陳珪何在？」竺曰：「吾已殺之矣！」布回顧宮曰：「陳登安在？」宮曰：「將軍尚執迷而問此佞賊乎？」布令遍尋軍中，卻只不見。

宮勸布急投小沛，布從之。行至半路，則見一彪軍驟至。視之，乃高順、張遼也。布問之，答曰：「陳登來報，說主公被圍，今某等急來救解。」宮曰：「此又佞賊之計也！」布怒曰：「吾必殺此賊。」◎17急驅馬至小沛。——只見小沛城上盡插曹兵旗號，原來曹操已令曹仁襲了城池，引軍把守。

呂布於城下大罵陳登，登在城上指布罵曰：「吾乃漢臣，安肯事汝反賊耶？」布大怒，正待攻城，忽聽背後喊聲大起，一隊人馬來到！當先一將，乃是張飛。◎18高順出馬迎敵，不能取勝，布親自接戰。正鬭間，陣外喊聲復起，曹操親統大軍衝殺前來。

呂布料難抵敵，引軍東走。曹兵隨後追趕。呂布走得人困馬乏，忽又閃出一彪軍，攔住去路。爲首一將，立馬橫刀，大喝：「呂布休走，關雲長在此！」呂布慌忙接戰，背後張飛趕來！布無心戀戰，與陳宮等殺開條路，徑奔下邳。侯成引兵接應去了。

關、張相見，各洒淚言失散之事◎19。雲長曰：「我在海州路上住劄，探得消息，故來至此。」張飛曰：「弟在芒碭山住了這幾時，今日幸得相遇。」兩個敘話畢，一同引兵來見玄德，哭拜於地。玄德悲喜交集，引二人見曹操，便隨操入徐州。糜竺接見，具言：「家屬無恙。」玄德甚喜。陳珪父子亦來參拜曹操。

操設一大宴，犒勞諸將。操自居中，使陳珪居左，玄德居右。其餘將士各依次坐。宴罷，操嘉陳珪父子之功，加封十縣之祿。授登爲伏波將軍。

◆武漢龜山三國城高順塑像。（劉兆明／fotoe提供）

〈評點〉

◎14：騙呂布又騙陳宮，兩邊夾敘，都用實筆，妙！（毛宗崗）

◎15：只一陳登，弄得他七顛八倒，可知曹操用間之妙。（毛宗崗）

◎16：呆鳥！（毛宗崗）

◎17：只怕殺他不得了！（毛宗崗）

◎18：正怒，又撞著對頭，妙甚。（李漁）

◎19：寫得有情致。（毛宗崗）

且說曹操得了徐州，心中大喜。商議起兵攻下邳。程昱曰：「布今止有下邳一城，若逼之太急，必死戰而投袁術矣！布與術合，其勢難攻。今可使能任事者守住淮南徑路，內防呂布，外當袁術。況今山東尚有臧霸、孫觀之徒，未曾歸順。防之亦不可忽也！」

操曰：「吾自當山東諸路，其淮南徑路，請玄德當之。」◎20玄德曰：「丞相將令，安敢有違？」次日，玄德留糜竺、簡雍在徐州，帶孫乾、關、張自引軍往守淮南徑路。曹操自引兵攻下邳。

且說呂布在下邳，自恃糧食足備，且有泗水之險。安心坐守，可保無虞。陳宮曰：「今操兵方來。可乘其寨柵未定，以逸擊勞，無不勝者。」布曰：「吾方屢敗，不可輕出。待其來攻，而後擊之！皆落泗水矣！」◎21遂不聽陳宮之言。

過數日，曹兵下寨已定，操統眾將至城下，大叫呂布答話。布上城而立，操謂布曰：「聞奉先又欲結婚袁術，吾故領兵至此。夫術有反逆大罪，而公有討董卓之功。今何自棄其前功，而從逆賊耶？儻城池一破，悔之晚矣！若早來降，共扶王室，當不失封侯之位。」布曰：「丞相且退，尚容商議。」◎22陳宮在布側大罵曹操：「奸賊！」一箭射中其麾蓋，操指宮恨曰：「吾誓殺汝！」遂引兵攻城。

◆灰塑脊飾「桃園三結義」，廣州市中山七路陳家祠。（劉兆明／fotoe提供）

宮謂布曰：「曹操遠來，勢不能久。將軍可以步騎出屯於外，宮將餘眾閉守於內。操若攻將軍，宮引兵擊其背。若來攻城，將軍回救於後。不過旬日，操軍食盡，可一鼓而破。此乃犄角之勢也。」布曰：「公言極是。」遂歸府收拾戎裝。時方冬寒，布吩咐從人多帶綿衣。布妻嚴氏聞之，出問曰：「君欲何往？」布告以陳宮之謀。嚴氏曰：「君委※2全城，捐妻小，孤軍遠出，儻一旦有變，妾豈得爲將軍之妻乎？」布躊躇未決，三日不出。

宮入見曰：「操軍四面圍城，若不早出，必受其困。」布曰：「吾思遠出不如堅守。」◎23宮曰：「近聞操軍糧少，遣人往許都去取，早晚將至。將軍可引精兵往斷其糧道，此計大妙。」布然其言，復入內對嚴氏說知此事。

嚴氏泣曰：「將軍若出，陳宮、高順安能堅守城池？儻有差失，悔無及矣！妾昔在長安，已爲將軍所棄。幸賴龐舒私藏，妾身再得與將軍相聚。孰知今又棄妾而去乎？將軍前程萬里，請勿以妾爲念。」言罷痛哭。◎24

〈評點〉

◎20：使玄德當此衰、呂往來之要衝，亦即「驅虎吞狼」之計也！（毛宗崗）

◎21：豈知此水反爲我害！（毛宗崗）

◎22：呂布柔軟無丈夫氣，陳宮雖失身從人，卻可謂至死不變。（李漁）

◎23：沒主意！（毛宗崗）

◎24：先以危詞動之，又以哀詞訣之，然後繼之以哭，不由丈夫不聽。（毛宗崗）

注釋

※2：拋棄、捨棄。

◆下邳城曹操鏖兵。曹操率兵包圍下邳，請呂布於城樓上答話。（fotoe提供）

布聞言，愁悶不決，入告貂蟬。◎25貂蟬曰：「將軍與妾作主，勿輕騎自出。」布曰：「汝無憂慮，吾有畫戟、赤兔馬。誰敢近我？」◎26乃出謂陳宮曰：「操軍糧至者，詐也！操多詭計，吾未敢動。」宮出，嘆曰：「吾等死無葬身之地矣！」◎27布於是終日不出，只同嚴氏、貂蟬飲酒解悶。◎28

謀士許汜、王楷入見布，進計曰：「今袁術在淮南聲勢大振。將軍舊曾與彼約婚，今何不仍求之？彼兵若至，內外夾攻，操不難破也。」布從其計，即日修書，就著二人前去。許汜曰：「須得一軍引路衝出方好！」布令張遼、郝萌兩個，引兵一千，送出隘口。

是夜二更，張遼在前，郝萌在後，保著許汜、王楷殺出城去。抹過玄德寨，眾將追趕不及，已出隘口。郝萌將五百人跟許汜、王楷而去，張遼引一半軍回來。到隘口，被雲長攔住，未及交鋒，高順引兵出城救應，接入城中去了。

且說：許汜、王楷至壽春，拜見袁術，呈上書信。術曰：「前者殺吾使命，賴我婚姻。今又來相問，何也？」汜曰：「此爲曹操奸計所誤，願明上※3詳之。」術曰：「汝主不因曹兵困急，豈肯以女許我？」楷曰：「明公今不相救，恐『脣亡齒寒』，亦非明公之福也！」術曰：「奉先反覆無信。可先送女，然後發兵。」◎29

〈評點〉

◎25：耳朵軟，雖有千斤之力，只當懦夫。（李漁）

◎26：頻誇戟、馬，正爲後文盜馬盜戟作反襯。（毛宗崗）

◎27：極似李儒嘆董卓語。（毛宗崗）

◎28：到此呂布已安心束手待斃矣。（李漁）

◎29：孫策借兵，得他玉璽爲質，呂布借兵，又要他女兒爲質。一是死寶，一是活寶。（毛宗崗）

◆呂布在下邳被曹軍包圍，一籌莫展，但仗著自己有赤兔馬，不以為意，仍與妻妾嚴氏、貂蟬等飲酒解悶。（朱寶榮繪）

注釋

※3：對袁術的尊稱，上，古代對皇帝的代稱。當時袁術已自稱帝號，所以許汜等不便稱他爲明公，而改稱「明上」。

許汜、王楷只得拜辭，和郝萌回。來到玄德寨邊，汜曰：「日間不可過。夜半吾二人先行，郝將軍斷後……」商量停當，夜過玄德寨，許汜、王楷先過去了，郝萌正行之次，張飛出寨攔路。郝萌交馬只一合，被張飛生擒過去，五百人馬盡被殺散。

張飛解郝萌來見玄德，玄德押往大寨見曹操。郝萌備說「求救許婚」一事，操大怒，斬郝萌於軍門。使人傳諭各寨，小心防守。如有走透呂布及彼軍士者，依軍法處治。各寨悚然。

玄德回營，吩咐關、張曰：「我等正當淮南衝要之處，二弟切宜小心在意。勿犯曹公軍令。」飛曰：「捉了一員賊將，曹操不見有甚褒賞，卻反來唬嚇！何也？」◎30玄德曰：「非也。曹操統領多軍，不以軍令，何能服人？弟勿犯之。」◎31關、張應諾而退。

且說許汜、王楷回見呂布，具言：「袁術先欲得婦，然後起兵救援……」布曰：「如何送去？」汜曰：「今郝萌被獲，操必知我情，預作準備。若非將軍親自護送，誰能突出重圍？」布曰：「今日便送去，如何？」汜曰：「今日乃凶神値日，不可去。明日大利，宜用戌亥時。」布命張遼、高順引三千軍馬，安排小車一輛：「我親送至二百里外，卻使你兩個送去。」

次夜，二更時分。呂布將女以緜纏身，用甲包裹，負於背上，提戟上

◆金鳳台的曹操與群臣塑像，河北邯鄲磁縣鄴城遺址。（聶鳴／fotoe提供）

馬，◎32放開城門。布當先出城，張遼、高順跟著，將次到玄德寨前。一聲鼓響，關、張二人攔住去路，大叫：「休走！」布無心戀戰，只顧奪路而行。玄德自引一軍殺來，兩軍混戰。

呂布雖勇，終是縛一女在身上，只恐有傷，不敢衝突重圍。◎33後面徐晃、許褚皆殺來，眾軍皆大叫曰：「不要走了呂布！」布見軍來大急，只得仍退入城。◎34玄德收軍，徐晃等各歸寨——端的不曾走透一個。

呂布回到城中，心中憂悶，◎35只是飲酒。——卻說曹操攻城，兩月不下，忽報：「河內太守張揚出兵東市，欲救呂布。部將楊醜殺之，欲將頭獻丞相；卻被張揚心腹將眭固所殺，反投大城去了。」◎36操聞報，即遣史渙追斬眭固。

〈評點〉

◎30：幾乎又惹此公發作！（毛宗崗）

◎31：玄德之意，不過「在他簷下過，不敢不低頭」耳。然若以此語勸張飛，飛必不服，故以「軍令當嚴」爲辭，蓋假語也。（毛宗崗）

◎32：只有隨新人之送娘，那有背新人的送爺？只有蓋新人的紅羅，那有裹新人的鐵甲？只有坐新人的花轎，那有騎新人的戰馬？可發一笑！（毛宗崗）

◎33：趙雲懷小兒，卻能衝陣。呂布背女子，不能突圍。（毛宗崗）

◎34：前番是自己退轉，今番是別人趕回。（毛宗崗）

◎35：不獨呂布憂悶，女兒當亦憂悶。（毛宗崗）

◎36：正史中許多說話，演義反簡，妙，妙！（李漁）

因聚眾將曰：「張揚雖幸自滅，然北有袁紹之憂，東有表、繡之患，下邳久圍不克，吾欲捨布還都，暫且息戰如何？」荀攸急止曰：「不可，呂布屢敗，銳氣已墮。軍以將爲主，將衰則軍無戰心。彼陳宮雖有謀而遲。今布之氣未復，宮之謀未定，作速攻之，布可擒也。」◎37郭嘉曰：「某有一計，下邳城可立破，勝於二十萬師。」荀彧曰：「莫非決沂、泗之水乎？」嘉笑曰：「正是此意！」◎38

操大喜，即令軍士決兩河之水。——曹兵皆居高原，坐視水渰下邳。下邳一城，只剩得東門無水。其餘各門都被水渰。

眾軍飛報呂布，布曰：「吾有赤兔馬，渡水如平地。又何懼哉？」◎39乃日與妻妾痛飲美酒。因酒色過傷，形容銷減。一日取鏡自照，驚曰：「吾被酒色傷矣！自今日始，當戒之！」遂下令：「城中但有飲酒者，皆斬！」◎40

卻說侯成有馬十五匹，被後槽人盜去，欲獻與玄德。侯成知覺，追殺後槽人，將馬奪回。諸將與侯成作賀。侯成釀得五六斛酒，欲與諸將會飲，恐呂布見罪，乃先以酒五瓶詣布府，稟曰：「托將軍虎威，追得失馬；眾將皆來作賀。釀得此酒，未敢擅飲，特先奉上微意。」

布大怒曰：「吾方禁酒，汝卻釀酒會飲。莫非同謀伐我乎？」◎41命推出斬

◆荀攸（157～214），字公達，潁川潁陽（今河南許昌）人，荀彧侄。東漢末年曹操手下謀士，著名軍事家，行事周密謹慎，計謀百出，深受曹操稱讚。（葉雄繪）

之，宋憲、魏續等諸將俱入告饒。布曰：「故犯吾令，理合斬首。今看眾將之面，且打一百。」眾將又哀告，打了五十背花※4。然後放歸！眾將無不喪氣。

宋憲、魏續至侯成家探視，侯成泣曰：「非公等，則吾死矣！」憲曰：「布只戀妻子，視吾等如草芥！」續曰：「軍圍城下，水遶濠邊，吾等死無日矣！」憲曰：「布無仁無義，我等棄之而走，如何？」續曰：「非丈夫也，不若擒布獻曹公！」侯成曰：「我因追馬受責，而布所倚恃者，赤兔馬也。汝二人果能獻門擒布，吾當先盜馬去見曹公。」

三人商議定了，◎42是夜侯成暗至馬院，盜了那匹赤兔馬，飛奔東門來。魏續便開門放出，卻佯作追趕之狀。侯成到曹操寨，獻上馬匹，備言：「宋憲、魏續插白旗為號，準備獻門。」曹操聞此言，便押榜※5數十張，射入城去。其榜曰：

〈評點〉

◎37：若在袁紹，必不肯聽此言。（毛宗崗）

◎38：二口如出一心。（毛宗崗）

◎39：公則無懼矣！妻小奈何？恐不能盡脩在背上也！（毛宗崗）

◎40：不戒色而戒酒，自己害酒卻戒別人飲酒。可笑！（毛宗崗）

◎41：此語實啓其殺機！（毛宗崗）

◎42：三人者，或者託其防護妻小，或者賴其引兵接應。皆布之心腹也，而布卒死於此三人之手，異哉。（毛宗崗）

注釋

※4：用刑杖打脊背，傷破的地方叫做背花，因此打脊背就叫做打背花。

※5：押，簽字。榜，布告文書。押榜，就是在布告文書上簽名。

「大將軍曹，特奉明詔，征伐呂布。如有抗拒大軍者，破城之日滿門誅戮。上至將校，下至庶民，有能擒呂布來獻，或獻其首級者，重加官賞。爲此榜諭，各宜知悉。」

次日平明，城外喊聲震地。呂布大驚，提戟上城，各門點視。責罵魏續走透侯成，失了戰馬，欲待治罪。城下曹兵望見城上白旗，竭力攻城。布只得親自抵敵。從平明直打到日中，曹兵稍退。◎43布小憩門樓，不覺睡著在椅上。◎44宋憲趕退左右，先盜其畫戟。便與魏續一齊動手，將呂布繩纏索綁，緊緊縛住。◎45布從睡夢中驚醒，急喚左右，卻都被二人殺散，二人把白旗一招，曹兵齊至城下，魏續大叫：「已生擒呂布矣！」夏侯淵尚未信。宋憲在城下擲下呂布畫戟來，◎46大開城門，曹兵一擁而入。高順、張遼在西門，水圍難出，爲曹兵所擒。陳宮奔至南門，爲徐晃所獲。

曹操入城，即傳令退了所決之水，出榜安民。一面與玄德同坐白門樓上，關、張侍立於側，提過擒獲一干人來。呂布雖然長大，卻被繩索綑作一團，布叫曰：「縛太急，乞緩之。」操曰：「縛虎不得不急。」◎47布見侯成、魏續、宋憲皆立於側，乃謂之曰：「我待諸將不薄，汝等何忍背反？」憲曰：「聽妻妾言，不聽將計，何謂不薄？」◎48布默然。

◆武漢龜山三國城魏續塑像。
（劉兆明／fotoe提供）

須臾，眾擁高順至。操問曰：「汝有何言？」順不答，曹怒，命斬之。

徐晃解陳宮至，操曰：「公臺別來無恙？」宮曰：「汝心術不正，吾故棄汝！」操曰：「吾心不正，公又奈何獨事呂布？」宮曰：「布雖無謀，不似你詭詐奸險！」操曰：「公自謂足智多謀，今竟如何？」宮顧呂布曰：「恨此人不從吾言。若從吾言，未必被擒也。」操曰：「今日之事，當如何？」宮大聲曰：「今日有死而已！」

操曰：「公如是，奈公之老母妻子何？」宮曰：「吾聞『以孝治天下者，不害人之親。施仁政於天下者，不絕人之祀』，老母妻子之存亡，亦在於明公耳！吾身既被擒，請即就戮，並無挂念！」◎49操有留戀之意，宮徑步下樓，左右牽之不住。操起身，泣而送之。宮並不回顧，操謂從者曰：「即送公臺老母妻子回許都養

〈評點〉

◎43：此時宋、魏二人不即獻門者，懼布之勇也。（毛宗崗）

◎44：到此時還睡得著？只是沒精神耳。（李漁）

◎45：夫非二人之能縛布也，布實自縛於其妻妾耳。（毛宗崗）

◎46：典韋之死，雙戟先亡。呂布之擒，一戟先落。（毛宗崗）

◎47：陳登說他是鷹，曹操偏說他如虎。（毛宗崗）

◎48：責備得是！（毛宗崗）

◎49：並無一弱語！（毛宗崗）

老，怠慢者斬。」宮聞言，亦不開口，伸頸就刑。衆皆下淚！操以棺槨盛其尸，葬於許都。◎50後人有詩嘆之曰：

「生死無二志，丈夫何壯哉！
不從金石論，空負棟樑材。
輔主眞堪敬，辭親實可哀；
白門身死日，誰肯似公臺？」

方操送宮下樓時，布告玄德曰：「公爲坐上客，布爲階下囚，何不發一言而相寬乎？」玄德點頭。◎51及操上樓來，布叫曰：「明公所患，不過於布。布今已服矣！公爲大將，布副之，天下不難定也。」◎52操回顧玄德曰：「何如？」玄德答曰：「公不見丁建陽、董卓之事乎？」布目視玄德曰：「是兒最無信者！」操令牽下樓縊之，布回顧玄德曰：「大耳兒！不記轅門射戟時耶？」忽一人大叫曰：「呂布匹夫，死則死耳！何懼之有？」◎53——衆視之，乃刀斧手擁張遼至。操令將呂布縊※6死，然後梟首。後人有詩嘆曰：

「洪水滔滔淹下邳，當年呂布受擒時。空如赤免馬千里，漫有方天紛一枝。

◆白門樓呂布殞命。名將呂布竟是怕死之人，而劉備則不發一言，任其被處死。（fotoe提供）

縛虎望寬今太懦，養鷹休飽昔無疑。戀妻不納陳宮諫，枉罵無恩大耳兒！」

又有詩論玄德曰：

「傷人餓虎縛休寬，董卓、丁原血未乾，玄德既知能啖父，爭如留取害曹瞞？」

卻說武士擁張遼至。操指遼曰：「這人好生面善！」遼曰：「濮陽城中曾相遇，如何忘卻？」操笑曰：「你原來也記得！」遼曰：「只是可惜！」操曰：「可惜甚的？」遼曰：「可惜當日火不大，不曾燒死你這國賊。」操大怒，曰：「敗將安敢辱吾？」拔劍在手，親自來殺張遼。◎54遼全無懼色，引頸待殺。曹操背後，一人攀住臂膊，一人跪於面前，說道：「丞相且莫動手！」◎55正是：

「乞哀呂布無人救，罵賊張遼反得生。」

畢竟救張遼的是誰？且聽下文分解……

〈評點〉

◎50：宮初獲操而不殺，客店欲殺而不果，宮之活操者再矣，操而不一活之。操眞狼人哉！（毛宗崗）

◎51：此段寫情事俱活現。（李漁）

◎52：布言如此，備愈不肯出言相寬矣！（毛宗崗）

◎53：未罵曹操，先罵呂布。未說自己不怕死，先罵呂布怕死，大是妙人！（毛宗崗）

◎54：不覺露出狼惡手段。（毛宗崗）

◎55：呂布求生不得生，張遼料死反不死，死生是由命哉！（李漁）

注釋

※6：吊死。

參考書目

1.《三國演義》，羅貫中著，北京：人民文學出版社，一九七三年十二月第三版，二〇〇四年三月重印。

2.《三國演義》（上、下冊），羅貫中著，李國文評點，桂林：灕江出版社，一九九四年八月第一版。

3.《三國演義》（新校新注本），羅貫中原著，沈伯俊、李燁校注，成都：巴蜀書社，一九九三年版。

4.《三國演義、三國志對照本》，許盤清、周文業整理，南京：江蘇古籍出版社，二〇〇二年九月第一版。

5.《三國演義：會評本》（上、下冊），陳曦鐘、宋祥瑞、魯玉川輯校，北京：北京大學出版社，一九八六年七月第一版。

6.《三國演義資料彙編》，朱一玄編，天津：南開大學出版社，二〇〇三年六月第一版。

7.《名家解讀三國演義》，陳其欣選編，濟南：山東人民出版社，一九九八年一月第一版。

8.《三國人物古今談》，曲徑、王偉主編，瀋陽：遼海出版社，二〇〇三年五月第一版。

9.《三國一百零八位大名人》，張書學主編，濟南：山東大學出版社，一九九四年九月第一版。

10.《汗青濁酒：三國演義與民俗文化》，魯小俊著，哈爾濱：黑龍江人民出版社，二〇〇三年五月第一版。

▲備註：本書以通行的清代毛宗崗評本爲底本。根據實際情況，本應署名「原著◎羅貫中／修訂◎毛宗崗」，考慮到市場上通行的署名習慣，仍予沿用，僅署「原著◎羅貫中」。

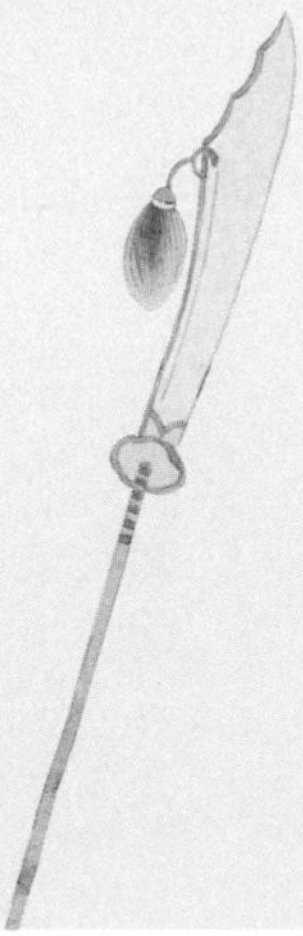

◆特別感謝本書內頁圖片授權人及授權單位◆

1.《三國演義人物畫傳》，葉雄繪，北京：百家出版社，二〇〇三年五月第一版。

⊙葉雄，上海崇明人，一九五〇年出生。畢業於上海大學美術學院國畫系，現是中國美術家協會會員、中國美術家協會連環畫藝術委員會委員、上海美術家協會理事……等。他於一九七六年開始從事連環畫、插圖、中國水墨畫創作，其作品在全國藝術大展中連續獲獎。他的水墨畫作品還在日本、韓國、加拿大、臺灣等地參加聯展。上海美術館、上海圖書館及國內外收藏家收藏了他的中國水墨畫作品。其藝術實踐被收入中國美術家大詞典、中國文藝傳集、當代中國美術家光碟、世界華人文學藝術界名人錄、世界名人錄……等。重要作品包括：

二〇〇一年出版《水滸一百零八將》。

二〇〇二年出版《三國演義人物畫傳》。

二〇〇三年出版《西遊記神怪、人物畫傳》。

二〇〇四年出版《紅樓夢人物畫傳》。

個人信箱：yexiong96@163.com

2.《鄧嘉德三國演義百圖》，鄧嘉德繪，成都：四川美術出版社，一九九五年。

⊙鄧嘉德，四川省成都市人，一九五一年生。中國美術家協會會員，現為四川美術出版社社長。自幼喜愛繪畫，一九八二年畢業於成都大學歷史系，後考入西南師範大學美術系，攻讀中國畫碩士學位。繪畫風格融漢代的概括凝重與宋代的細膩精巧為一體，表現了現代人的審美感受與傳統中國文化的結合。重要作品包括：

一九九四年出版了《關羽．一九九五》掛曆及《三國英雄譜．一九九五》臺曆。

一九九四年〈長坂坡〉獲加拿大海外中國書畫研究會第二屆楓葉獎金獎。

3.《中國戲曲臉譜藝術》，張庚主編，中國藝術研究院戲曲究研所編。南昌：江西美術出版社，一九九三年。

4.《三國》（中國戲曲臉譜叢書），田有亮編，北京：中國畫報出版社，二〇〇三年八月第一版。

5.《清末年畫匯萃》（上海圖書館館藏精選），上海圖書館近代文獻部編。北京：人民美術出版社，二〇〇〇年。

6.《中國美術全集．工藝美術編十二．民間玩具剪紙皮影》，中國美術全集編輯委員會編。主編：曹振峰，副主編：李寸松。北京：人民美術出版社，一九八八年。

7.《潮州剪紙》，楊堅平編著。汕頭：汕頭大學出版社，二〇〇四年。

8.《百姓收藏圖鑒：織繡》，長沙：湖南美術出版社，二〇〇六年六月版。

9.《三國畫像選》，清．潘畫堂繪，上海：上海書畫出版社，一九八七年。

10.《徐竹初木偶雕刻藝術》，李寸松撰文，戴定九責任編輯。上海：上海人民美術出版社，一九九四年二月第一版。

11.《中國戲出年畫》，王樹村著，北京：北京工藝美術出版社，二〇〇六年一月第一版。

12.《圖説三國演義》，王樹村著，天津：百花文藝出版社，二〇〇七年。
13. 朱寶榮授權使用內頁繪圖共三十一張。
⊙ 朱寶榮，從小酷愛美術，因家庭情況無緣於高等學府深造，引爲憾事。二〇〇四年與兩位志趣相投的好友組成心境插畫工作室至今，能夠從事自己喜愛的工作，覺得是一件很幸福的事！
14. 北京樂信達文化交流公司授權使用部分內頁圖片。（legacyimages.com）
15. 北京CCN圖片網授權使用部分內頁圖片。（ccnpic.com）
16. 廣州集成圖像有限公司「FOTOE」授權使用部分內頁圖片。（fotoe.com）

國家圖書館出版品預行編目資料

三國演義（一）／羅貫中原著；王暢編撰．
—— 初版．——臺中市　：好讀，2007.11
面：　公分，——（圖說經典；07）

ISBN 978-986-178-065-8（平裝）

857.4523　　96019197

好讀出版

圖說經典 07

三國演義（一）

【桃園結義】

原　著／羅貫中
編　撰／王暢
總 編 輯／鄧茵茵
責任編輯／陳詩恬
執行編輯／朱慧蒨、林碧瑩、莊銘桓
美術編輯／王志峰、賴怡君
行銷企劃／劉恩綺
封面設計／山今伴頁設計工作室
發 行 所／好讀出版有限公司
台中市 407 西屯區工業 30 路 1 號
台中市 407 西屯區大有街 13 號（編輯部）
TEL:04-23157795 FAX:04-23144188 http://howdo.morningstar.com.tw
（如對本書編輯或內容有意見，請來電或上網告訴我們）
法律顧問　陳思成律師

線上讀者回函
獲得好讀資訊

讀者服務專線／ TEL：02-23672044 / 04-23595819#213
讀者傳眞專線／ FAX：02-23635741 / 04-23595493
讀者專用信箱／ E-mail：service@morningstar.com.tw
網路書店／ http：//www.morningstar.com.tw
郵政劃撥／ 15060393（知己圖書股份有限公司）
印刷／上好印刷股份有限公司
如有破損或裝訂錯誤，請寄回知己圖書更換

初版／西元 2007 年 11 月 15 日
初版九刷／西元 2022 年 11 月 15 日
定價／ 299 元

Published by How-Do Publishing Co., Ltd.
2022 Printed in Taiwan.

ISBN 978-986-178-065-8

本書內頁部分圖片由廣州集成圖像有限公司「FOTOE」授權使用，
其他授權來源於參考書目後詳列

讀者回函

只要寄回本回函，就能不定時收到晨星出版集團最新電子報及相關優惠活動訊息，並有機會參加抽獎，獲得贈書。因此有電子信箱的讀者，千萬別吝於寫上你的信箱地址

書名：三國演義（一）

姓名：＿＿＿＿＿＿性別：□男 □女　生日：＿＿年＿＿月＿＿日

教育程度：＿＿＿＿＿＿＿＿＿＿

職業：□學生 □教師 □一般職員 □企業主管

□家庭主婦 □自由業 □醫護 □軍警 □其他＿＿＿＿＿＿＿＿

電子郵件信箱（e-mail）：＿＿＿＿＿＿＿＿＿＿電話：＿＿＿＿＿＿

聯絡地址：□□□＿＿＿＿＿＿＿＿＿＿＿＿＿＿＿＿＿＿＿＿

你怎麼發現這本書的？

□書店 □網路書店（哪一個？）＿＿＿＿＿＿＿□朋友推薦 □學校選書

□報章雜誌報導 □其他＿＿＿＿＿＿＿＿＿＿＿＿＿＿＿＿＿＿

買這本書的原因是：＿＿＿＿＿＿＿＿＿＿＿＿＿＿＿＿＿＿＿

□內容題材深得我心 □價格便宜 □封面與內頁設計很優 □其他＿＿＿＿＿

你對這本書還有其他意見嗎？請通通告訴我們：

＿＿＿＿＿＿＿＿＿＿＿＿＿＿＿＿＿＿＿＿＿＿＿＿＿＿＿＿＿＿

你買過幾本好讀的書？（不包括現在這一本）

□沒買過 □1～5本 □6～10本 □11～20本 □太多了

你希望能如何得到更多好讀的出版訊息？

□常寄電子報 □網站常常更新 □常在報章雜誌上看到好讀新書消息

□我有更棒的想法＿＿＿＿＿＿＿＿＿＿＿＿＿＿＿＿＿＿＿＿

最後請推薦五個閱讀同好的姓名與E-mail，讓他們也能收到好讀的近期書訊：

1.＿＿＿＿＿＿＿＿＿＿＿＿＿＿＿＿＿＿＿＿＿＿＿＿＿＿＿

2.＿＿＿＿＿＿＿＿＿＿＿＿＿＿＿＿＿＿＿＿＿＿＿＿＿＿＿

3.＿＿＿＿＿＿＿＿＿＿＿＿＿＿＿＿＿＿＿＿＿＿＿＿＿＿＿

4.＿＿＿＿＿＿＿＿＿＿＿＿＿＿＿＿＿＿＿＿＿＿＿＿＿＿＿

5.＿＿＿＿＿＿＿＿＿＿＿＿＿＿＿＿＿＿＿＿＿＿＿＿＿＿＿

我們確實接收到你對好讀的心意了，再次感謝你抽空填寫這份回函

請有空時上網或來信與我們交換意見，好讀出版有限公司編輯部同仁感謝你！

好讀的部落格：http://howdo.morningstar.com.tw/

請填妥後對折黏貼，直接投郵即可，無須貼郵票。

廣告回函
臺灣中區郵政管理局
登記證第3877號
免貼郵票

好讀出版有限公司　編輯部收

407 台中市西屯區何厝里大有街13號
電話：04-23157795-6　傳真：04-23144188

沿虛線對折

購買好讀出版書籍的方法：

一、先請你上晨星網路書店http://www.morningstar.com.tw檢索書目或直接在網上購買

二、以郵政劃撥購書：帳號15060393 戶名：知己圖書股份有限公司並在通信欄中註明你想買的書名與數量

三、大量訂購者可直接以客服專線洽詢，有專人爲您服務：
客服專線：04-23595819轉230 傳真：04-23597123

四、客服信箱：service@morningstar.com.tw